i

为了人与书的相遇

MAY 2017

4

正午
NOONSTORY

我的黎明骊歌

特写－李志：如果没有人看着我
访谈－金宇澄：金老师吃了五支香烟
个人史－郭川：海上１３８天
个人史－黄觉：我的黎明骊歌
随笔－在棚户区
长故事－火星招待所

台海出版社　　正午故事 NoonStory

一个执拗的低音

《正午》创办的时候,媒体正四处唱着哀歌。在政治、资本的意志下,纸媒关闭、紧缩,新媒体看似时髦却总是焦虑于盈利模式,媒体人纷纷转型,更常见的词是,创业。频繁变动的年代,人们已经习惯了一种临时状态:走一步,看一步。如今这种状态更为焦灼。在这样的氛围中,《正午》存活下来,并赢得好评,实在很难说清多大程度上是读者厌倦了喧哗,因此辨认出了一个"执拗的低音"?

创办《正午》的几个编辑、记者,之所以留在媒体的逆流,除了别无所长,还因为我们都着迷于非虚构叙事这门技艺——在现实生活、作者和读者之间,制造出一个文字的场,三者互相牵引,紧张又优美。这一制造的过程,从发现选题、采访、研究、写作、编辑到面对读者,现实感和创造性融于一体,很有挑战,也很有乐趣。

由此产生的文体,我们简单地称为非虚构,而不再缠绕于此前的纷繁命名,纪实、特稿,等等。这意味着,只要没有事实层面的虚构，只要是好的写作，不拘任何形式。说到底，最重要的是你为读者讲述了什么，是否言之有物，又是否寻找到了合适的形式。而情书、墓志铭、学术散文、一次谈话、一段口述，都可能是充满理解力、感受力，在宽广层面的非虚构写作。

这种命名也解放了媒体逐渐建立起来的选题等级：官员、商人和热点优先，成功者的故事优先。有时，我们会捡起其他媒体弃而不用的选题，它们或者是普通人的故事，"不够重要"，或者是"不像新闻"。尽管这是我们可以感知的现实，尽管写作者对题材充满感情，但是因为不"主流"，就有不被讲述、进而被遗忘的危险。历史的书写，从来如此。

德国作家君特·格拉斯曾经讲述自己为什么写作，一个重要的原因是，母亲的表弟曾经顽强地抵抗纳粹突击队，坚持到最后一刻，失败后，他和其他抵抗的民众"在行刑队面前消失了"，他的名字再也没有人提起，成了一个不存在的人。格拉斯决心让他活在自己的写作里，在他作品的碎片中，到处长眠着母亲心爱的表弟。

世界仍然生活在故事当中，以遗忘、抹灭大多数故事为代价。今天中国最主要的故事，是马云的故事（以及千千万万个变种）。为了抵御这种单一，我们应该学习讲故事。长久地凝视现实，让被遗忘的复活，赋予普通人尊严，以配得上丰富、变幻的中国。

本书所收录的，就是这些尝试的例证。

《正午》郭玉洁

目录

特写	李志：如果没有人看着我	003
	盲女毒枭	025
	北京的雨燕飞走了	042
随笔	在棚户区	059
	乡村命案	082
	我的逃霾故事	106
视觉	鬼市	119
访谈	金宇澄	123
	金老师吃了五支香烟	
个人史	郭川：海上138天	151

	翟永明谈文脉	**169**
	向京：抽向人性的皮鞭	**179**
	黄觉：我的黎明骊歌	**186**
长故事	火星招待所	**197**
	老邬想建一座油坊	**233**

特写

唯一能够了解的道路是创造一个自己的世界。

——史蒂文斯

李志：如果没有人看着我

文＿叶三

一

　　李志的身材不高，圆脸上五官分布得平和。2016年，他发胖了，脑袋、手腕、臂膀和腰腹都往浑圆形发展。所幸，并非人到中年那种疯狂的膨胀，而是带点锋芒尽藏的松懈劲儿，好像第二泡的茶叶，正在开水里舒展。这使他看上去颇为和善，像个业务一般的程序员，或者脾气不错的公务员，也像个工程师，还有点像个生意人。总之，如果纯从外表判断，李志什么都像，就是不像个歌手。

　　2016年6月22日下午2点半，南京太阳宫演艺广场地下一层的欧拉艺术空间，年轻的服务生和志愿者穿着欧拉Live house的T恤穿梭往来。在过去的一年中，从设计、施工、装修到试运营，李志一直在为欧拉忙活。

　　这一天的凌晨3点，李志从机场接到来演出的歌手老狼，送到酒店，回家睡了几个小时，又赶来欧拉。下车进场前，他在车上呆坐了30分钟,享受难得的独处时光。5个小时后,欧拉的第一场开业演出即将开始,500张门票早已销售一空,然而李志面临着严峻的问题:空调坏了。

盛夏的南京潮热难忍,李志把脑门前的头发扎了个辫子竖在头顶,像个忘了剃额发的月代头武士。好几个服务员也是这个造型,让这个团队有了迎战的气势。

武士造型的李志正在拖地。李志拖地像他小时候插秧,从酒吧区的这一头横平竖直写到另一头,收住。水泥地散发出新鲜的潮气,上升到半空成为热雾。坏消息传来,今晚空调修复无望。李志没露出着急的样子,他利落地将拖把收好,安排员工去搬大风扇和冰块。踏过一尘不染的地面,李志脚上还是那双球鞋,一个多月前北京的"降噪"专场,在一片"逼哥牛逼"的叫喊声里,他曾脱下这双鞋,盘腿坐在椅子上,抱着吉他唱"妈妈,我会在夏天开放吗?"(《这个世界会好吗》)

李志踱到舞台前,听老狼和乐队调音,同时掏出手机打开微博,为坏空调向观众道歉。和着汗,他的T恤贴在身上,勾勒出肚腩。台上的老狼在唱:"这冬季的校园,有漂亮的女生,白发的先生……"老狼大李志10岁,李志说他是自己的"良师益友"。

十几年前,还在家乡时,李志对大学校园的想象来自老狼。

1978年,李志生于江苏省金坛县。小时候,每年的这个时候是插秧的季节,地犁一遍,人们捆着秧苗弯着腰从田的一边插,对齐插满一行,再后退。李志插过秧,干过所有的农活。小学一年级暑假,爸爸带他去了趟上海,住在爸爸打工的工棚里。开学后,他给同学们讲上海有多大,火车是什么样子,电梯又是什么样子,没人见过,没人相信他。那时候李志的理想是"长大了不种地",就像他奶奶说的:"想不想以后穿皮鞋?那就得好好念书。"虽然也没人知道念书能念出什么来。

1995年,李志买了第一把吉他和《刘天礼吉他教程》。上高中之前他觉得自己是个天才。后来上了高中,他意识到自己很一般。"现在也是这样一个局面",直到今日,他还是这观点,"我不是多聪明,只不过我的同行太懒了"。1997年,李志高考,村里没人懂志愿怎么报,他随便填了一个,考入南京的东南大学自动控制系。

那一年的南京,长江上只有一座桥,每天的交通都是堵。东南大学的浦口校区在长江北面,很新,最粗的树还没有李志的胳膊粗,像个漂亮的工厂,完全没有老狼歌唱的浪漫。

第二年冬天,李志摔得粉碎的吉他挂在桃园 6 舍 230 门口,被检查卫生的阿姨当垃圾收了走。在《98 年周围的浦口的那些弹琴往事》一文中,李志说自己是"一个 19 岁的愤青,一个内心极度自卑又极度安静的愤青"。如文艺青年的标准出厂设置,他听 Nirvana、Dire Straits、Pink Floyd……谈恋爱,弹琴,大规模读书,喝酒抽烟,忧伤。

大二快结束的夏天,一个极为炎热的中午,李志在校园里奔走,到各个部门盖章,办理退学手续。系主任告诉他,在学校工作这么多年,都是人家求爷爷告奶奶找关系想把子女安排进来,"你是第一个自己要退学的,不可思议"。最后一个章在校长办公室,一幢苏联式建筑中。层高,空旷,午休的人们趴在桌子上。寂静里,一个工作人员拿着钢印,"砰",当头砸下来,整个房子震了一下。"疯狂不见了,恐惧出现了。"(崔健《缓冲》)

烈日照着学校的大门。李志迈出第一步，慌了。该往左还是往右？他觉得自己像个刚放出来的劳改犯。

退学是因为年轻气盛，无法忍受学校和老师，李志在多年后总结。那之后的几年，李志靠同学救济生活，他们在学校旁边的村子里合租了一间房，房租80元一个月，后来涨到120。房子十几平方米，一床一桌，大小便要去公共厕所。

2004年夏天，李志去银川找大学同学玩，看出租车司机罢工，顺便看"贺兰山摇滚之路"音乐节。看完唐朝和崔健，他们又去了西夏王陵。

戈壁滩无垠，盛夏阳光下，李志走了很长的路，然后呆住了。延绵的贺兰山下一个土丘，一代枭雄李元昊埋在这里，孤零零，少人问津。"他建立过自己的国家，有自己的文字、自己的军队，西夏王，那么大一个国王，到最后就剩个土丘。现在的年轻人里，有几个知道李元昊是谁啊？"他又想，如果有一天死了，"我能留下什么？什么都没有。"李志在王陵前拍了张照片，白T恤蓝牛仔裤，背把吉他，表情悲壮。

从宁夏回到南京，李志找朋友帮忙，从手上大量以前的歌中随便挑了几个，录制成小样。"如果有一天我死了，知道这个人曾经还写过东西。是个存在过的证明。"他说。第一张专辑花了5000块，录了一个月，李志自己弹吉他和一点键盘，唱，没有乐手，其他声部都是电脑做的。录完，刻成200张光盘，找朋友设计封面，打印裁剪了，自己装盒，放到卖打口碟的小店里卖。为卖，他还和朋友们吵了一架。大家说付出这么多劳动卖卖吧，他说，太屎了，没法听啊，都不想署名。最后折中，李志署名BB，成为"逼哥"和"李逼"的由来。这第一张专辑，后来被命名为《被禁忌的游戏》。

2005年，李志录制了第二张小样《梵高先生》，花了2万块。第三张专辑《这个世界会好吗》2006年11月18日在南京首发，共800张，定价48元，除了CD，还包括一本册子，一张海报，一个笔记本，一本收录了李志6万字杂文和诗歌的小集子 About B&B。他把这张唱片称为工艺品，在唱片介绍里写："对这个价位的确定花了很长时间，实际上是花了很长时间在计算我的成本……如果你觉得花了这个钱不值得，那么我也没有办法，我只能说很遗憾。"

《这个世界会好吗》的首发演出卖出去118张票，气氛热烈。但是这一切都没有给李志赚到钱。2007年，他找了个SP技术工程的工作，去成都朝九晚五地上起了班。

李志去成都的目的很清楚，从南京这个所谓的圈子里脱离开，赚钱还债。那个工作包住，他吃得很简单，也不怎么社交，两年存了20万元。离开成都时李志翻手机，除了同事之外，就多了四五个电话号码。

2008年底到2009年初，李志自己做了一个小型巡演，起名"单刀赴会"。每到周五，他一个人一把琴出去演出，周一飞回来上班，共演了15场。2009年秋"动物凶猛"巡演，70天他跑了35个城市。两轮巡演都是为了存钱，他打算辞职回南京，再录专辑。

2009年10月，《我爱南京》发行，成本30万。李志自己认为，这是他的第一张正式个人专辑——标志着他脱离了合成器和简单编曲。在这张专辑中，李志翻唱了歌手张玮玮的名曲《米店》，录音前他给张玮玮发去正式的授权合同。张玮玮拿到合同觉得挺新鲜，琢磨了一会儿，他在款项一栏填了个"10元"，给李志寄了回去。

《我爱南京》中的《结婚》由李志与万晓利和老狼合唱。从万晓利那里要来电话号码，李志给老狼打了个电话，老狼说"好啊"。同年10月16日，万晓利和老狼担任李志"我爱南京"演唱会的嘉宾。

在李志看来，"我爱南京"专场是他的转折点——标志着他脱离了酒吧的声场和硬件。这场演出在剧场举行，音响设备从上海租来，成本8万，演完算账，一共亏了4万。李志给了老狼和万晓利每人1000元的演出费。"说起来丢人，不给钱还好，演完狼师傅还买了我10张唱片，120一张，他还亏200。"李志笑了，眼镜后面的眼睛眯成一线，露出一口常年烟熏的、不太整齐的牙。

老狼形容他和李志是"惺惺相惜"。坏空调并没过于影响欧拉的首场开业演出，端着啤酒的听众挤满了演出厅，气氛和气温一样热烈。晚上10点半，李志像一名张罗了一晚上的饭馆掌柜，把毛巾搭在肩上，搓搓手，松口气，在全场"逼哥！逼哥！"的呼唤里登台，与满身大汗的老狼勾肩搭背，合唱了收场曲。而欧拉外面的南京，一场雨已经下过又停了，夜空如拖过的水泥地一般干净。

二

开业第三天，欧拉的空调终于修好了。

问题出在管道里。一名工人顺着木梯子爬到管道里疏通，下面放着大铁桶接水,李志扶着梯子,警惕地站着。随着一声欢呼,清爽的凉风冲出来,迅速占据了欧拉。李志笑嘻嘻地收起梯子搬回演员休息室,管道里的工人探出头来大喊:"哥,哥!我还没下来哪!"

演出歌手张玮玮看到拖地的李志,马上赞赏。"这是董事长的做法。逼仔真需要拖地吗?这是给员工作榜样。"张玮玮背着手风琴盒进了休息室,又夸:"终于有带卫生间的休息室了!不用在厕所里跟粉丝合影了。"

跟张玮玮等民谣歌手一样,李志不太清楚他们是怎么红起来的。他只记得迷笛音乐节从2007年开始专门设立了民谣舞台,之后,演出市场开始慢慢好起来,民谣火了。

李志开始有了广泛传播的"金曲"、集体大合唱的专场演出和大批粉丝。他作品中饱含颓废和迷惘的青春气息在文艺青年中引起了广泛的共鸣。但李志判定自己的音乐天分为"中下",除了时代,他将自己的走红归于勤奋和运气。当年,陡然面对大量无原则的吹捧,他愤慨:"你们都是聋子瞎子吗?都疯了吗?你们没有耳朵吗?"那段时间他认为所有表扬他的人都心怀叵测。"你是在说谎,你是想跟我上床。"——他说自己那时候瘦,还有点帅。临近30岁的一段时光里,他崩溃了无数次,自己跟自己较劲,换电话号码,在豆瓣上跟人家打嘴炮,骂人,吵架。

李志聪明,经历过理工科的思维训练,逻辑缜密,反应快,措辞不忌生冷,特别适合网络吵架。微博开通后,"逼哥撕逼"几乎成了每季更新的剧集。他骂同行"缺乏对工作的尊重和敬畏";也骂歌迷,"其实中国的民众音乐欣赏层次低也挺可爱的"。

他讨厌歌迷的愚蠢,更讨厌迎合歌迷的歌手。"歌迷全在意淫一个偶像,一旦发现有一个小动机跟意淫的不一样,立马把你抛弃,这也是我为什么反对好妹妹他们那套。"他说,"你应该聪明一点,想办法去把他们的层次提高,而不是利用他们。"

豆瓣的秘密小组"我们代表月亮消灭居心不良的乐手"有个帖子,作者"十三月的果儿"以自述口吻连载她与诸多民谣乐手的风流账,当时火爆非常。李志看到,认为是编的,"那文笔什么玩意,吹什么吹"。30岁生日过完,李志以第一人称开了帖,悉数记录他与女性ABCDE……的往事,名为《李志自传》。

这篇曾名噪一时的"自传"至今仍可在网上寻到,标题后挂个括号:"口味重,有洁癖者慎重"。时隔多年,李志有点后悔,"因为给别人带来一些麻烦"。对于自己,他无所谓:"一直到现在我都觉得,人应该是个正直的人,有缺点有优点,你可以去努力改缺点,但是不能为了塑造一个所谓的形象去说谎、去否认——我们不是那么牛逼、那么干净的。"

李志表述着严肃的观点,南方口音略微咬字不清,但语速很快。他很喜欢用反问句。"是不是呢?"话说完,他歪过头,笑得和气里有狡黠,像演示完一道难题的解法,将粉笔头随手一扔,一脸等着你出错但又不希望你出错的表情。

现实中,李志生气的最高表现是不说话,走人。在38年的人生中,面对面地跟人吵架,他只有两次。"一次在2001年,一次在2012年。"他的得罪人全是在网上。张玮玮教过李志一个办法:特别生气的时候用手机或电脑写下来骂,自己看两遍,然后把它删掉。

跟李志一样,张玮玮也生活在北京之外。2016年6月,张玮玮在大理的房子正在装修,这些年以来,除了网络,张玮玮和李志碰面的场合经常是各种各样的音乐节。不跑音乐节的时候,张玮玮在大理的生活很恬淡,早起去买菜,做饭,下午排练,晚上跟朋友们玩一玩,早早睡觉。他的朋友圈里常出现大理的好山好水。

李志在南京的生活很忙。他有详尽的规划:2004年开始,连续三年,每年一张唱片,然后休息两年,再三张,随后休息两年,以此类推——直到搞不出来为止。跨年演唱会从2010年开始每年一场。除此之外,排练、演出、建设乐队、开文化公司、建 live house……按部就班。他目标明确,执行严整。他近乎苛刻地管理自己,并试图将正规的商业规则带入音乐圈。"再艺术,只要涉及人跟人就是商业关系。是商业关系就要有你最基本的底线。"

为保证演出品质,李志有固定的排练时间,有演出就排演出曲目;如果没有,正常时间排唱片;没有演出也没有唱片,那就练习、换编曲。他几乎每一首歌都有三到四个版本。六年以来的排练,李志迟到的次数屈指可数。音乐对他而言是一份工作,虽然这工作给他带来的乐趣越来越少。"也许排了五十次,可能某一个下午,有那么一两秒钟的迸发挺好玩,那是音乐的乐趣。工作本身没啥乐趣。"

对于音乐节而言,李志仍是强大的票房保证,截至11月,今年他接到的音乐节参演邀请超过80个。目前李志参演音乐节的价格是30万加5万直播费,不还价,没有回扣。他的团队共18人,全体人员采用雇佣制,拿工资,优胜劣汰,除了他和乐队成员，18人的团队还包括和声、灯光、调音、VJ、生活助理和舞台助理。在他看来，这是品质保证的必须。

李志总是在重申，他不是一个音乐天才，他的才能在别处。从2013年起，他才开始从音乐上赚钱，之前，除了朋友的赞助，他每年要投入四五十万以维持团队，那些钱来自他个人投资软件公司的分红。建立欧拉，李志和几个朋友共同投资了500万，他希望能在两年内达到收支平衡。一次媒体采访中，李志说："音乐圈的乱和其他行业的乱是一个道理，由国家和人性决定。我没有由于乱象而受益。如果要说我是受益者，不如说我没有和乱象一起乱象。"

"我觉得我是一个好人，"李志说，"我接触过的这么多人里面，能够像我一样心地善良，还有点理想，还愿意这么辛苦的，不多。我没什么天赋，知识量也一般，智商比普通人高一点，挺不容易的。你就想吧，世世代代全是农民的一个人，村子里面只有一台电视，没看过课外书，题不会做都没人帮你解决的，这么一个人，能够上一个重点大学，退学，从事这个行业，没有任何朋友关系，还能够做到这个样子，有的时候我内心里很自负，觉得运气只是一部分，全是我自己拼出来的。"

张玮玮一直叫李志"逼仔"。李志的团队称呼他为"董事长"，李志也觉得自己越来越不像个音乐人，越来越像个企业家。他的电脑里有细分到每小时的工作列表，日程已经排到了2017年。他的微信名字经常随着心情改来改去，他没有朋友圈。

6月24日晚上演出完，按惯例，李志在欧拉附近的酒楼摆了庆功宴，筵开两间，一间招待后一天演出的"万能青年旅店"（文后简称"万青"）乐队，一间答谢张玮玮乐队。"万青"乐队回了酒店睡觉,张玮玮这一间还在喝酒聊天,弹琴唱歌。凌晨1点半,李志钻进包房,从吉他手小夕手里接过冬不拉,拨弄了一会儿,他得意地说:"这个我会弹嘛!"——于是他摇头晃脑地和朋友们唱了起来。

三

欧拉的第二场开业演出是万晓利。那个晚上,迟斌没有去看演出。当天下午,李志的微博发起了与某饮用水品牌的"探讨",它们的二十周年广告片配乐的前30秒和李志作品《山阴路的夏天》几乎一模一样。为处理此事,迟斌在办公室打了一晚上的电话。

迟斌是李志铁三角中的一个角,目前,他担任李志的经纪人和公司合伙人——铁三角的另一个角是欧拉主管老林。

2007年,迟斌在豆瓣上认识了李志,他很喜欢他的歌。直到那时,迟斌都是个正常的男青年:80后,留学英国主修IT,回国后在上海工作,标准的理工精英。2009年1月1日,李志"单刀赴会"到了上海"现场"酒吧,他给迟斌打电话:"你能不能来帮我检票?"迟斌去了。后来他跟李志说,自那之后,"每年元旦第一个看到的人就是你"。

2010年,李志全网维权,到处都没有他的歌,迟斌帮他建了一个官网,提供全部作品的下载和支付频道。那个时候,他们是单纯的朋友,迟斌偶尔给李志帮帮忙,聊聊工作,也会聊许多其他,他们还一起去爬长城,唱卡拉OK,迟斌记得李志喜欢唱罗大佑的老歌。2011年情人节过后,李志把滞销的唱片全部整理出来，扔到野外一把火烧掉。迟斌记得，整个过程拍成了一个视频，配乐是齐秦的《把梦烧光》。

每年李志会强制自己度一次假，2012年他想去美国。那时迟斌刚从某英语培训机构辞了职，下一份工作还没开始，正闲着，他又接到李志的电话："我想去美国，希望你跟我一起去。"在电话里，李志告诉他："找你去，是因为你会开车也会说英语，所以我决定可以给你买机票并负责一部分的费用，但是我们俩长时间每天同吃同住，万一我要是路上崩溃，跑了，你千万不要介意。"

迟斌觉得这事儿蛮有意思。"这就是李志的语言习惯。产生合作关系时，他会说一个最坏的结果给你听，如果你接受他才会愿意去做，他非常怕给你一个好的预期但最后没有达到。"

迟斌和李志一起去了旧金山、洛杉矶、纽约和波士顿。他们租了辆车，两个人都抽烟，但租车公司不允许驾车抽烟，迟斌要求李志抽烟的时候停在路边，打开窗子。"他居然同意而且做到了，对他来说很不容易，因为他是一个烟瘾很大的人。"纽约的一个晚上，他们住在皇后区，酒店房间里一人一张床，迟斌看电视，李志下楼去买了两瓶酒回来，说，我陪你喝酒吧。李志是个不喝酒的人，迟斌知道他这样做肯定是很怕自己觉得无聊。果汁调的伏特加喝了半瓶，李志就醉倒了。迟斌说："我觉得他已经很努力了。"

共处一个多月，一路闲聊，迟斌发现他俩挺像，旅游都不购物，不逛景点，会喜欢去一些很奇怪的地方看看。进而又发现，两人的价值观也差不多。但那个时候谁都没想到合作。"李志没有半途跑掉，"迟斌说，"是因为我不打呼。"

2013年，迟斌开始在上海一间公关公司上班，业余时间也更多地参与李志的事务。年底两人聊天，迟斌给李志出主意，提出一大堆想法。李志问他，谁来做？我没时间做那么多事情。他邀请迟斌过来一起干。迟斌犹豫了，对他来说这是个完全陌生的行业，"如果到时候没干好，我可能既少一个朋友，又失去了事业"。

磨蹭到2014年春节，迟斌跟李志说，好吧，我们来试一年。从此迟斌成了李志的经纪人。在迟斌看来，李志是音源，他的工作则应该是功放。

2014年11月，在迟斌的坚持下，李志的新专辑《1701》在虾米首发，相当于与虾米达成和解，而虾米正是李志与各音乐平台维权之争的首家。为此迟斌在"知乎"回答了"怎样看待李志入驻虾米音乐"说明来龙去脉，在文末他写道："在我眼里，没有江湖恩怨，只有对，或者不对。"文章发表不久，李志给迟斌打了一次电话说，他觉得这样做还是对的。

至今，迟斌也没问过李志他有没有看过"知乎"上那篇文章。

2014年的跨年演出，迟斌邀请乐视来做直播，版权交还乐视，他们保留素材和成片。这样，迟斌说，他们就得到了非常宝贵的战略上的"物料"。到2015年，从文字、音频到视频，李志的各种"物料"几乎已覆盖了所有主流音乐平台。用迟斌的语言说，这是"Branding"。"做出品质，就是给这个行业的人看，李志现在的制作和水准是这样的，他的团队和演出状态是这样的。"

"试试看"的一年结束时，李志的文化公司成立，实行合伙人股份制；李志的团队全职化运营，排练房也搭好投入使用。

迟斌觉得这一年过得很值。"我本来是个外行,进来以后,我发现大家都不知道该怎么办。过往的经验被推翻了,新的方式还没建立。我们在北京这样的文化中心之外土法炼钢,居然在一年后成了大家都很感兴趣的一支团队。"

迟斌曾问过李志,你为什么要找我来?李志说,我需要在身边有一个反对派。整个团队里,迟斌是唯一能够说动李志的人。对李志,迟斌提过不少相反意见,比如讲话不礼貌,比如歌难听——2016年10月李志发布的儿歌翻唱专辑《8》,其实前一年就录好了,迟斌觉得特别难听。"李志也同意,他的天赋就在于他能听进去,我觉得这不是一般人会有的天赋吧。"

相处多年,迟斌从来没有见过李志情绪激动。他认为李志"在理性和感性两方面的摇摆尺度很大。理性的时候他可以做到完全靠逻辑去判断和做决定,感性的时候可能就会把这些全推掉"。上一次迟斌目击李志头脑发热,是欧拉开业没几天之后李志搞的免费演出。"正吃着饭,他冲过去马上就演,毫无准备的情况下搞得一团乱,大家都很怨恨他。"

只是这种时刻越来越少。到今天,李志做每个重大决定,都必须要经过考量和论证。他不再是一个人一把琴的"单刀赴会"。

2014年李志参演了3场音乐节,2015年12场,2016年15到16场。所有演出都由迟斌来筛选、接洽和安排。迟斌刚加入团队的时候,李志对他没有具体要求。"现在可能会有一些,他希望我把他从音乐以外的事情中最大限度地解放出来。从开始到现在,我也没让他失望过,可能我们的信任感就来自于这里。"迟斌说。

罗永浩是李志非常欣赏的人，他称之为"精神导师"。"中国可以没有锤子手机，但是应该有无数个罗永浩"，李志曾这样说。在迟斌看来，李志取得了一些世俗成功的原因，来自于李志和罗永浩相似的理念："他认为罗永浩的商业价值观是对的。行业里的陋习要剔掉，真正的商业规则就应该是我做好，然后你认可我的价值观和我的产品。所谓工匠精神和情怀等等都在这里面。"

几年前，在李志租下的排练房，每次排练他会提早半个小时到，帮所有的乐手买好饮料、小食、水果。直到现在，李志的固执和焦虑仍会体现在这种细节中。他会反复地想，欧拉啤酒的入货量每个月控制在多少，每个人的工资是怎么发的，演出有没有准时开始，我们自己有没有人倒票……迟斌告诉他，你要做大事，就不能控制到那么细节。李志说好像不行。他就是过不了自己的这一关，晚上一睡觉他就会想，那些事他们搞得怎么样？得马上打电话去问一下。迟斌说："他会跟自己抗争，明明知道自己不可能什么事情都控制。当他想要做的事情进步太快，超越了他的可控范围，在那个临界点他会变得非常焦虑。他觉得再勤奋一点，再认真一点，再花点时间，可能还能控制得住，可能还能按照他的设想一一运行。"

李志放松自己的手段只有一个：打牌。他曾说过自己的巡演之路就是"演出和打牌"。他没有什么交流的欲望，除非必要，他不想给别人灌输什么，也不需要理解。在一站又一站的演出间隙，工作和应酬之外，他和乐手们围坐在牌桌边，投入地将纸牌一张张摔在桌上。

迟斌告诉过李志："我从来没有认为我是你的员工，我只能把自己看成是你的合伙人,这样我们才能做好。"这两年,他们的状态都不太轻松,迟斌很难再单纯把李志看作一个朋友。"不轻松来自于我们做的事情都认真了,我们每天在各种决定、各种取舍当中度过,这需要我们两个人都很冷静,很理性,这种理性和冷静不一定是很好的朋友之间相处的方式。"他俩已经很久没坐在一起,聊聊工作之外的事情了。迟斌对李志说的最多的话是,"这个你不要管"。

迟斌小李志两岁,但看上去要年轻更多。他中等身材,神情精干,整个人像一张做得十分漂亮的Excel列表。跟李志一样,迟斌烟瘾不小,长期缺乏睡眠。"我们都太忙了。"他说。

几年前,迟斌跟李志商量过写一本书,将这段独立音乐的时期记录下来。为此迟斌搜集了大量李志的文字和图片资料,以编年体分文件夹详尽地保存在电脑中。李志试图写了几万字,停掉了,他又不肯接受出版社找人帮他写的提议,这个计划便搁浅至今。有时迟斌翻翻这些东西,会觉得,李志今天这个样子,都有前因后果的。"其实要写李志,最应该我来写。可是,"迟斌再一次说,"我们都太忙了。"

四

2016年6月26日,欧拉开业演出的最后一天,参加演出的四支乐队"野外合作社"、"五毫克"、"冷冻街"和"续弦"全来自南京本地。这天晚上的欧拉是一场南京土著文青的聚会。

晚上9点多,LEE拉着女朋友晃进了欧拉。他拎着啤酒,走几步，就和遇到的熟面孔打个招呼。看见在人群里穿来穿去忙碌的李志，他感到往事如烟。

2005年，LEE自己有个重金属乐队"复活"，当时挺火。他早知道有李志这么一号人，但没见过。一个晚上，酒吧里，几个金属乐队演出完，正是乱哄哄大部队退场的时候，一个人穿着大裤衩拖鞋拿着吉他上了台。他觉得挺有意思，就站在台前，跟零零散散的听众一起看了一会儿。那是LEE第一次见到李志。

2009年，李志的专辑《我爱南京》大红。见到李志，LEE说，"你这张算得上是正儿八经的唱片，制作上了一个层次，以前那些制作是什么玩意儿！"李志说你批评得对。那年LEE发现，周云蓬、张玮玮、小河以及李志，这一批原来只能唱酒吧的民谣歌手忽然浮出了水面，世界不是重金属的天下了。

那一年李志开始实行乐手雇佣制。组乐队，一开始总是一帮朋友一起玩，但朋友一起做事会出现各种问题。李志想把事情弄简单一点，便将成都打工时学到的公司管理理念移植了过来。第一次听李志提出这个想法，所有人都特别不愉快："大家高兴一起玩，你这算什么？要当老板吗？"

LEE说："排练迟到扣钱，像工作一样，很多人没有做到，他们不具备这个脑子。"其实他自己也做不到。他觉得这事儿除了李志没人能做到。"李志他自己不是也经常说吗，不是我的东西多牛，而是你们好多人没有这么去做。"

还没微博的时候，LEE玩开心网，偷菜，停车，看那时李志猖狂攻击XXX的言论。现在他关注李志的微博，看他撕逼，也看讲道理的长文章。

在LEE看来，李志是一名"谐星"。"你可以说他是一个歌手，也可以说他是一个文化界的发声筒。'谐星'的意思是他把好多话当段子讲出来，比如科学民主自由那些，这是他给自己塑造的形象：公知。打造自己的个人形象其实也是一种商业行为，你不是贾斯汀·比伯，那你就得这么玩，把自己标签化，你总得给人家一个能够形容你的东西——这是一个有社会责任感的民谣歌手。重金属可以写英雄主义，可以写战争，写黑暗，写撒旦，民谣歌手你没有社会责任感是什么？"

业余时间，LEE仍然在玩他的重金属乐队，他也仍然保留着长发、仔裤和皮靴的打扮。对李志的执行力和自制力，他很佩服。"不是你喜欢李志，喜欢什么画什么歌，或者写写文章，你就文艺了。你不想上班，你自由职业，你早上都起不来，做什么自由职业？执行力和自制力是很重要的，像我就干不了，我只能是体制内的。"在他供职的南京市广播电台，LEE的乐库里存着李志所有的歌。

LEE的女朋友是"万青"的粉丝，前一天晚上"万青"在欧拉演出，他俩没抢到票，但想都没想过要找李志走走后门。"你玩出来了，大家自然就会按照你的规则来办。"LEE说，"实打实来说，李志不可复制，只能借鉴或参考。没多少人能做到他这样的——个个都能这么干了的话，李志他也出不来。"

2015年夏天，汪峰在南京开演唱会，将李志请到了现场。唱《觉醒》之前，汪峰说："向全场观众介绍今天的特别来宾，南京摇滚乐的光荣和骄傲——李志！我看他就坐在第一排。"无数观众站起来寻找李志，坐在李志身边的吉他手袁峥忙着喊："这儿呢！这儿呢！"这个段子，在音乐人——尤其是南京音乐人中——广泛传播。LEE 说，这说明李志的江湖地位。"在南京文化圈里，李志是 CEO、董事长。他是南京的标志。"

五

具体的地名常成为李志的歌名，像为生活轨迹插上图标，将恍惚的心绪钉死。李志的排练室位于南京应天大街，于是新专辑就有了《在每一条伤心的应天大街上》这么一个名字。2016 年 11 月 20 日，新专辑在网易云音乐独家首发，售价 20 元每张。

打开新专辑的评论区，嘲讽多于吹捧，然而上线 48 小时内，这张专辑已经卖出超过 5 万张，"成为独立音乐史上又一标志性事件"，新闻这样描述。

烧碟、维权、众筹、跨年、制度化……李志在独立音乐史上的标志性事件很多。他说："我从来没想过要塑造形象，我反对任何理由的塑造形象，我只是诚实地面对外界，表达自己。我很坦诚地告诉你我的想法、我的动机，至于这个东西你认不认同，你看不看，你听不听，我完全不在乎，在乎不了。"

歌手只是李志目前做着还算顺手的一小步。他并不担心有一天他会失去创造力。"天才没几个，大部分人都碌碌无为。在艺术领域当然是天赋比勤奋重要，但是放到整个人类，天赋叫那几个人完成就行，我们就把勤奋做好。"歌手，实业，投资，都是在为李志人生的终极目标做准备，世俗上的成功对他而言，是手段上的重要，是可以控制的资源和做事的能力。

今年李志 38 岁。他的人生规划是在音乐行业中做到 50 岁，然后从政10到15年,在60到65岁的年纪参政。

2016年5月1日中午,李志发布了一条标题为《知天命》的长微博,意图未来在全国334个地级市做334场演出,这是一个长达12年的计划,如果顺利,完成时李志正好50岁。"普及现场音乐,让更多的人听到、看到、参与到现代音乐中来。"在这个意图的内里,李志想锻炼自己,观察民众的生活状态,学习怎样去跟普通的百姓沟通,"像哈维尔一样"。

无论是音乐创作还是社交网络,李志认为讨论社会现实是他必须尽的责任。"具体讨论的内容是次要命题,主要命题是我们能不能谈论这些问题。"要讨论,而且要谨慎。李志在微博上的发言越来越敦厚、越来越耐心。每发一条微博之前,每个用词、标点乃至表情符号,他都会斟酌半天。他说:"一个很好的想法别人接受不了,这是很正常的事情,我现在更看重的是如何去把我的想法让民众清楚地知道,而不是一定要实现。要做精英,在中国还是谦卑一点。"

李志重视他的终极目标。"这个是很严肃的理想,"他说,"我不知道我行不行,但我想尝试一下,给更多的人甚至全人类带来一些新鲜的东西、好的东西。赚多少钱,或者生活有多好,对我来说是没有诱惑力的。我想帮助别人,我活着是为了能让这个世界更好。"

2013年,李志结婚。在别人面前,他很书面地称呼自己的妻子为"妻子"。他与父母的关系很融洽。2015年的北京工体演出,他特地将父母请到现场,以这种方式第一次当面告诉他们"摇滚是一份工作,我做得还行"。之后,他觉得父母应该对他很放心。在《黑色信封》里,李志写:"世界不该是我们的,爸爸妈妈也不该有的。"——如果现在没有家庭、没有父母,他说,也许有些事情他会做得非常极端。

年底是李志最忙碌紧张的时候。今年,李志将跨年演唱会的地点挪到了体育馆,供票8000张。开票前一晚,李志在欧拉看武汉朋克乐队"生命之饼"的演出,他有点焦虑,因为最低票价提高了一倍。第二天开票,仍是十几分钟内卖光。迟斌把微信名字改成了"迟没票"。千头万绪之中,又发现了恶意刷票问题,除了长微博解释说明,李志在排练现场给迟斌打电话,高屋建瓴地叮嘱:"一定要彻查。"

李志忙完回到家,通常都在夜里。他的家两室一厅,不算宽敞。还有个大些的房子他没去住,因为没钱装修。家人入睡之后,李志在阳台上对着电脑长时间地坐着。

每天,李志从国外网站上获取信息,了解正在发生的事情。他没有时间系统地去学习知识,只能在碰到问题、解决问题的时候,试图理顺事物之间的逻辑关系。他还不能够将自己的价值观完整地表述出来,但能感觉到那条线隐隐约约存在,他在靠近。他要求自己言行一致,逻辑自洽。碰到难题,偶尔,他会跟别人聊两句,但不是去求助,而是缓和一下情绪。他认为自己是一个不会孤独的人。迟斌说:"李志在情感上是完全独立的,他的心理和思维很充足。"

李志知道,最难的问题最终还是要自己去想。他说他不需要朋友。他的经验是:"我跟那么多人尝试去谈深的问题,他们想得都比我浅。到最后又变成我教育你,我在嘚瑟,有什么球意思呢?大部分时间跟朋友在一起,就是瞎开玩笑闲扯。朋友只能解决事情,解决不了我的脑子。"

李志的脑子，李志自己能够解决一部分，但是好多也是放着，解决不了。他常年入睡困难。没有"一杯长岛下肚，转身跳进西湖"（《杭州》）这样的事，李志极少喝酒。南京的冬天阴冷，他打开阳台的窗抽烟，就更冷。一个人待着的时候他什么音乐都不听。

多年前，李志曾经有过一个朋友，是至今为止，他认为在智商、信息和思想上和他完全对等的一个人。有一年的时间，他们住在一起。那时候朋友每天去上班，李志闲着没事做，朋友下班回来，两人就面对面地聊天，各种话题都聊。突然有一天，他们聊不下去了。"我们发现了一个致命的问题，也是唯一的问题，就是维特根斯坦所指出的语言的问题。比如我说'一盏灯是红色的'，这句话，我表达的信息，对方不可能彻底地理解。我们再怎么交流都要借助语言这个工具，但是这个工具本身有巨大的缺陷，我们把所有的问题都解决了，但是解决不了这个。"后来，他们就不说话了。不久之后朋友要去上海，李志写了首歌，请这个朋友填词——那是李志唯一一次叫别人填词。朋友填不出来，李志也填不出来。最后，这首歌就成了一支乐曲，名叫《你离开了南京，从此没有人和我说话》。

感谢摄影师 Elder Wang、梁瀚晨提供部分照片。

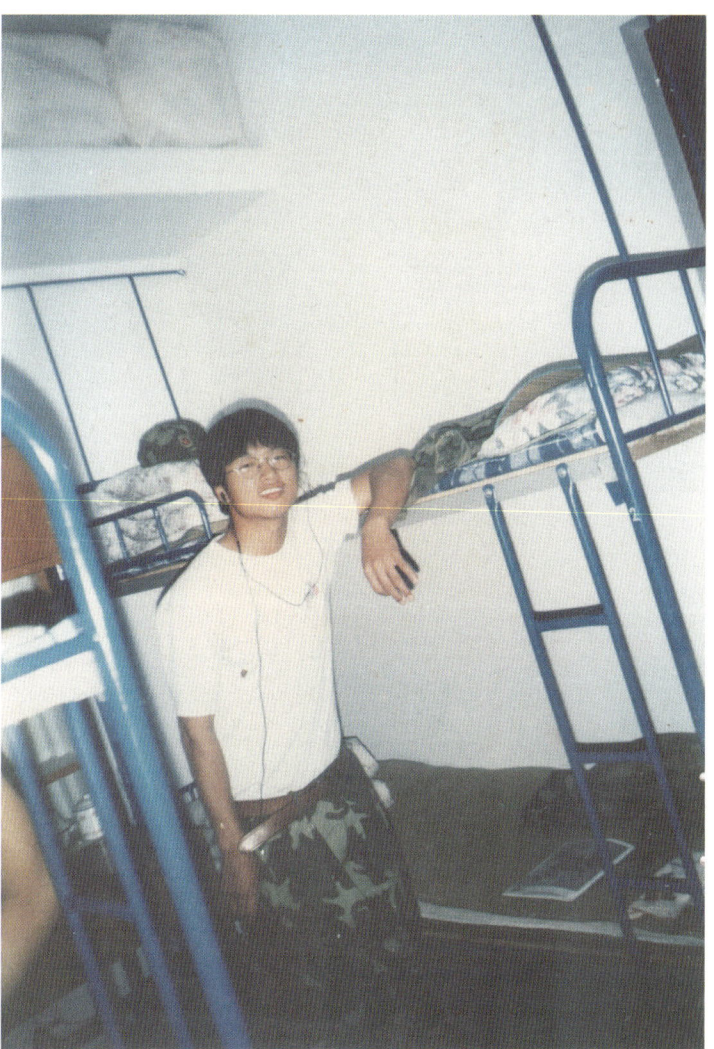

盲女毒枭

文 _ 李纯

一

三十多岁时,她觉察到一些症状,比如夜盲。她喜欢赌博,后来去赌场,就需要有人陪着,天黑了她看不见。这个病是家族遗传,到一定年纪脑神经萎缩,夜盲慢慢恶化,变成白内障。她的父亲和哥哥都被遗传,几近失明。每隔几年她会做一次手术,有次在南京第一眼科医院动手术,因为对其中一件药物过敏导致休克,险些丧命。手术的效果甚微,到 2010 年,她的视力恶化。2011 年,她几乎看不清什么了。那年她满 50 岁。

听人说,她就是在那个时候染上毒品的。赌场里鱼龙混杂,什么人都有。有人拿冰毒叫她吸,她想吸一口没什么,却再也戒不掉。她以贩养吸,做起了毒品生意。平常,她吸毒就在位于集庆门的家里。她把房门关上,在卧室对着阳台的一张桌子上用冰壶烤着吸食。每天有人找她吸毒,有的自己带货过来,有的是她请的。很多人想认识她,是为了免费混吸两口。

在南京集庆门一带,她名声很广。想从她手上买点冰毒的,都得敬她几分,称一声"陶姐",熟悉点的朋友叫她"陶子"。马仔们都知道,"陶姐是发大货的"。

陶姐的真名叫陶光玉。陶姐个子小,一米五五,有些胖,是上了年纪的缘故。她中长发,发梢带点卷,眉毛像一弯细细的月亮,是年轻时候纹上去的,眼睑也纹过。她失明后,依旧维持化妆的习惯,就是没法精致了,只能对着镜子模模糊糊地抹点粉,再摸索着擦上口红,也能看得出旧时的绰约。

关于陶姐的经历,有很多传奇的部分,现在很难去确认了。有时她和别人聊起,倒会说"我的经历可以写成一本小说了"。

她自幼在江宁区陆郎镇上长大,高中毕业以后,在江宁东山修电器。陶姐年轻时候很漂亮,颇像影星关之琳。个子虽然小,但身材丰满,皮肤雪白。她18岁和镇上一个摆水果摊的男人结婚,19岁生了女儿叶美娜。没多久,她的老公生病死了,她成了一个带着孩子的寡妇。

她跟过一个残疾人,是个独臂。男人很暴力,经常打骂她。她后来还认识一个大学生,两情相悦,但男方家庭不同意,那段感情最令她遗憾。27岁,她在东山街开灯具店,认识了一个台湾人。1993年他们结婚,她把女儿留在陆郎,独自一人跟随他去台湾生活了几年。在台湾,男人做灯具,她开酒吧,生活风光,赚了很多钱,她对别人说台湾的明星猪哥亮也很仰慕她。

2000年,她回到大陆,和台湾丈夫两地分居。丈夫每年到大陆三四个月陪她生活,给她带一些钱,大约一万美金。他们在2010年分开。

回到南京之后,起初她仍开灯具店,接着在莱迪商场开服装店，都不长久。她痴迷打麻将，在麻将档能待上几天几夜。陆郎镇的赌博猖獗，她会开车去陆郎赌博，一晚上的输赢有十几万元，桌子上的钞票都是红面的。

服装店倒闭之后，她开始放高利贷。每天的生活剩下要债和打麻将。在麻将档，她的口碑很好。一是牌桌上风云不测，难免有手头紧的时候，但她从来没有拖欠过麻将档的钱；二是她不小气，性格豪爽，什么人过来她都能聊上几句，有时牌友问她借个一千两千的，她也不吝啬。后来她贩毒，曾经试图发展麻将档里的牌友成为她的下家。

要找陶姐并不难。沿着集庆路往北走到来凤街交叉口处，有一间花店，花店的右手边有一扇红色的大铁门，迈进铁门有一栋九十年代建的七层楼房。她住在三楼。房子是2002年买的，当时花了26万，前后翻修过两次。最近一次翻修，她让手下的马仔重新买了一台保险柜。

房子约70平方米，陶姐住靠左的主卧，和阳台相连。有些人是电话联系好了再买，有些熟人直接上家里买，提出要多少货，陶姐拿货给对方。货提前分好，用不同规格的封口塑料袋包装，放在柜子的抽屉里。有一盎司装的，24克，算大包；有6克的，叫"四分之一"；最小包的是1克。

很多日常的毒品交易在这间卧室完成，陶姐也是在这儿被抓的。2013年5月14日，有人从深圳带货给她，刚完成交易，警察冲了进来。她验货的时候吸了几口。那可能是她最后一次吸毒。3年后，她在南京市看守所被执行死刑。

二

那天被抓的除了陶姐，还有她在陆郎镇的父亲、哥哥和嫂子，以及哥哥的女儿。这件事在陆郎镇闹得沸沸扬扬，都说她把全家都卷进了毒品。在陶家，陶姐最小，排行老三，却是家中唯一一个走出陆郎镇的人。陶姐在外发迹后，陶家的命运因此而改变。

她在陆郎菜场旁买了一套两层的门面房，哥哥在一楼经营一间烟酒店，每年收入近10万元。她的父亲和母亲住在二楼，平常由哥嫂照顾。父亲是盲人，母亲是瘸子，右腿膝盖年轻时被冻伤，信仰基督教。每年，哥哥交给她5000元房租，她把这些钱算作老人的抚养费。她也出钱为姐姐家盖房子和承包藕塘。陶家人爱钱，会经营，在镇上颇有些名声，这名声多半是陶姐带来的。

兄妹三人中，只有陶姐的姐姐没有瞎。姐姐是全家的老大，小学没读完便辍学务农。和陶姐相比，姐姐样貌平常，老实本分，没那么精明，嫁给了一个酒后暴力的丈夫，性格中有农村妇女惯有的懦弱一面，姐妹俩唯一的共同点是都爱打麻将。

2012年，姐姐去她那儿给她烧饭，打扫卫生，相当于保姆的角色，陶姐每个月给她一些钱。有几次，陶姐让姐姐替她送小包的冰毒到楼下交货。那年10月的一个下午，她的姐姐两次下楼交货，第一次是6克，第二次是0.4克，被人举报，警察逮捕了她，判刑一年零两个月。

同时，警察在集庆门的家中搜出约65克的冰毒，陶姐作为主犯也被抓了，但和姐姐不同，她因眼部残疾而取保候审，没有被关押。这是她第二次贩毒被抓，第一次是在2011年，她被判刑两年六个月，缓刑三年。考虑到她是盲人，生活不能自理，被监外执行。

眼疾似乎反而为她贩毒带来某种便利。在集庆门一带，陶姐的家几乎是个公开的毒品小卖部。她心存侥幸，认定自己是盲人，即便被抓也无法入狱。甚至外边传言，陶姐和警方有合作关系，是个线人。到后期，进货量越来越大，她不藏着，把货倒在大碗里，碗放在桌上，马仔像分面粉一样将冰毒称重分装，包装后的冰毒搁在卧室的柜子里。有马仔开始从她那儿拿货，再卖，变成她的下家，每卖一克冰毒她分给下家50元。除了冰毒，她还发出去两百多万的高利贷，靠冰毒让吸毒的人帮她要债。

在陶姐的下家中，有一个人比较特别，是她的侄女陶佳佳，她哥哥的女儿，长期住在陶姐家。每个月陶姐给她3000元，做一些跑腿的活。比如当她的眼睛，陪她打麻将，搀扶她下楼，帮她跑银行。后来，陶姐把集庆门的房子过户到陶佳佳名下，以她的名义抵押贷款120万元，用于放债。但这些琐事尚不构成犯罪，直到2013年初，陶佳佳怀孕，开始参与毒品交易，帮陶姐发一些小包的冰毒，陶姐每个月给她5000元。

陶家人中，陶佳佳某些方面和她的姑妈相似。比如头脑灵活，办事利落，个性争强好胜。她在南京读的大专，是学校里的学生会干部。有一年暑假，她在陆郎的赌场跟着桌上的人押输赢，一个暑假赚了3万元，她用这笔钱学姑妈放贷，每个月的利息是900元。她爱财，精打细算，贩毒之前，靠打零工存了10万元。另一方面，她又有小镇女孩传统的一面，比如不抽烟不泡吧，不乱交男朋友——她唯一的一次恋爱是和她的丈夫，他们是邻居，青梅竹马，相当于两个家庭的媒妁之言。婚后他们买了一套房子，欠了40万元的房贷。或许为了还清贷款，当她的姑妈告诉她"怀孕是铁保，警察抓住了也会放了的"，她便答应了。

陶姐的姐姐也有个女儿，叫方雪，比陶佳佳小5岁，从小一起长大，姐妹俩感情深厚。从2009年开始，她们同住在陶姐家的另一间卧室。由于常常有人来吸毒，烟雾很大，气味熏人，她们回来之后就直接进卧室。后来方雪交了一个男朋友，搬了出去。2013年年初，陶佳佳给她发短信："方雪，我也开始卖货了。""你怎么也开始卖货了？""想赚钱啊，哈哈。"

几个月之后的一天晚上，陶佳佳回到陆郎镇，和她的父亲、母亲、爷爷、奶奶坐在一起商量。陶佳佳说："后面姑妈会把冰毒放在店里面，要是有人来拿的话，就卖给对方。因为我怀孕，爷爷眼睛看不见，姑妈讲即使警察抓到了，也处理不了我们的。"她也考虑到孕妇不能完全规避风险，生完孩子还是要坐牢，于是对爷爷说："冰毒由你来负责卖。"

他们商量了一个明确的分工。如果陶佳佳在烟酒店，由她负责送货给买家；如果这个人是生人，她就把货交给爷爷，让买家到店里来拿，由母亲负责数钱。如果交货时间在晚上，就叫父亲陪着爷爷和母亲送货，确保安全。如果他们被公安机关发现，就都推爷爷身上，因为爷爷年纪大，眼睛也不好，公安机关不能把他怎么样。

商量完之后，一家人觉得可行，但大家都没有说话。陶佳佳知道，等于默认了。

三

见过陶姐的人都觉得她有江湖大姐的风范,你要是表现得没听说过她,她会得意地告诉你:"我陶姐在集庆门很有名气。"她行事张扬,曾多次被带进派出所,她称有些是替人顶罪,因为她是盲人,犯事儿不会入狱,反而有助于她建立名声。之前,她因为赌博分别在2006年和2008年被警察抓过,只是被罚了些钱。2010年8月,她在家里开设赌场,被查封。12月,她再次在麻将档被抓,那次她不仅赌博,还吸了毒。

在麻将档,陶姐认识了一个男人,名叫陆童。陆童1969年生,比她小8岁,中等个子。由于常年吸食毒品,他看上去黑而瘦,颧骨突出,目光有些涣散。他在南京三星河小学读到四年级辍学,后来一直在南京打零工。他们相识后确定男女关系,陆童成了陶姐的情人。

陶姐一家都不喜欢陆童,觉得他在骗她的钱。2011年12月,在陶姐第一次因为贩毒被抓时,陆童也因为涉嫌贩毒被判刑一年零八个月,在常州监狱服刑。

当时陶姐和陆童都有自己的家庭。对于她在台湾的丈夫来说,妻子出轨,是不忠。他们在2013年协议离婚,此后丈夫再也没有回过南京,如果有人问起他在大陆的妻子,他会恼怒地告诉对方,"都已经过去了,有什么好聊的"。陆童的妻子在江苏盱眙,他出狱以后,和妻子离婚,陆童分得6万元财产。

和台湾丈夫分开之后,陶姐一部分经济来源被中断,但当她开始贩毒,买卖间巨大的价格差,使她保持了一如既往的大方、豪爽的做派——一盎司货买进来是3000元,卖出去就翻了倍。只是身份换了,她已经不是一个被丈夫娇养的太太,而成了贩卖冰毒的"陶姐"。

唯一令她感到痛苦的,是她的眼睛。她很少下楼,哪怕离开自己的房间。每天活动的范围差不多从卧室走到厕所。睡醒之后,就吸点毒。要买些什么东西,比如衣服或者食物,一般是同住的侄女外甥女帮忙买。她不需要太多衣服,通常是睡衣装扮。从前可不是这样,她穿黑色修身连衣裙、过膝长靴,像时髦的年轻女孩。没有人能够明白她的痛苦,她有很多朋友,却没有真正交心的。她请过一个保姆,以姐妹相称,后来保姆偷走她一盎司的冰毒。

她唯一信任的大约只有陆童。但信任到什么程度?谁也弄不清。一开始,为了防止别人偷她的东西,视力虽每况愈下,她还装作自己能看见,只有陆童知道她眼睛的状况。2013年3月,陆童从常州坐牢回来,她叫马仔开车一起去接。第二天,她带他去金鹰商场买了金项链、衣服、皮包和手表,花了十几万。她还给陆童买了一台电脑,闲时可以玩游戏。她叫陆童"童童"。陆童负责照顾她的生活起居,给她按摩、剃脚皮、烧冰壶,也替她管一部分钱。陶姐在板桥新城有一套房子,户主是女儿叶美娜,那儿有一台双门保险柜。集庆路卖货的钱够10万了,陆童负责送过去。保险柜的钥匙由他保管,密码只有他知道。

陆童出狱回来的那天,陶姐对他说:"我现在已经不是以前的我了,你不要问我的任何事。"

四

陶姐被抓是 2013 年,但直到 2016 年 6 月才被法院公开。6 月 26 日是国际禁毒日,南京市中级人民法院对外宣布了 5 起毒品案件,有 13 人被判死刑。中院的一位副庭长介绍了近几年南京毒品犯罪案件的一些趋势,除了案件数量增长,最突出的是女性犯罪,尤其是一些妇女利用怀孕和哺乳期,以逃避责任——刑事诉讼法规定,怀孕或者正在哺乳自己婴儿的妇女,可以取保候审。2013 年中院审理的女性毒贩有 11 人,2015 年有 25 人。

在那 5 起案件中,陶姐的案子有点特别,她是女性,也是盲人,且屡抓屡犯。这样的案件在全国看也很罕见。一个盲人为什么选择贩毒?即便被逮捕,无论对警方还是律师,陶姐从没吐露过真正的原因。

我试图在南京寻找任何和陶姐有关系的人——她的家人,为她辩护的律师,还有向她购买毒品的马仔。孙爱国是她的一审辩护律师之一,他告诉我,他曾经代理过两起残疾人贩毒案件:一个是陶姐;另一个案子发生在 2000 年,毒枭是一个聋哑人,是南京的,跑到云南贩毒。那年,中国移动刚刚开通短信业务,打电话四毛钱一分钟,短信息一毛钱一条。那个聋哑人光凭发短消息就指挥了整个贩毒网络,而且自制枪支。被捕后,聋哑人被判死缓,在云南服刑。"当时那人六十多岁,现在快八十岁了,减减刑可能已经出来了。"

那些找陶姐购买毒品的马仔,已很难联系上,他们的手机号码已经更换,打过去不是空号就是关机。我只见到一个马仔,姓王，一直在陶姐那儿拿货，因为拖欠毒资，他担心如果再从她那里拿，陶姐会把他的钱扣住不给货，因此转而从陶姐的下家手里拿货。在陶姐的案子里，他曾作为证人被警方询问。我在秦淮区一个老旧社区找到他，他母亲开了门，他正躺在门边的一个小房间里睡觉。我问他认识陶姐吗？他一脸茫然，"不记得了。"我又问了几个马仔的名字，他抬起手挠脑门，好像用力想却什么也想不起来。"对不起，我真的想不起来了。"看上去他不像在有意隐瞒，我突然意识到，毒品可能已经损坏了他的身体。

直到我在集庆门见到方雪，陶姐的面目才变得清晰起来。方雪是个漂亮的年轻女孩，是陶家少有的没有涉毒的人。陶姐被抓以后，她搬回集庆门，睡陶姐之前睡的那间卧室。2014年，叶美娜从戒毒所出来，也住在这里。案件发生后的几个月，每天夜里都有人敲门——买货的顾客尚不知陶姐被捕。现在，陶姐和追随在她身边的人都消失了，像被抹去的灰尘。

陶姐被抓的那年春节，方雪去陶姐家拜年。陶姐对她说："等你妈妈出来我就收手了。"接着，陶姐说："我想赚够一栋别墅的钱。"

"也许她想和陆童在一起过无忧无虑的生活，"方雪说，"所以后来想干几单大的，也许后面会越做越大。我当时觉得派出所抓不了她，因为真的抓了那么多次。"

我们坐在沙发上聊了一会，天黑了下来，方雪说："待会美娜下班回来，你不要和她说话，不要提她妈妈刺激她。"

叶美娜今年37岁。她回来时，我没有向她说明身份，只是和她打了个招呼。她穿一件红色的连衣裙，左臂上纹了一只青色的蜘蛛，头发用发箍束住，上面缀满了水钻，在灯光下闪烁。美娜吸毒比她的母亲早几年。年轻时，美娜皮肤白皙，漂亮，喜欢混迹酒吧。由于父母长期不在身边，她的生活也漂浮不定。她在北京待了几年，谈过一场恋爱后分手。回到南京，她和母亲身边的马仔交往过，两人经常打架，辱骂对方。一晚，他们再次起争执，俩人一起报警，互捅对方吸毒，美娜被关了进去。冰毒给美娜的神经系统造成了不可逆的损伤，从戒毒所出来之后，她偶尔会有被害妄想症，喜欢自言自语。她犯病时会坐在客厅的沙发上，一边抛硬币一边说话。她现在是一家饭店的服务员，别人问起，她只是冷冷地说一句："我的爸爸妈妈都死了。"

五

南京市公安局沿江分局在侦查另一起毒品案件时，发现陶姐一家贩毒的线索，并将此案移交至南京市公安局技术侦查队，开展秘密侦查。从2013年4月开始，陶光玉、陆童以及陆郎镇陶佳佳一家的电话全部被监控。他们把收网行动定在5月14日，这天是陶姐收货的日子。

那年4月，陶姐开始从广东大规模进货，货源是一个叫王晓刚的人，送货的马仔叫段平军。从深圳运到南京，行话叫"运猪肉"。4月底，段平军曾将2公斤的冰毒送到集庆门，陶姐支付他16万元。

段平军是四川人，浓眉大眼，陶姐叫他"段段"。段平军曾因抢劫入狱7年，他帮王晓刚送货，每条货提成1万元。此前不久，他在老家盖房子问别人借了十多万，向银行贷款了5万，他贩毒是为了还债。警方通过监听得知,5月14日,段平军将交给陶姐3条货,也就是3公斤冰毒。

5月6日上午,陶姐似乎不太放心,打了一个电话给段平军:"一定要找块子大一点的,整点的。"

"知道。"

"你一定要打开就能闻到酸碱味,不要太油,带点亮光,不要太粉。"

"最近紧得要死,现在还没联系。"

晚上,陶姐再次打电话向段平军确认。段平军说:"我跑这边一趟像搞地下活动,这里很严的。我按你要求要大点,干爽,油性,带酸碱味。"

"对,块子要大,整点,你拿个5条也可以,我销路快。"陶姐说。

5月11日,段平军在高速路上拦了一辆从深圳到南京的大巴车,他没在车站买票,上车补的票,票价350元。冰毒用黑色塑料袋装着,白色颗粒状,颗粒有指甲盖那么大,每袋约一斤白糖的体积。他在袋子上面盖了一件衣服,用塑料袋扎好后放在大巴车下面的货仓里,他坐在靠近车门第三排的上铺位置。次日中午,他抵达南京,坐出租车到汉中门的如家宾馆登记入住。

5月14日上午,段平军打电话给陶姐:"现在方便过来吗?"陶姐说:"方便。"他把3条冰毒装在一个怡宝矿泉水箱子里,打车直接到了集庆门。

陆童给他开的门,陶姐在卧室的床上睡觉。屋子里还有一个叫野猪的人,野猪刚刚住进来,他头脑不好。1997年脑袋被人用铁棍打开花，治好后一直有后遗症压迫神经，尤其是下雨天特别痛。他知道陶姐贩毒，几天前南京下雨，他问陶姐要了点冰毒吸。段平军进屋的时候，他正在隔壁的房间睡觉，因此整个过程中他只见到了陆童和陶姐。

段平军把货交给陶姐。陶姐看了货说，"这批货不行"。段平军说，"这货我拿过来就是这样"。陆童从其中的一包毒品中拿出一小部分，用冰壶点好交给陶姐吸了几口，陆童也吸了几口，段平军也吸了几口，这个过程相当于在验货。吸了大约一两分钟，陶姐一个袋子一个袋子拿起来，用手掂重量，说，其中一袋子少一点。段平军说，有一袋少了一百多克。过了十来分钟，陶姐叫陆童用胶带把毒品缠一下，陆童用胶带从塑料袋中间绕了两圈，只绕了两袋，还有一袋他偷懒没裹。陶姐让他从卧室的衣柜里面拿钱。钱是扎好的，4 捆是 5 万扎在一起的，剩下的 7 万是 1 万一捆。段平军把钱装到了一个红色的布袋子里。

过了一会儿，陶姐叫陆童把货送到板桥叶美娜名下的房子里。陶姐叫段平军提货，到了楼下再把货交给陆童，放在摩托车的踏板上。到了板桥，陆童打电话给陶姐，陶姐叫他把货放在厨房橱柜顶部的一个洞里，他找了半天才找到那个位置。

段平军拿到钱之后，就把钱存进了住处附近的工商银行，数钱的时候发现 27 万少了 900 元，他打电话问陶姐，对方"哦"了一声就挂了。

那天下午 3 点，一个叫姚俊刚的马仔找陶姐买毒品。进房间时，陶姐正在睡觉，陆童坐在床边。姚俊刚经常到这拿货，陶姐叫他"刚刚"。

姚俊刚在一家水果店上班，2012年底，陶姐来店里买了很多水果，他帮她把水果送回家。此前，他听说过陶姐，也曾谋面，但一直没有机会和她搭上关系，后来他经常去她家玩，目的是为了免费吸毒。他第一次吸毒就在陶姐家，吸完后三天三夜没睡觉，吃不下饭，心跳加速，像生了一场大病。但到第二次，就没有那种感觉了，他感到非常舒服，毛孔像张开了，整个人通透极了。他在陶姐家吸了不下五次。在那儿，他见到许多和他一样的人。

姚俊刚说："陶姐，你就拿个四分之一给我吧。"陶姐点点头。陆童从抽屉里拿出一个长方形女式化妆包，从包里拿了一袋给他。他递给陆童1500元，陆童接过钱，没有数，把钱放进抽屉里。姚俊刚转身要走，停了一会，说："钱你要数一下哦。"

然后姚俊刚打开门，警察冲了进来。

现在已经很难知晓陶姐当时的心情，但姚俊刚应该非常害怕，他趁警察不注意，把随身携带的钥匙吞进了肚子里——他听说如果肚子里有东西的话，看守所不收。大约一个小时后，他们全都被带走。

当天下午5点多，陆郎镇上的烟酒店到了饭点。陶佳佳一家五人在一楼货架后面的餐厅吃饭。5月1日中午，陶姐和陆童来过一趟，给他们带了一黑塑料袋装的冰毒。陶姐对父亲说："里面的东西有1500元一包的，有3000元一包的，有5000元一包的，有人来拿就发给他们，400元一克。"他们把冰毒放在一楼厨房餐厅靠墙的一个酒箱子里。按照先前说好的分成，陶姐按进价3000元一盎司，给陶佳佳提供货源，中间的差价归陶佳佳。但陆郎偏僻，生意不好做，两个星期过去了，只有七八个人来买。那天,他们吃饭的时候,警察突然闯进来,在酒箱子里搜出18袋毒品,约247克。

段平军把钱存起来之后,交易完成,他放松了下来。当晚,他没急着离开,而是到夫子庙转了转,晚上8点多,他在凤凰西街一家面馆吃面,被抓住。

9点多,沿江分局对板桥的房子进行搜查。他们搜出了陆童藏在厨房天花板柜子里的3公斤毒品,用胶带缠着,还没来得及分装。此外,还有两只电子秤,用来给毒品称重的。在客厅的保险柜里,他们搜到了70万元人民币,黄金项链,Gucci手表,印有弥勒佛和山羊图案的玉佩,4张银行卡和若干印有袁世凯头像的硬币,陶姐管这些硬币叫"袁大头"。

陶姐接受审讯时,警察问她,公安机关已经决定批捕,还有什么想说的。她说:"我吸毒的时候,别人吸三口我才能吸到一口。我也看不见,我要钱干什么,生活都不能自理,有个人照顾让我活下去就行了。仅此而已。"

六

陶姐被抓后,一开始,她以为还像以前一样,很快便能出来。因此,她第一次见律师朱跃东时,没有向他说明之前的犯罪记录,朱跃东也认为她是盲人,可以向公安机关提出取保候审。但请求很快遭到驳回。朱跃东说:"后来看毒品的数量我知道,肯定是个死。"

2014年9月,南京市中级人民法院审判此案,判定陶光玉、陆童和陶佳佳向他人购买、贩卖冰毒,构成贩卖毒品罪。陆童被判处死刑，缓刑两年执行；陶佳佳属于从犯，判处有期徒刑十五年；而陶光玉作为主犯，处以死刑。

一审辩护之后，陶姐改换律师，提出上诉。孙爱国曾经建议她承认贩毒，依照"有罪罪轻"进行辩护，或许有改判死缓的可能。但这个建议被陶姐拒绝，她始终不松口自己贩毒，只承认非法持有毒品。2015年4月，南京市高级人民法院维持原判，认为陶光玉在司法机关考虑她是盲人没有对她收监执行的情况下，仍继续从事毒品贩卖，贩卖数量大，社会危害性极大，且有吸毒、赌博等劣迹，主观恶性极深，属于罪行极其严重，依法不足以对她从轻处罚。

据说，在高院的法庭上，陶姐做最后陈述时，声泪俱下，说自己被人出卖，是被"活闹鬼"[1]害死的。

从2013年5月14日被抓，到2016年4月20日执行死刑，陶姐在南京市看守所度过了人生最后的3年。刚进看守所那会，她对警察说："我是生活不能自理的人，不应该让我在看守所里，我伤痕累累。"

终审判决之后，她终于明白再无生还的可能，非常绝望。在狱中，她口述，让狱友执笔，给家人留了一封遗书。在遗书中，陶姐忏悔了对女儿的疏于照料，导致她吸毒精神分裂，希望女儿一定要找脑科和心理医生咨询治疗，说这是自己"最后的心愿"，并把遗产全部留给了女儿。她也吩咐了自己的后事："我的器官全部捐献，骨灰撒向大海。"她怕地下寂寞，让家人一定要烧"几个纸人和一副麻将"，"有人陪伴我就不孤独了"。

信是狱友出狱之后才交到陶家人手里的。拿到信的时候，陶姐已经死了。

4月20日执行那天,她和家人见面。那是被抓之后他们第一次见面,也是最后一次。陶姐穿一件粉红色的睡衣,头发扎成马尾,由于断了毒品,她的气色反而看上去变得健康,恢复了红润。陶姐和她哥哥隔着铁栅栏,她知道自己将被执行死刑,哭得很厉害。即便隔得很近,他们却看不清对方。她突然又改了主意,说自己最痛恨的是上天没有给她一双好眼睛,她说,"只把眼角膜捐出去"。哥哥递给她一支烟,他们抽了一会。临走时,哥哥又丢给她一支烟,便离开了。

应受访者要求,文中方雪、叶美娜为化名。

编者注:
[1]活闹鬼:南京话,小混混,古惑仔的意思。

北京的雨燕飞走了

文_黄昕宇

一

2016年7月17日早晨,有人把一只雨燕幼鸟送到位于顺义的北京市野生动物救护中心。

它缩成不起眼的暗暗一小团,夹紧两肩,向后延伸的狭长翅膀上列着镶白边的灰黑飞羽,尚未长够尺寸,上秤只有18.7克,不足一握。饲养员陈月龙给它做了体检,并无伤病,就是弱小。

它还不能飞,如果不是意外落巢,应该正嗷嗷待哺。他猜想,这家伙也许是倒霉,一窝三只的容量,孵了五只,偏它被挤出来了。如果真是这么个情况,它的落巢就是个正常的自然选择结果——那,也得救。

陈月龙是网上小有名气的"野生青年陈老湿",他开设自媒体平台,分享些工作心得和野生动物的知识。他28岁,有点内向,说话闷声不响地藏着梗,透着蔫蔫儿的聪明劲儿。他个头小,剃圆寸的脑袋很圆,留着细细一小绺长发,在侧后扎了个结，看着就像个能跟动物交心的人。

野生动物保护是个概念宏大的事业，类似于乐于助人，帮扶弱者，一视同仁地照顾每个个体。一视同仁的意思是，无论是不是某级保护动物，无论是不是大部分人印象中高大威猛的"野生"动物，都一样地去疼爱和帮助。

陈月龙一直认为，喜欢小动物的人，是真正喜欢动物的人。除了被他捧红的一只狗獾和一只豹猫，他救护过大量刺猬、麻雀这样的小动物。它们就在人们的日常生活中，常见但不起眼。雨燕就是这样的普通小动物，在北京常见，夏季的清早黄昏，雨燕们从老楼檐下飞出，尖啸着滑入天空，老北京一般都熟悉。

7月22日，又一位好心市民送来一只落巢雨燕。

陈月龙把两只雨燕一起安置在蝙蝠的救护箱里。一个封闭的木头箱子，一面挖了一小方空洞，安上密网以供透气。黑暗封闭的环境能让鸟镇定。考虑到雨燕善于攀援的习性，他在木箱一侧内壁挂上毛巾。在救护箱里，两只雨燕用爪子抓在毛巾上，自然地扒附在箱壁。

喂雨燕是门手艺。雨燕吃得多，一日多餐，既不主动张喙乞食，也不自己进食，需要人工频繁填喂。喂的时候，先准备好食物和镊子，左手持握雨燕，手在喙边轻轻一卡，喙就错开一些；它不安生，不停地动，持镊子夹好食物的右手就得瞅准时机，像母燕喂食那样，快速准确地把食物放到它口中的准确位置。喂水则用注射器，悬出一滴水，触到雨燕喙尖，它就咧出条缝喝进去。

陈月龙隔一小时喂一次，一天喂八到九次。

他给它们吃经过处理的面包虫、蟋蟀幼虫和蟑螂——面包虫去头露出软体较为适口，蟋蟀幼虫需要去头去足，处理好的食物每天交替蘸上钙粉和电解质以补充营养。还得时刻观察，灵活调整。每顿饭前，陈月龙给雨燕称体重，记录下来，根据体重变化、粪便情况以及雨燕的状态反应调整伙食，需要增重就增加面包虫这样高蛋白的食物，需要补充粗纤维、几丁质就增加昆虫外壳的比重。

几乎没有人能像他这样熟练、精心地照看两只雨燕。尝试换人操作时，雨燕吐出了食物，甚至由于操作时间过长出现应激反应。陈月龙没办法，用纸箱制作了运输盒，每周仅有的一个休息日，他就拎着雨燕和全套工具器材回家，继续一小时一喂。

陈月龙的救护目标是，让两只小雨燕快快长大，尽量赶在当年雨燕的迁徙启程之前达到放飞条件。7月末，大部分雨燕已经上路了。

二

北京雨燕是候鸟，夏天来京繁殖，不等秋至便启程离开，跨洲越洋地飞往温暖之地越冬。

夏天，雨燕常常聚集在高大的老城门楼子檐下筑巢繁殖，老百姓喊它们"楼燕"。雨燕擅长飞行，不会平地蹬踏；腿短而弱，四趾全部冲前，爪子钩曲有力，能攀在高处壁上。屋檐下椽子、梁和斗拱之间形成许多孔洞，雨燕就在那儿筑巢。筑巢的材料是干草、羽毛、纸屑、棉絮、叶子，以唾液黏合。也有人在雨燕巢里发现公交车票。这些轻小零碎飘在空中，便被雨燕衔了去。觅食也是这个动作，雨燕不会在陆地啄食，它喙短，呈短三角形,口裂宽大,飞行时张成个抄子,空中的小蝇小虫都被兜进去。

这几十年间,北京雨燕大量减少了。2000年夏天,首都师范大学教授高武重复1965年著名鸟类学家郑光美的办法,沿着故宫外围筒子河骑车慢行一圈,计得的雨燕从将近400只下降到了80只。数量下降的主因是栖息地消失,五十年代旧城改造和地铁建设以来,西安门、地安门、崇文门等老建筑相继拆除。到八十年代,仅剩的古建筑又被保护起来,加装防护网以防鸟类粪便污染,雨燕更没地方待了。

高武是首师大动物学副教授,已经退休16年,依然挺拔利落,说话响亮。高武退休后并不得闲,有时带一带自然类的大学生社团,有时给相关组织机构上野生动物保护课。有时,林业公安请他帮忙做保护动物损害鉴定,也就是破案,从现场脚印、齿痕判断农民的鸡是不是豹猫吃的,羊到底是狼咬的还是狗咬的。更多时候,他作为自然环保组织顾问,带领爱好者们观鸟。

九十年代中后期,北京观鸟活动刚刚起步。老观鸟人回忆起第一次观鸟的场景,对高武印象深刻。他那时六十上下,体力充沛,步履轻快。他背着军挎包,带齐了望远镜和生物图鉴。其他人都是外行,新鲜地四下张望,茫茫然不知该问什么好。高武沿路自然而然地介绍。"这就咱们说的乌头,"他指着一小串花,停了脚步,"它的根不处理有剧毒,经过处理有药用,能去风湿。"他好像什么都认得,走一阵又指着地上一团白球,"马勃,孢子能止血",再走两步,"喏,来一大的。"往上爬,一行人从阔叶林、针叶林走到了海拔两千多米的灌丛和高原草甸。

他们看到沙棘，高武指着丛里的昆虫问："蝗虫，认得了吧？"大家纷纷点头——害虫，都知道。他却接着说："有蝗虫说明什么？说明鸟快来了，鸟吃虫。"

雨燕是种群数量比较大的物种，在生态金字塔较底层。但是这样的物种，一旦数量急剧减少，会牵动各方面的变化。"举个例子。趋黄光的蚜虫，北京人叫'腻虫'。春天腻虫多，穿着黄衣服在马路上走能沾你一身。蚜虫特点就是孤雌繁殖，不需要雄性，繁殖能力特别强。根据统计，一只雌蚜一年繁殖的面积就能把地球盖满。雨燕就是控制蚜虫的鸟之一。曾经有研究人员逮到一只雨燕，掰开嘴一数，存着二百六十七十只小虫子。"

1997年，高武打算带学生们学习"环志"，也就是捕捉野生鸟类，套上脚环，再放归野外，进行长期的观察、重捕和信息采集。考虑到北京雨燕具有北京的代表性，而且在此之前，几乎没有人做过北京的雨燕环志，北京雨燕的迁徙路径也一直没有定论，他决定带着学生和"自然之友"的志愿者做雨燕环志。

天安门、鼓楼、前门楼子，那是不可能放人去做环志的；慈寿寺塔雨燕多，但距离地面好几十米，没法捕捉。高武再三考虑，最合适的环志地点是颐和园的廓如亭。

廓如亭有内外42根柱子，外圈25根，高4米上下，完全能实现支网捕捉。高武与颐和园管理处联系，申请在廓如亭做雨燕环志，很快得到批准。于是，每年5月的一天（此时雨燕的数量稳定且较多），环志学生和志愿者们就聚集在廓如亭支网环志。每捕到一只雨燕，就套上脚环。只要在雨燕的飞行路线或越冬地捕到上了环的鸟，就能对雨燕的迁徙行为有突破性认知。

持续了4年,每年上环雨燕七八十只。除了重捕到上过环的鸟儿,没有任何实质收获,也没有任何异地回收的信息。"雨燕环志研究出结果特别难,这种鸟飞行能力特别强,据说,它们迁徙过程中几乎不落地,要被逮着太难太难了。"2001年,高武退休,没有学生了,他也就把环志项目搁置了。

三

环志是研究鸟类迁徙路线的经典方法,由一个丹麦生物学老师马尔顿逊(Mortensen. H. C)在1899年发明。至今,全世界每年都有上百万只野生鸟被上环标记。值得注意的是,鸟的迁徙并无国界,因此需要国际合作,环志鸟的捕捉、回收、观察等信息,是全球各国环志科学家都能共享的。

中国正式的环志工作开始很晚。1981年中日两国签署"中日候鸟保护协定",所覆盖的候鸟种类共计226种。中方决定组建主管环志的机构,共同对中日的相关候鸟进行观测研究。于是,全国鸟类环志中心在1982年10月建立,中国鸟类环志开始做战略部署,环志的工具、表格、技术标准,从此有了统一规范。

环志中心建立后,发出公告希望各林业部门、大学、科研机构申报建立环志站、点。北京师范大学生命科学学院动物学教师赵欣如酷爱鸟类,看到这则公告产生了极大兴趣。他立刻申请在北京师范大学动物学的野外实习基地——东灵山脚下的小龙门林场——设立环志点。1983年,申请成功。他从第二年开始,每年带学生到林场做环志。

环志是一项有技术要求的工作，赵欣如动手能力强，又有扎实的动物学知识基础，很快成为专家。

赵欣如一直坚信，自然保护的发展离不开民间力量的参与。九十年代初，他就希望能发展民间观鸟活动，但一直未能实现。过了几年，中国民间环保组织出现，观鸟活动也随之兴起。1996年，北京有两个民间机构开始组织观鸟活动，一个是"自然之友"观鸟组，由高武带队，另一个是"绿家园"观鸟组，请来赵欣如作指导。1997年，赵欣如创办了以鸟类知识科普和观鸟方法为主题的"周三课堂"，每周邀请鸟类学家、生物学家向爱好者们分享知识和信息。直到今天，"周三课堂"已经坚持了20年。

2000年始，赵欣如带着修读他选修课的各校大学生和"绿家园"观鸟组的志愿者到北戴河进行环志作为实地培训，此后开展环志培训多达25期。后来，多家观鸟者成立了北京观鸟会（现"中国观鸟会"，以下简称"鸟会"），每年到北戴河做环志的传统一直延续了下来，培养了一批经验丰富的环志者。

于方便是其中之一。于方一家都做环志，被称为"环志之家"。

49岁的于方做咖啡生意，是北京很早进入咖啡行业的"老人"。他1999年开始观鸟，比做咖啡更早。

于方第一次观鸟，是作为摄影爱好者，被朋友拉去参加《中国国家地理》的会员活动。高武老师带队，走了一趟小五台山，于方觉得大长见识。不久，于方开车，一家三口到北京郊区的野鸭湖，再次参加高武带队的观鸟活动。那是真正的荒郊野外，开阔荒凉，刮着冷冽的风；湖面上有成群野鸭，草是枯黄的，芦苇望不到边,远处山上有薄薄积雪。第二年,于方一家又参加了"自然之友"组织的内蒙古达里诺尔观鸟。成批的雁鸭从头顶低飞而过,扑扇的翅膀与空气摩擦发出巨大声响,像抖展绸缎。

自然给于方带来很多震撼和感触,有机会做环志这样一个有实际贡献的志愿工作让他觉得很幸运,赵老师组织的北戴河环志,他们一家一年年地坚持了下来。先是观摩、听讲解和拍照,接着上手实操,两三年下来便十分熟练了,后来,北戴河项目就由他们家带队进行。

在北戴河,于方常常碰到外国环志者。有一个六十多岁的荷兰人,是医学院退休教师。他随身的包里装着一台相机、一台望远镜、一把尺子和一个笔记本。他背着这个包,满世界环志。

于方的女儿于肖末21岁了,第一次参与环志时才7岁。"小孩儿嘛,头几年都没让上手",她一直负责记录数据。长大以后,她都记烦了,还是没能转行。记录是一项特别重要的工作,环志过程中不断有人报来一组6个的数据,新手容易出差错,而这个有几年环志记录经验的小姑娘能够敏锐地察觉到,哪只鸟的翅长不对,或是重量离谱了。这岗位离不开她了。

四

燕子在北京太常见,但北京雨燕有特殊光环——它是在北京首次被发现、并定为物种的模式种[1]。1870年,英国鸟类学家郇和(Robert Swinhoe)在北京采集到这种鸟的标本,将其命名为"北京雨燕"。沾了命名的光,北京雨燕不止一次被选作吉祥物。2008年北京奥运会吉祥物设计者韩美林受北京传统沙燕风筝的启发,画了绿色福娃妮妮。沙燕的原型本是"飞入寻常百姓家"、在平房梁上筑巢的家燕。家燕和雨燕虽然长得像,其实亲缘关系很远,但上上下下宣传时愣是要用带"北京"的雨燕,妮妮就成了北京雨燕。

北京奥运会前夕,由清华大学设计的雨燕塔在奥林匹克森林公园北区立了起来,塔高20米,横切面2平方米,密密麻麻地排列2240个巢穴。在设计阶段,高武和团队详细测量过雨燕巢,向设计团队提供了数据和建议,似乎并没有被采用。最后建成的巢穴,无论是外形还是规格,都与高武设想的相去甚远。几年过去,雨燕没有入住。"塔里全是麻雀。"高武说。

趁着奥运带起的热度,鸟会在2007年开启了"北京燕及雨燕调查与保护"项目。鸟会会长付建平注意到,燕和雨燕数量锐减的势头逐渐止住了,鸟儿在经历了栖息地剧变的打击后,开始努力适应城市环境——在一些立交桥桥洞、仿古建筑的角楼上,出现了雨燕繁殖筑巢的身影。

付建平已经退休7年了,全身心投入鸟会工作,忙得不得了。1997年,她开始接触观鸟活动,那时她是一家科学杂志的编辑,想到观鸟的肯定有许多生物专业人士,可以结识一下,方便以后约稿。第一次参加观鸟活动,在望远镜里,她看到崖壁上的苍鹭昂首而立,胸前脖颈上两串斑点,两根辫羽在微风中飘动。"美极了。"她在心中感叹。从此以后,稿子不重要了,看鸟才是头等大事。

2008年8月调查期间,付建平带着电视台记者在一户人家门口拍摄一对正在筑巢的家燕,被户主一通臭骂:"拍什么拍！再吓它们今年就孵不出来，来不及走了，它们还要过两次海呢！"她很惊讶，问户主怎么知道家燕迁徙要过海，户主说："听老辈说的呗。"她头一次直观感受到北京传统里的"燕情结"，很受触动。

家燕研究开展得早，迁徙路径分布图显示，家燕离开北京后，事实上要过三次海峡，最终抵达温暖的东南亚。但是，北京雨燕冬天去了哪儿，长久以来一直没有确切答案。有人猜测雨燕去了非洲，但无法确证。

也是在2007年，鸟会决定在颐和园廓如亭重启雨燕环志项目。

廓如亭号称"中国最大的亭子"，占地140多平方米，位于颐和园东堤十七孔桥桥头。廓如亭有八角重檐，平面呈八方形，因此又被叫作"八方亭"。廓如亭有两层厚重屋顶，屋檐下装饰彩画，亭子看上去沉稳雄浑又不失华丽。夏天，屋顶扣住的繁复木结构里，藏着许多雨燕巢，雨燕出巢便飞往开阔的昆明湖面。

赵欣如主持这一项目。他和志愿者量了廓如亭每个廊洞的长高规格，剪开手头的一些鸟网，改成适合在八方亭使用的新网，把所有廊洞完整包裹，以提高捕获率。他说，每年捕获带环雨燕的概率不低，看起来，雨燕有稳定的巢区和"归家"本能。有一年，志愿者捕获了十二年前高武老师环志的鸟，这说明，雨燕的自然寿命至少能达到13岁。但除此之外，没有任何关于迁徙路线的新进展。鸟会的志愿者们仍然在坚持这个项目，他们希望有一天能突破对雨燕的认识。

五

如果从 4 岁时追逐花园里的鸟儿算起,英国人 Terry 已经观鸟四十多年了。在英国,观鸟很普遍,6500 万人口里就有 1100 万人观鸟。鸟种竞赛格外激烈,一部分观鸟人为了记录排名,特别争强好胜。如果传出有罕见鸟类飞到了苏格兰,会有英格兰的观鸟人立刻离开工作岗位,驱车 10 小时赶赴现场,也有人在婚礼上抛下新娘追鸟去,Terry 笑起来:"他们太疯了。"

很多人也觉得 Terry 疯了,他竟然为了北京的鸟,甘愿忍受越来越严重的雾霾。

2010 年,Terry 来到中国,从事应对气候变化的环保工作,业余时间则全部花在观鸟和鸟类保护工作上。在他租住的房子里,书桌正对着一扇大窗户,桌面上常年摆着一台望远镜,以便及时抓起来观察窗外一闪而过的飞鸟。一年多后,他供职的 NGO 因为没钱垮了,他几乎没怎么犹豫就决定留在北京——"北京是世界上鸟种数最多的首都"。他的电脑里有一份观鸟记录表格,列着所有在北京出现过的鸟类名称,英文、拉丁文学名、中文和拼音各一栏,凡是看到过的,就打上星标。截至目前,他已经在北京见过 397 种鸟,这个数字让很多人大吃一惊,没想到北京有这么多鸟,"北京的鸟种类多当然不是因为环境好,而是地理位置好,正好在鸟类迁徙的路径上。"

他说:"中国幅员太辽阔了,地理条件丰富,简直什么样的地貌都有,生态也很多元。中国人非常友善,观鸟和自然环保组织都发展迅速。更重要的是,这里还有好多有待发现和探索的事。比如,北京雨燕的迁徙。"

来到中国后，Terry 开设了网站 Birding Beijing，分享记录北京的鸟类信息。鸟会的成员发现他的网站后，开始邀请他来参加"周三课堂"，并和鸟会鸟友一起外出观鸟。Terry 也加入了中国的观鸟会。

2013 年，Terry 在英国参加会议，一个研究雨燕的专家朋友找到他，聊起北京雨燕，专家问："有没有可能给北京雨燕装一批追踪器呢？"在欧洲，研究人员用光敏定位器追踪雨燕行踪已经取得了不错的成果，他很想在北京雨燕身上也试一试，如果能对比两个亚种[2]的异同，会非常有意思。

中国观鸟会的雨燕环志项目已经证明廓如亭雨燕的高回巢率，这无疑为佩戴定位器提供了绝佳的条件。通过 Terry 牵线搭桥，双方很快敲定合作。

2014 年 5 月，两位英国雨燕专家带着 31 个光敏定位器飞抵中国北京。一个清晨，志愿者们分为 7 个工作组：捕捉组负责布网和从网上摘鸟，管理组负责分配鸟到各组进行操作，测量组测量雨燕体重、体长等数据，再由记录组记录，佩戴组为雨燕佩戴定位器，环志组专门上环，羽毛摄影组为每只佩戴定位器的雨燕拍摄飞羽和尾羽。一切进行得井井有条，两个小时内，所有工作完成。一共有 31 只雨燕戴上定位器，飞走了。

第二年 5 月，职能组多了两个——下载组和血样、寄生虫采集组。第一只雨燕的跟踪器被摘下来，下载组用笔记本电脑立刻读取了跟踪器数据。大家都围了上来。

这只雨燕在 2014 年 7 月 23 日飞离颐和园，飞越了天山和红海，在 10 月 27 日抵达越冬地：南非纳米比亚。北京雨燕真的飞到了非洲。

这一次的环志共回收了31个定位器中的13个，志愿者们又重新为25只雨燕佩戴定位器。

统计结果显示，13只雨燕于2014年7月22日前后经内蒙古方向往西北迁飞，从天山北部到达中亚地区，然后向南穿过阿拉伯半岛，于11月上旬到达非洲南部越冬，主要集中在南非、博茨瓦纳和纳米比亚三国，核心区域为三国交界处的喀拉哈里跨境国家公园及周边。2015年2月至4月，它们沿相似路线，返回北京颐和园。北京雨燕全年迁徙距离约为3.8万公里，远程迁徙能力惊人。

六

又是一年夏天。2016年5月21日凌晨2点半，颐和园一片寂静，佩戴头灯的志愿者们准时聚集在廊如亭下。他们在黑暗中给亭柱系上竹竿，五张鸟网环绕闭合形成大网，包裹起所有廊洞。亭内支起晾衣架和几张桌子。志愿者们各就各位，安静等待雨燕上网。

不到凌晨4点，天刚蒙蒙亮，第一只雨燕扑腾着翅膀撞到了网上，志愿者马上搬来梯子，爬高摘鸟。陆陆续续地，上网的鸟越来越多，各环节开工。

老练的环志高手知道持鸟时留有余地，食指、中指卡住脖子，把雨燕的头露出来，脚朝握鸟手心外，并不使实劲。解网时按雨燕入网的逆向开解，生拉硬扯极有可能勒伤雨燕，且越拉越紧。于方总是被分在拍摄组，拍摄记录雨燕身份的羽毛信息。他知道，赵老师是希望安排他机动，四处帮着持鸟摘网。

摘下来的鸟送到管理组,装入特制的鸟袋。鸟袋是棉织品缝制,不打滑,缝制后不许留毛边和线头,袋口有一根能收紧的绳子,装鸟后收紧绳子,悬挂在晾衣架上。陈月龙在生物信息采集组,协助刘阳老师给鸟做体检,采集血样和寄生虫。雨燕身上常有羽虱、螨虫,他用镊子夹取,太微小的就用干毛笔蹭下来。环志要用专门的环志钳,钳上凹口正合金属环,一夹便不大不小地扣上。

佩戴定位器挑选的是往年上过环的回收雨燕,这证明,它会找回"家"来,来年更易回收。佩戴时,用厚毛巾折成一个槽,把雨燕搁到厚毛巾里面,一来柔软易操作,二来为雨燕遮光。定位器前后都有细绳,定位器和鸟背之间搁一根铅笔,留出空隙,细绳穿过两翅在前面点粘,让雨燕像背小书包一样背着定位器。

这年,志愿者给雨燕佩戴的定位器中增加了一种新的震子定位器,可以监测雨燕飞停状况。第二年回收时,便能验证雨燕迁徙时是否脚不沾地。

流程推进得很快,游客陆续到来前,所有工作全部完成。完成环志的雨燕纷纷从志愿者手中飞走了。

6月、7月,廓如亭的雨燕和北京其他古建筑中的雨燕,陆陆续续启程南飞。不知道北京城里,是否只剩下了陈月龙照看的那两只落单雨燕?

陈月龙救护动物,脑子里总绷着一根弦——动物福利。简单解释,就是尽量给动物创造满足其基本自然需求的环境和条件。对救护的这两只小雨燕来说,最重要的,就是让它们在达到自然离巢迁徙的条件时顺利启程。从喂养的一开始,他就在考虑雨燕的迁徙条件,他从鸟会那儿询问往年环志数据,这些多年积累的研究数据成了这次救护的重要参照。

雨燕的最后迁徙时间是7月26日。到8月4日这天,已经晚了9天,两只小雨燕的体重达到30克上下,与环志数据显示的成年雨燕体重35—40克相差不远。另一份资料显示,幼鸟在出飞时体重达到最高,出飞后略有减轻。这一趋势与两只小雨燕近一两天的状况相似,记录显示,几天来,它们掉了一克多体重,胃口变差,放进嘴里的食物常常被吐出来。假如不放飞,陈月龙就要将它们喂养至明年迁徙季节,对后者,他不敢抱太大希望。

掉队9天,说不定还能追上,再晚,变数就更大了。陈月龙权衡再三,决定给两只雨燕环志放归。陈月龙在空地上打开救护箱,它们一展翅,眨眼就不见了。不知道明年会不会再见。它们的环号分别是R00-4584和R00-4594。

编者注:
[1]模式种:生物分类学的名词,是用来代表一个属或属以下分类群的物种,一般用于动物分类学。
[2]亚种:某个种的表型上相似种群的集群。

随笔

> 这才知道我全部的努力,不过是完成了普通的生活。
> ——穆旦

在棚户区

文_淡豹

一

坐上电动车后座的那一刻,座位下沉,大晃特晃,吓人一跳。膝盖很弯,脚离地面很近,像回到蹬儿童三轮车的小时候。车子是房产中介的,他熟门熟路,骑得惊险,从灰色的张自忠路突然就岔进天上散漫敷着一大片绿的东四胡同,这里树很大,槐树与白杨在空中交接树冠,密叶投下网一般的影子。也有些树藏在院子里,极粗的树干从房顶上冒出来,显得神秘。电动车七拐八钻,带出不快不慢的风,车把一拧我就跟着一旋,迷失在槐树与白杨的树影里。

这是去年(2015)年8月,夏天将要尾巴的时候,我要在一度熟悉的北京重新注册自己。为树所惑,我在东四一条胡同租住下来。

流行文化里,北京胡同有两种面貌。一种是关于"拆"的空间,由建筑师、城市史学家和外国记者书写,承担历史与暴力,象征消逝中的老北京。在《贫嘴张大民的幸福生活》中，老住户情不情愿都得搬走，全胡同强制拆迁，折换成新楼房。小说写住户与拆迁公司间的纠纷与暴力，居民的情感伤痛："强制拆迁那天，张大民抱着石榴树不下来。推土机把小房都推塌了，他还挂在树枝上摇晃，像一只死心眼儿不开窍的土猴子。"另一种面貌就是商业化，时髦得很，出现在时尚杂志和视频节目中，布满私房菜、西餐厅和小店，象征新北京转换并容纳"旧"的潜力。

东四非此非彼。住到这里，我才知道，有些胡同是永远不要拆掉的，还非得有居民住在里面，保持一个活遗产的形象。

北京自1990年起开始划定"历史文化保护区"，这是对紫禁城这样的"文物保护区"的延伸，保护北京旧城的传统街区、商铺、民居。东四北三条至八条这片胡同大体保留了元代大都"衚衕"的面貌，是划定的三块"传统胡同住宅保护区"之一。这种保护，注重保存建筑与我曾为其所惊的那些古树，发掘名人故居和保存完好的四合院。当然，那些名人故居也多半已成了杂院，有些院内相当破，院门外挂的"保护文物"牌像酱油渍过。保存完好的院子呢，东四每条胡同上都有几座红门紧掩的独立四合院，墙光壁洁，没有杂院外常见的那种私建的小棚子，胡同里飞檐走壁的野猫都跳不进去。其余就都是杂院，一个院子内住几户甚至十几户人家，我常觉得一个Wi-Fi就够全院子用的。

讲起来，这些房子有新中国成立前的旧宅子甚至旧庙改成的住宅，有整个20世纪里不断围着四合院房屋搭建的小房，还有不少是所谓"地震以后建的"，指1976年唐山地震后加固抗震的房子——还真是要到河北和京津，才能体会到唐山地震给城市建设留下的疤痕。产权方面，有些是私产，居民可以自行改建或者盖起小二层，还有不少是由房管所管理的所谓"单位托管公房"，居民每月为几十平方米的房子交几十元租金，基本不用担心国家这个大房东收回房屋。

我所住的这条胡同就属于保护区，这意味着它免于拆迁。大多数居民并不为此高兴，不少人宁愿拿到补偿费，"到郊区买套楼房住去"。有位邻居听说我是记者，拉我进他家的杂院，指着宽仅三拃的窗户说："你看，是不是老舍的《龙须沟》？"

起初我倒没觉得这里像《龙须沟》，何况我对《龙须沟》也有浪漫主义情结，何况东城胡同……听起来仿佛有商业和艺术气息，周围也确实有摄影师工作室和酒吧。直到初秋，朋友A来访，在傍晚时分和我一起在胡同口下了出租车（一般出租司机都不肯开进来，钻胡同费劲），向里走，经过一座公厕（辉煌的建筑还贴着奥运文明的标牌，都是2005年后为迎奥运建起来的新式公厕），又经过相当味儿的下水道（胡同家用下水管道狭窄、马桶易堵塞，居民习惯将剩饭菜倒去街上的公用下水道），经过拥挤的杂院角落露天架起的油锅，她愉快而新奇地说："好久没来过棚户区了。"

我起初不肯承认这是棚户区，只慢慢摸索胡同平房生活的轮廓。

首先是地址。没有信箱，收不了平信，只能接收快递。通常每个杂院共享一个门牌号，而我不能按自家在大杂院里的正经门牌号写地址：杂院其实在我家背后，按那门牌号找不着。据说这是因为这套房子的房主和邻居打架：邻居就是他的亲弟兄,而老二总找老大的麻烦,因此老大堵上了自家面对大杂院的那个门,在房子后身冲街道这一侧重新开了个门。对生长在附近炮局胡同的我的朋友讲起此事,他说,"水深着哪",街坊之间打成什么样都正常。

因此,地址得写成"东四X条XX号南拐角处黄门(上面贴福字的)",一个需要侦探能力和想象力的描述。能从窗内听见快递在外头问邻居,估计手里还拿着快递单比对着:"这上面说有个门上面贴福字,在哪儿?"告诉朋友或者快递员从胡同口来这扇"拐角处黄门(上面贴福字的)"的路线时,我就说,西口进来第二个公厕左拐——公厕,胡同最醒目最整齐规范的公用设施。

还有声音。小区里是安静的,陌生来客还往往会被保安拦截。而在无遮无挡的胡同,清晨天还没亮,城市秩序与日常生活的音乐就在胡同响起。我刚住进来时,每天早晨四五点钟总会在胡同里清洁工用大扫把画着圈扫街的声音中醒来,似乎能听出手臂的动作,是时而宽时而窄的。

胡同的音响持之以恒。有的家庭除了白天睡午觉时,一直开着收音机。老人坐在杂院口小凳上,听一整天京戏。邻居中有一位月琴老师,常在家练习,练罢出来在院门口遛狗谈天。也有人弹古筝——胡同里似乎流行民乐。我自己也常把音箱开得声音极大,朋友说远远在几十米外就能听到,简直是胡同广播站,这如果在公寓楼里大概会被敲墙,但在胡同里住着,坐在我窗下晒太阳的那些老人还表扬我放的歌好听。日常她们也就在我窗下始终地、不计时间地悠悠聊天,仿佛她们的座席已经是胡同固定建筑的一部分。"买一条裤子,一揭商标底下盖一个窟窿眼儿。好哪,十五块钱……"好像人人都习惯在微微嘈杂中生活,不是菜市场那种定时喧闹,而是与众人生活并行不悖的配乐,也算日常生活的复调。

在胡同里的生活,时刻像听房。声音与噪音间的界限更模糊,人活得密集,生活相互浸透,不是相互交叉而已。

每天上午,都有卖菜的妇女推着板车经过胡同,沿街叫卖,"黄瓜茄子白菜小白菜儿"、"大头菜扁豆豌豆好土豆"……也是大街或小区里听不到的声音。还有郊区农民挎着尼龙大菜篮子来卖鸡蛋、咸鸭蛋、松花蛋。磨菜刀的外地人自己盘下了店面,惯常每几天也走街串巷一次,是大家喜闻乐见的便民。2011年以来,北京清理整顿露天农贸市场,要么取缔,要么圈养在大楼或大厅里,那些露天或流动的菜摊是城管驱赶的对象,而胡同里的这些菜贩则基本只有在庆典和大型会议期间才受管制。新城市像对胡同睁一只眼闭一只眼,让它一边承受基础设施的不便,一边享受"乱"之下的便利。

几乎每条人口稠密一点的长胡同上都建起了所谓"菜篮子便民服务站",这种迷你超市般的胡同菜店是北京市政府菜篮子工程的一部分,很多居民习惯在东四这九条胡同里的各色小店完成日常购物,从烧饼、馒头、活鱼,到日常菜蔬,不大去邻近的大型超市排队。我想象北京是几座看不见的城市的重叠,如立交桥一般,不同居民各走各路。

我不做菜,对"大头菜扁豆豌豆好土豆"只是听听看看而已——胡同里没有天然气管道,还是用煤气罐,我多少怕危险,就常借助新经济的便利,用APP订附近人家自己做的菜。东四六条有位阿姨卖鸽子汤,随时可订,显见是自家养了许多,做好就由她丈夫盛在珐琅锅里骑小摩托送来。原来他们家在平房屋顶上建了两层鸽舍，养百多只鸽子，二十年来皆如此，飞得好的带去郊区参加信鸽比赛，那不太精神的杀来炖汤。不过如今鸽子不能戴鸽哨了——扰民。饶是惯于众声喧哗的胡同，在新的文明观下也将鸽哨视为噪音，总有抗议的、向街道报告的。声音的习惯未必可以久远。这里不再是北岛在《城门开》的序言中回忆的八十年代末那个鸽哨尖锐响亮的北京："瓦顶排浪般涌向低低的天际线，鸽哨响彻深深的蓝天，孩子们熟知四季的变化，居民们胸有方向感。"

末了是胡同的空间经济学。室内狭窄拥挤，房子又多低矮、不大见太阳，人就惯于待在室外，也是晒太阳，也是择菜，也是聊天，也是就么待着，一天一天。下雨时，只要还不太大，老太太也依旧待在胡同街上，只是从她们惯常待的地方挪动到空调机底下去，用机箱挡点儿雨。从南方来的合同制清洁工就住在公厕边的小管理间里，日常把腊肉挂在公厕外墙高处晒着，我每看总觉得新奇。也有人家在大树上钉粗钉子，拖把就挂在树上，省地儿，也省得平房屋内更潮湿。晾晒衣服也通常都是在胡同街上扯一根铁丝，怕风刮走，衣服夹好，袜子打结系在铁丝上，也晾抹布。

东四这些胡同几乎都是本地与外地人口杂糅。八百米左右长的诸条胡同，东西两侧胡同口进来的头一百米几乎都是出租房，不是门面、菜店、饭店、理发室，就是前店后家的裁缝室、干洗店，或是负责附近片区的快递公司员工宿舍，总之住满外地人。到我门前，也就是所谓"第二个公厕左拐"之后，已经没有门脸房，都是本地人住了。我门前有三根铁丝横亘，跨L

型拐弯的角,各占一层,互不干涉,我出门时就从层叠的抹布下钻出。

朋友 B 来访,为文化差异一时气结,"这是侵占私有产权"——他是律师,我对他也解释不通。在胡同里,好像大家都设法多占一点公共空间,公共和私人之间的界限是模糊的,似乎是以不吵架为限,到有人抗议为止。汽车停在胡同边,余下的距离仅能供小型车在训练有素的司机手下小心翼翼地挪动,而路边那些车为了防止磕碰,后视镜统统掰进去、轮子外绑着胶合板甚至砖头固定,大多数遮着防雨篷,简直是动产变成不动产。胡同居民日常开车的不多,但个个都是教导倒车的好汉。哪辆不知好歹的车要过,免不了听到一通教育和指挥,"这边儿!咳,干吗离那么近",是日常看的好戏。

二

刚住进来时还是夏天,北京下了几场连绵的大雨。夜晚常有湿气,胡同里灯火不多,星星并不清楚——不管胡同多无遮无挡众声喧哗,也与楼房人民共享空气质量。雨声则听起来不同。大杂院里,不少房子都是所谓"私搭乱建",雨点打在简易房顶的塑料板上,不是淅沥的雨声了,而是噼啪的,雨点溅起来,听起来粒儿大。明明在下雨,可雨声之外异常安静,我会想起王小波在《红拂夜奔》里写李靖醉酒的夜晚,竟然有些天涯同感。那是失德之世,他感觉到危险,也刚刚见过月亮一样漂亮的长发姑娘。"李靖走到洛阳桥头,再也走不动了,他一头摔倒在明渠边,打起呼噜来。李靖醒来时,只看见漫天的星斗,偌大的洛阳城，只剩下寥寥几盏灯火——夜深了。"他走回自己漆黑一团的小屋子，不知当留还是当走。他"耳朵里轰鸣如雷，什么也听不清"，而天上全是星星。

在这样的一个大雨的夜晚，猫便来了。是我开门进家，手里拎着伞，两道门开得慢，伞支在地上晾起来，转身正要锁门，一见伞下已经坐着一个猫。灰猫像是没意识到房子里便没有雨似的，仍旧躲在伞下像避雨，还不停地打着喷嚏，浑身湿漉漉，毛缠在身上，瘦得很。这猫就住了下来。

然而我烦恼得很。猫有时跑出去，开门就溜走，躲到哪辆三轮车底下，或者上房顶去玩。轻捷的灰猫在大瓦房的房檐上窜，飞檐走壁，确是胡同中的侠隐。等淋了雨或者饿了，再跳到我窗外台子上喵喵哀叫。我按照过去养家猫的方法，每次它回来就带去宠物医院洗澡、除跳蚤，很快就在捕捉游戏中累得不行。

9月初时，胡同发生了一些变化。闲人都动员了，老大妈和中学生都穿着"首都治安志愿者"的崭新蓝色厚织POLO衫，老大妈普遍凝重，坐在惯常的小凳儿上，像静物上加盖了一层防尘布。零星的蓝色学生也坐小凳儿，刘海儿向树，紧盯手机，腺眉奢眼，一团孩气。每件蓝衣服都显得太大。胡同里，"街道"的存在感和政治能力比一般住宅区要强，街道不时办新年中秋晚会或是招工活动，而这时候，街道就组织着一条略受改造又似乎一切如常的反法西斯的胡同，准备迎接阅兵。正午，一队蓝衣人喊着口号从东向西列队行进，正如老大妈把自己精神起来装扮成警卫员，眼神机警的小伙子也压低了姿态，装扮成自卫队员，一整条胡同有微弱的蓝色民防气息，像玩一场大游戏。

对手是谁?

又一只猫从右手边车底钻出来,飞快穿过胡同向对面院子红门而去。坐在院门外街上矮脚方凳儿上的蓝大妈站起来,"哟,回来了",打开院门,猫进去,她关上门。

"这猫老在我们这院儿待着。"

"是您院儿里养的?"

"哎,从小儿就在我们院儿里待着。有时候儿出去,出去完了还回来。"

"那它原来是流浪猫?它爸它妈是谁啊?"

"还爸妈呢。它都生四个了。两个叫街那头儿的抱走了,死了一个,还剩一个……它爸它妈早没了。"

"您院儿里一块儿喂它?"

"它啊,出去会儿就回来。这背后这家儿喂得多。这猫啊,怕生人,见了生人就回院儿里来。"

我说:"我家里来了只猫,不知道是流浪的还是哪个院子养的。现在不太爱走了。若是哪个院子养的,现在我把它圈起来了,怕不合适。"

蓝大妈说:"这猫啊,你跟它好,它就跟你好。它出去了,你跟它好,它还回来。"这猫从小儿就在这院儿待着……她反复说"从小儿",就好像给予关系合法性的是关系本身的存在,是关系所跨越的时间,而不是什么产权所有权、父母谁人、来历契约。就好像猫与人之间性质不同而平等,都是这里的居民,猫和人相互选择,总是自由,猫没有主人,人也不拥有猫,猫喜爱人而人提供给它栖息地。一种主动的、有力的亲爱激发一次次的再度选择。

猫踏着板车蹦跳着上房顶去了。猫倏忽而去腾跃着隐没在电动车的背后。后来我想，我该忘记给猫洗澡、抓猫回来到防盗门背后让它和我一起生活之类的执念。像卫生这样的事，也许有其他方法，譬如我适应它，而不是相反。也许它可以不是财产，共同生活可以不是绑定地在一起，不是它在家中等待自由出入的我。也许它也该享有自由，想来就来，想走就走，而我敞开门。北方话里的"留门"，本来就不是留住门的意思，而是为谁开着门。

或许我与街猫共同生活的幸运，在于我经常得以为它提供食物，它有时愿与我玩乐，相互陪伴；不是令它必须等待一个常出外的我。我经常喂它，它也可以出外觅食玩耍，寻找其他伴侣。我们都在大地上来来去去，幸而有时可以共同缩在一扇门背后。如果我待它好，它就待我好。平房里的关系是更平等的吗？感情可以更自由吗？这是乡愿吗？我不知道。

蓝大妈们被动员起来，是一点补充，也是真有用。不熟的脸例如我，都受到了盘问。午后时辰，看那边又走过来一位，穿个杏色七分裤，裤链全敞开着，长蓝制服半盖着肚子，伙着第三位蓝大妈很阳光地走过来。一大妈说："你这怎么穿的啊？"二大妈答："嘿，这衣服就这样儿。就这么穿。"一大妈不依不饶，指着裤链："你这算怎么穿的？"二大妈笑，退而不怯："刚吃完中午饭，热。这啊，空气流通。"

三位大妈团团圆圆地坐下，头半扭不扭，东张西望着，像习惯，也像认真地反法西斯。

三

秋天的庆典和街道动员很快过去，让人觉得资源浪费，动作太大。接着是困难的冬天。走在胡同里，白雪的小巷排列着，盛大的大雪让我想起北于北方的几个故乡。然而供暖前是真冷。晨晨昏昏间，人过起浑身不舒服的日子，等待一晚一晚的小地狱。胡同两头从早到晚站着的协警也冻得浑身发抖，这种困在格栅之中生命渐渐消灭的感觉，这种等待雪后绿荫的心情，大概古今警民并无不同。

平房原本都是自家烧蜂窝煤取暖，污染重，也容易起火。北京从2001年开始试点，2009年把这些不拆迁的"历史文化保护区"都改成了统一取暖，所谓"煤改电"，是在居民家里安装电暖气。这种电暖气里有电热丝和耐火砖，有蓄暖作用，居民在夜间电价优惠时开电暖气，白天关掉后它也可以继续散热。这种电暖气开启时极热，能烧化邻近的电线，烧焦窗帘，用起来要相当小心。而居民不必交统一的采暖费，各家都有个独立于生活用电的电暖气电表，可以自己控制每天开启的时间和热度，也就控制开支。

这倒是惠民又环保的事。北方城市普遍实行的集中供暖其实问题很大，一方面暖气没有开关、无法蓄能，不能分室供热，人不在时也照样是热腾腾一个房子，蛮浪费的；而且集中供暖，每年入冬天气不同，哪天开始供暖也总是个要集中讨论、抱怨多多的问题。另一方面，从经济相对凋敝、城市管理落后一些的北方城市来的人会知道，经济差的小区里，一个住户不交或交不起采暖费，经常是整个小区都不供暖，这在东北和西北相当多见。贫穷的人家承担不起一年的采暖费，暖气就被彻底切断，就不能在最寒冷的时候或者夜晚睡觉时偶尔开暖气，边省钱边维命。沈阳很多这样的事。不独立供暖，家用暖气也没有开关，人又交不起采暖费，后果就是这样。

北京平房的"煤改电"是国家补贴的政府工程，起初每户自付安装电暖气的费用，后来购买电暖气也有政府补贴。补贴也体现在优惠电价措施上，区分白天与夜晚电价，晚上其他地区用电少，平房居民正好以低电价采暖，降低各户采暖开支。起初夜晚的优惠电价时间短，现在延长到 8 个小时了。为配合电采暖，还改造了平房陈旧的电缆线路，按说是安全得多。

不过要适应暖气的"独立性"也要一点习惯的时间。我几次到断电，冷，才意识到要续交电费。胡同里的电表安在各种奇怪的所在，有的就赫然在室外墙上淋雨，而我的电表居然在一个高牌楼底侧，交完电费得搬梯子爬上电表，去扳开电闸。"煤改电"的电表与日常生活用电的电表是分开的，明明是同一户的两块电表，位置却差得远。搬梯子去黑洞洞的牌楼，爬梯子，打着手电筒一块块找自家电表，不对，再下来，挪动梯子，再爬上去查下一块，眯着眼睛找电表又怕梯子翻覆。那蓝电表上蒙着霜，手指触上去冷得很，恐怕是我一辈子难忘的记忆。

"煤改电"在节能上要说只有一个问题，就是建筑太旧，未经保温改造，有些墙体过薄，散热快。胡同窗户通常薄，因为窗户尺寸小，安不了寻常那种保暖、隔离性好的铝合金窗，窗边就总是有风。平房的门也容易进风，毕竟直接对着外头，缺乏楼道的过渡。到冬天，便有人家去国营布店选布裁剪，安门帘儿挡风了。棉门帘儿是在室内门顶上加钉一道木条,挂上夹棉的厚门帘儿,有图俏的人家用绿的,是冬天胡同里少见的鲜嫩,隐隐约约。

冷日子一切都慢。老太太穿得厚厚的,帽子直扣到眼睛,下午出来,在老地方晒两个小时太阳,说话也慢。老伴儿多半早不在了,老太太独个住,中午下碗面条吃,或者和儿孙住在一起。独居的八十多岁老太太凑一堆,慢慢说着话。

"您不去闺女家住两天呀?楼房暖和。"

"人家没请咱们呀。"

"唔,这要去,就是硬去,不是缺心眼儿吗。我也不去。"

"你要说叫咱们去了,那我回家,归置东西,三两天就搬家。这也没叫呀。"

冬天也有好事——我的猫终于不跑出去了。

四

不拆迁,胡同房子就成了要下一番决心才能变现的资产,大多数老人还守在这里。历史文化保护区的居民可以选择的是所谓"腾退":若愿意搬走,可以参加北京各区的"旧城保护定向安置房项目",住进在郊区为旧城居民特盖的经济适用房和定向房;若不愿搬走,便等待政府逐步改造旧房,即"翻建",从建公厕、由政府出资为院内地面崎岖不平的大杂院铺设地砖、刷墙这些改造措施,到实现终极目标——在原址上整修或新盖有独立厨卫的新式四合院,居民住进翻建后的新房。

但什么时候会翻建?如果愿意参加定向安置,以什么比例置换房产或是折算现金?这条胡同的居民议论纷纷,没人知道答案。

3月,街道要求各家去登记,也有工作人员上门走访"摸底",记下各家人口情况、居住时间、大体腾退意愿。我跟着街坊去看热闹,居民大多意愿不确定,或者不敢说出意愿,想等细则出来后再决定。不过他们七嘴八舌的提问得到的回答是"等通知","这不得先登记你们的情况吗?"

回来后,东四八条的人们仍旧在我窗下坐着,讨论腾退的事儿。有人纳闷:自己家住的是公房,房顶漏雨,向房管所申请做个新屋顶,房管所回复说,报修得等国管局批钱,慢着呢。她再问:那是报修快,还是等翻建快?房管所说,根本没听说要翻建哪。

老太太说,"腾退……等不着喽,死喽!"

再一位老太太大声说,"这咱都不懂。糊涂!"

又一位老太太张着耳朵,想参加到谈话里去——她耳朵有点聋。"听不见——通县?爱哪儿哪儿!"

从程序上看这是个难解之谜:如果不了解居民意愿,不知多少人想走多少人想留,就无法制定细则;而如果不知道细则情况、预备何时翻建新房、置换现金和面积的比例,居民就无法给出意愿。我很疑惑,在这个逻辑下,工程究竟如何能开始呢?48岁内退的电车司机老吴给出了他的解释:哪年上头重视了,就能翻盖了。

聋老太太这次听清楚了:"或者开大会!哪年要开大会了,就能给盖新房!"

那边登记腾退意愿,这边由政府主导并出资的"东城区棚户区平房修缮工程"也开始了。我始终没能接受朋友A把我所住的街道认定为棚户区的判词,声称这是条好得很的胡同,直到政府改造工程的命名与墙上挂着的标示让我再无法辩驳:

> 东城区棚户区平房修缮工程
> 施工给您带来不便　请您谅解
> 正在施工　请您注意安全
> 加强自我防范　提高安全意识　发现可疑人员　及时主动报告
> 民警向您提示:住户出走时,请将房(院)门、窗户关好,院(楼道)内严禁堆放杂物
> 外地人员及时报暂住户口　注意防火、防盗、防煤气中毒

等等,什么,住户出走?

棚户区工程3月19号动工,工期三个月,预备免费给全胡同统一刷墙,墙体外贴上灰色砖片,各杂院大门涂上颜色鲜亮的红漆。老吴说,这是一时半会儿翻盖不了喽。我鸡贼地请工人顺便把我的家门也给刷了一遍。

美国记者何伟曾经住在菊儿胡同,也在东城,不过菊儿胡同早已经推倒了旧房子,改建了整齐的新式四合院——正是东四一带的目标。在文章《胡同因缘》中,他写道:"一般很少听到普通的北京居民对城市所发生的整体变化表示关注。很少有人说起建筑保护,这可能是因为中国文化中'过去'的概念并不像西方那样与建筑紧密相关。中国人建造房屋时极少用到石料,而是每几十年更换一下屋中易朽的材料。"

我倒觉得，那种听之任之的态度和"过去"的概念与建筑材料的关联恐怕很小。居民对决策并无发言权，如今民主征集意见的复杂流程更令居民处于一片迷雾之中，并未真正获得裁决权，还多了不确定感，只能从电视新闻和网络传言中猜测自己的命运。没有话语权、等待决策到来却不知它将何时、以何种条件到来的人，如果不听天由命，又能怎样呢？历史学家董玥在《民国北京城：历史与怀旧》中这样写，"北京城的居民对于急剧改变他们生存空间的开发项目的决策很少或根本没有发言权。"整个20世纪，北京都处于基础设施改造、城市空间重塑的现代化建设进程中，可人们没有对自己居住的这块空间的命运作出决定的资格，能私盖、整修、赚钱、搬家，但对大的命运大抵是少可作为，只能听之任之，也是等待也是逃避，成为一种在西方人眼中常常显得超然的哲学和生活方式。

我翻出去年刚住过来时的日记，看到去年8月天津港爆炸后记下的对话，已经不知是谁说的，莫名打动我："我们家那边除了化工厂就是白杨树。这次爆炸那地方就离我家7公里。我爸妈经历过唐山地震，天一红，还以为又地震了。"也看到刘天昭在随笔集《毫无必要的热情》里这样写北方："上回风大，在树林里走，脸刮得生疼。可是也不觉得严酷。迎着雪站下来，听风声呼啸，觉得自己无法融化，因此又感动又坚定起来。"不知怎的，这些关于白杨和命运、等待和忍耐的话都把我和周围的人联系起来，似乎是一种关于中国北方的情意，似乎作为"人民"存在的中国人的情感和居住总是如此。我们的生命就是这样，听天由命，而有记忆和感情。

五

3月比较柔和，4月轻灵灵地过去，进5月天热起来，猫又时不时跑出去玩，想回来时就从街上跳到窗台上冲我翘首而喵。一个晚上，深夜1点半钟，我在家里看书，听到窗户响动，以为是猫，懒怠起身。又听它响了一会儿，终究还是出去看。结果这时客厅一扇窗居然已经是打开的，纱窗也推到一边，直敞敞从黑洞洞胡同里吹进的凉风让房间似乎冷了几度。我站上沙发，伸手臂关那扇高窗，正看见一张清楚的脸，双手抓紧窗外护栏，离我一臂之遥。他在我惊叫中跑掉，一个红影快速跑进黑。

打电话报警后，我在卧室待不住，走进厨房。这时大门底有响声，有工具撬动门——那人回来了。我再次打110，催警察快些来。那人又返回到我门外、我蹲在厨房角落里等警察的几分钟，大概是我平生最恐惧的几个时刻之一。多年前去四川黑水做踩点调查，冬天冰冻，路况不好，夜车司机困得嘴里叼着的烟掉下来烫了裤子，我躺在打滑的卧铺大巴上不能合眼。那次最后倒没有实际的危险。有危险的那次是在曲靖做什么调查回来，遇到泥石流，坐在小面包车里等待，车也不能移动，而山上滚下来的大石块正好砸在车顶，砸出凹陷，轰隆隆从身边车窗滚下又滚进江水。人嵌在座位里，车子小小的在泥石流中，山上雪崩一般下石头雨，那种浑身冻僵、等灾祸降临而无法移动的哭泣，在这个胡同的夜晚重温。我渐渐觉得，让人最无助的大概就是肉体暴力、疾病、地质灾害三样，在它们面前人是羔羊。

我在凌晨4点离开派出所回到家。警察怀疑这个意图入室或盗窃者是重犯或有前科的惯犯，否则未必敢在我看清其外貌后又返回来，而我看清了那张脸和穿着，也恐怕会成为后患。警察也发现，这个人其实已经撬开了我洗手间的窗户，或许因位置太高又改去开客厅的窗。因此第二天立案，区刑警队也来搜集了窗户上的指纹。案子后来没查出什么，不过在机关工作的朋友教我与派出所打交道的语言：不能一副理直气壮的样子，要示弱，要去一遍遍找他们，说，"我一个女性，很害怕，所以很希望警察同志能再多看几段监视录像，看看能不能找到这个人"；要去找领导，说，"我胆小，不敢在这里住下去，可房租又付过了，请所长看看能不能在我家附近多派人，加强巡逻"。我不知是哭还是笑好。

警察说，你应当搬家，平房不适合独居女性；又问我的生活习惯，是否晚归，又建议我以后要找人合住。我的女权主义这时也不帮助我。我明明认为问题不在于我的生活方式或穿着，但也没有勇气继续这样生活下去。

黑影和脸成为我的噩梦。有时我等到天亮再睡，有时在梦中惊醒，仿佛看见卧室门玻璃外出现影子。有时过一个兴高采烈的白天，傍晚天黑时觉得不能再住在这里，临时订房去酒店。有时害怕声音和影子。夜晚不知道该不该开音乐，没有声音会害怕，开了音乐又担心会错过危险的讯号。晚上醒来几次去查看门是否锁好。

这终究成为我离开的原因。应了搬来时街坊说的那句话："明明可以去住楼房啊。"

5月，我的朋友，艺术家黄静远的作品《是谁把你带到我身边》开始在东四七条展览。展出场所 LAB 47 是个不定期举办艺术活动和展览的艺术空间,像抽屉一般低调地嵌在胡同中,隔壁就是杂院。艺术家这边布展,那边附近居民见它开门,好奇地牵着狗进去环视一圈。目前艺术空间的主人不在北京,门钥匙放在附近的食品店保存。有一天,我前往食品店时是下午3点,对面史家七条小学正放学,挤得很。食品店主——一对夫妻显得焦躁,在食品柜上放口香糖、棒棒糖的几个糖盒里找了半天翻出钥匙,说:"下次不要放这里来了;不好找,我们这里又乱,要是丢了东西我们是不是还得担责任呀。"后来又说:"我们又不认识他们,他们就是租房子的嘛,又不是邻居。"

"那谁是邻居?"

"街坊才是邻居嘛!这个是开画廊的,是租房的,我们又不认识他们,连姓什么都不知道。每次就来找我们放钥匙,多的放过一个月。"有趣的是,食品店主夫妻也并不是本地人,他们来自中原某省,也是租下房子开食品店的。

即便食品店主称自己与空间主人不熟悉,甚至觉得钥匙的事是找麻烦,他同时也对艺术空间抱持相当大的善意——无论怎样抱怨,他事实上一次又一次地帮助着空间,事实上也承担了风险和责任,他也说,如果是不对劲的人来拿钥匙,他都要好好查问。

在食品店里我想到自己。我怀疑自己也像《是谁把你带到我身边》一样,是把自身搁置在这个社区的一个作品。一个暂时者,由于兴趣、好奇心、介入胡同的冲动来到这里,在这里获得住址和生活经验,虽然没有获得亲密,但也获得了善意。而这次意外是胡同对我的惩罚吗?狂妄的外来者,希图倚赖上某种自己曾认为坚实、有传统的生活方式，以获得一些活力，而内在于那种生活方式的艰难和希冀，不可控性和种种谈判与妥协，则是我在搬来后才逐渐知道的。像董玥写的，"老北京的居民事实上在今天也急于逃离拥挤的大杂院和胡同，奔向他们心目中更舒适的生活"，他们与对老北京和胡同意象的怀旧和商业化并不属于同一种潮流，虽然他们可能会以后者为策略保护自己，张扬自身利益。

其实，我的邻居并不管自己生活的空间叫胡同，"胡同"是在外来者的观察中、在关于老北京商业化与现代化潜力的文本中、以文化视角理解生活或者以建筑学视角理解北京城建时，常常出现的概念。在我邻居的语言中，"胡同"只在前边跟着修饰词时才作为具体地名出现，譬如石桥胡同。我的邻居——生活在这里的人，强调的是平房与楼房、旧房与新房的区分，住在这里就意味着住平房，住旧房。而在既关心生活条件改善，也关心文明和"素质"问题的政府和规划学家看来，这里是既需要保护又急需改造的棚户区。

胡同，平房，旧房，棚户区……这个具体的地方是这些概念的混糅，也超出所有概念。生活不容许浅薄的好奇心，或许也没有"全身而退"。预留出路的、可退可进的、以体验为目标、预计好离境时间的外来者，自命为观察者的人，或许总会受到惩罚。对人的兴趣、关怀和同情最终要求人献祭自己的身体；在田野中没有安全、隔离的气泡。我的朋友把冬妮娅当成一个动词，以此嘲弄我，有时对我说："你又冬妮娅了。"这次事件后我有时觉得它是报应，活该，但朋友提醒我，这种心态也是"又冬妮娅了"的一种。

我始终不能对这个事件感到舒适。也或许它只是一个意外。总之我现在想，要进入、介入、理解，起码要带着力量。这里不容谁"体会生活"——在"历史文化保护区"和"东城区文物保护建筑"的牌匾之外，它还是棚户区；在胡同建筑文化与风情之外，它还是平房；在画廊、酒吧和明信片之外，它有公厕的生活实质。它有气味，声音，习惯。它拥挤、潮湿、缺乏光照、马桶管道过窄、电话信号不好。住在这里的人有改善生活的愿望，有听天由命的无力感，有日常生活的难度和危险。

六

到6月初的此刻，"棚户区修缮工程"仍在进行中。工人刷完我的门后，也帮我刷了木制防雨檐。现在它从外表看起来很像个不损害北京城市形象的小平房了。政府又开展了一项帮助居民安装淋浴花洒的工程，有补贴，不过居民要自己出钱购买政府规定的花洒，多数人并不积极。

胡同里收废品的公司接到了要限期搬走的通知，据说小饭店也要清理，以保持历史文化保护区的街道清洁。而那个必须离境的日期，像"腾退""翻建"一样模糊不定，收废品的工人把堆满纸壳的卡车停在胡同里，躲在小宿舍里依旧喝着啤酒，绿瓶子摆满一窗台。

胡同两端修起了类似于岗亭的站台，从早到晚站着的年轻协警现在站到贴着"温馨提示"的台子后面去了，像北京春天一样透着股不耐烦。他们实际上由物业公司雇佣，公司背后是街道办事处，与派出所之间并没有隶属或管理关系，KPI主要由撕胡同里小广告的成效判定，穿着像警服的低配版本，手臂上却圈着"首都治安志愿者"的红袖标。遇到喝酒打架的，不得已便管管——不得已，是譬如就在眼前打起来了，其中一方大叫："你管管啊！"小协警愁眉苦脸，实在处理不了，只能用对讲机去麻烦警察，那警察也不高兴啊："多大点儿事呢。干吗要喝酒，干吗要打架呢。"

我也快要搬走了。

天气已经热起来。午间走回胡同，烟纸店前照旧坐着一排男人。单行道的窄胡同里，对面居然开过来一辆无知的白面包车，破破烂烂，成了灰色，驾驶室里坐一个毛头小子，和走正确方向的一辆桑塔纳杠上了，窄得很，两边都不能移动，我也卡在那里过不去。烟纸店前坐着的男人，本胡同居民，冲毛头小子喊："违章了！不能走，单行！《道路安全法》知道么！"又冲桑塔纳喊："撞它！""撞它！""打交通报警电话，122，告它！违章了！你撞它！"一喊，酒气从嘴里飘出来。这些也像老舍笔下的北京，也并无不可思议之处。

而午夜走回胡同，本地人都睡了，外地人完成一天的劳动，准备回家去。胡同口一对夫妻佝偻着坐在电动车上，一个后座一个前座，完全平行着身体，列队一样。女人从前座拧过身来，男人举起身旁板车上的透明保温杯，里面是柠檬黄的暖灯光一样的液体。我想是酒。他们是借身旁板车做酒桌，前后身坐着休息。板车上不锈钢盘里的烤串吃完了，剩几根木签子，一盘花生毛豆还有小半。女人站起，活动臂膀，又坐下，长声如叹息。男人举起酒又放下。在胡同里，有一些日子我自己也"醉卧不知白日暮，有时空望孤云高"，风鼓动在空洞的小房间，声音因缺乏回声的余地而非常的脆。胡同磨灭一些白日梦,这也算胡同教我的事。

夏天又要到来。我依旧喜欢胡同的大槐树,打在地上一大片繁密的叶影——在没有公厕的大街道,也就没有那种槐树了。北方人离开槐树和白杨,就觉得不对劲。而附近胡同13平方米隔成三间的学区房,在我搬过来时是270万,如今要310万了。

乡村命案

文＿袁凌

　　上坡到了小镇，一条弯曲的、提前黄昏的大街。又有一丝奇怪的光。两个女人在零散堆着五金和粗瓷零件的店门闲谈，我问了她们高家的地址，她们拿眼角瞥向坡下。

　　高家在下坡路的中段，是一座孤立的房子，式样和镇上别的楼房完全一样，因此刚才路过时没有印象。底层的门面顶着一个略大的二楼，用于居住，永远遮着一幅过于宽大的窗帘，底层则开小店或者车铺。这是一家名副其实的修车铺，零件的布景在黑暗里显露出来，说不清有多少种类，地面正中有条地沟，积着油污。

　　这里的情况还没有来得及改观，是因为一个人杀死另一个人带来的改变太大了，来不及适应。众多的零件吸收了光线，把其他一些质地的东西收藏起来，走到近处才看见刘苏，和她身边的方桌。

　　我介绍了自己，在成都时高政的一个堂哥已经联系上我，这个堂哥在律师事务所工作。"哦"，刘苏活动起来，些许摆脱了丧气的外观，现出一个原本有些风情的乡镇女人形象。

"我实在没想到，他会做这样的事情，他一直是特别老实的一个人。"她的手搁在暗淡的八仙桌上，这是一只丰润的手。由于丰满，她的体态显得慵懒，说悲伤不如说是不乏伤感。

四天以前，她的丈夫高政，这间修车铺曾经的男主人，在镇政府持刀杀死了副镇长黄富邦。根据堂哥电话里的讲述，副镇长强奸了她，丈夫知道后找副镇长理论，经过调解打了两万元的精神损失费欠条，名义是修车费，但副镇长不兑现，说是两厢情愿，还派了二流子上门威胁，高政气愤之下到镇政府找黄富邦，黄富邦仍然以势压人，高政一气之下捅了黄富邦几刀。死者家属还提出要求，要县政府追认黄富邦为"革命烈士"。

"黄富邦以前认识你们吗？"

"认识。"她有点迟疑，"也不算认识，就是我们搬到这里修车后，他总到这里修车，他有一辆捷达车，买的人家的旧的。"

黄富邦家在县城，有一次下班后回家，车子下坡时坏了。"往后他开始经常来修车，就是保养一下什么的，来得很勤，来了就和我说话。"

黄富邦戴着眼镜，有些瘦。"看上去文质彬彬的。"她回忆地说。

黄富邦和她熟了起来，谈到她也见过世面，有能力，就这么待着可惜了。"女儿3岁了，我本来打算今年出门的，或者到县城做个生意，高政硬要我再待一年。"刘苏说。后来黄富邦知道高政有个傻子弟弟，答应帮忙给她办残疾证，说有了残疾证开店可以免税。"后来我知道，其实要残疾人自己才能免税。"

个把月前的一天，黄富邦下班经过这里，告诉她第二天到县上找他，他带着去残联办残疾证，残联主席是他同学。

第二天上午，她在县电信大楼前见到了他，他请她吃了早饭，去残联却没上班，因为是星期六。"他说你到我家里玩玩吧。我本来不想去的，他非要我去看看，我想还要他帮忙，就跟他去了，他说他老婆不在家。"

"进了屋，他就跟换了个人样的，动手动脚——没想到他这么个人——"

"你没反抗呼救？"

"我反抗了，他劲好大，我一个女人家。他又让我不要喊，说喊出去他没面子我也没面子。我没想好，他就——"她呲了一下嘴唇。

"有十来分钟吧。后来他威胁我说，让我不要说出去，他是镇长，对我们没好处的。想不到他会这样，看上去文质彬彬的一个人——"她有些叹息的样子。

"回来我没有告诉高政，想到他这个脾气，肯定受不了。半个月黄富邦说证办好了，让我去取，我去的时候他又做了那样的事。总共两回。"

"那高政怎么知道的呢？"

"虽然我没说，但是有了这种事，神情会有些变化，我又一直在想要不要对高政讲，他疑心了就逼我，我就说了。我的意思是只要我的心是你的，吃了两次亏也就算了，人家势力大，没想到他完全不能接受。"

她的眉头皱起来，露出有点气恼的竖纹。"我给他讲了半天他也不听。"

"那张欠条还有吗？"

她拿着一张有些皱的纸下楼。"这个现在还有用吗?"

纸在桌面上铺展。这也许是一张没有上漆的木桌,却由于日常沾上各种油脂变得非常光润,有横七竖八的细小划痕,桌中间摆着一把削水果用的刀。死者的签字虽然是在被迫之下,还写得中规中矩,保留着一个干部的风度。

"在这张桌子上,高政拿着刀逼他签的,就是这把刀。"她拿了一下这把小刀,"黄富邦不承认,说不是强奸,高政就发火了,拿刀抵着黄富邦的脖子,黄富邦就签了这两张欠条。说是一次一万块。当时我在边上。"

黄富邦后来给了5000块,说其余的他没那么多钱了,他老婆管钱不给他。高政找了他两次,两个人吵起来。后来由黄富邦的堂哥出面,在县城一个茶楼调解。

调解不欢而散。

"第二天来了两个人,在门上问高政,高政当时在楼上,我看两个人光着上身,一个还有文身,一看就是二流子,就没敢说高政在。两个人看只有我一个女人家,站了一下就走了。回头我告诉了高政,他说其中一个昨天调解时见过,是黄家请来扎势的。他很气,坐在这把桌子边上,拿刀插桌子,说一定要找黄富邦算账。当时他神情吓人,我劝他也劝不住。"

第二天发生了命案。当时她不在家,回家刀不在桌子上。过一会镇上有人往这边跑。

我们走上公路。

两旁都是稻子收割后的田野,浓厚的气息中,感觉缺点什么,又多了些什么。每一个进入田野的路口有两三个穿着白衬衫黑西裤干部模样的人站着，多半斜倚着一辆摩托车。刘苏说这是县乡的干部，严防农民烧稻秆肥田，发现了不光罚款还要拘留。一架飞机隆隆地掠过田野，体形庞大。

刘苏说，她娘家在金堂县，她和高政是在广州打工认识的。他们同岁，都在外面打过三四年工。认识之后，两人就一起回来，结婚生了孩子，又起了这幢房子。她本来想趁年轻还出去打工，但孩子太小实在走不开。现在孩子上了幼儿园，她就想再出门打工，没想现在——

我们走进一条通往田野深处的小路，路口的乡干部看了我们一眼，他的行头是一辆金狮摩托。他在这儿待了大半天，显然有些无聊，探究地看着她和我，我们沉默地走了一段，她重新开口说，这些干部都很坏，他们不知道怎样在传这件事情。

窑厂在高坡上。走近之后，打砖机的声音震得什么都听不见，机器下面似乎还有一个大洞。很多男人在棚子里围着机器忙活，一辆拖拉机超过我们在厂棚附近停下，两个人抱着砖块过来装车，她对其中一个使劲喊了几句，虽然她就站在拖拉机旁边。那人用力听着，听懂了，走回那一堆围着打砖机的人又喊了一阵，就有一个人朝我们走来。他习惯地低着头，到了近处才抬头找寻我们，脸上露出迷茫的微笑，他走路的姿势和笑容都显出一种特征，一种和正常人稍有区别的东西，就像一个沉迷于内心世界的人，对外界只是被动地反应，因此在这个世界上永远慢半拍。这就是高政的残疾人弟弟。他站住了，笑着看她，她走近大声对他喊了几句，用的声音比先前要更大，又指指我。他"啊啊"了两声，似乎听懂了，慢慢向我走来。这时我想到自己没有多少可以问他的。

"你是高政的弟弟？"大声地喊，他没听见，继续迷茫地微笑着，刘苏帮了一句"他问你是不是高政的弟弟？"他点点头。我感到他不像有些傻子那样傻得厉害和冥顽不灵，他和正常人之间只有一点点区别，可这一点点区别像岩层，把他和世界永恒地隔绝开来。

"高政杀人你知道吗？"我又大声喊，他再点点头，我感到他并未听懂，只是出于一种点头的习惯。刘苏叮嘱他一句什么，他也点点头，慢慢转身往回走。

刘苏说，这个残废弟弟很好的，很听话，高政一直对他很好，今后不知道怎么办。这件事显然又使她伤感起来。

一个老人在路旁担水，他站起身看着我们走近。刘苏喊了他一句什么，说我为了高政的事来的。老人拄着扁担，说高政这娃可惜了，我看着他长大的啊。

刘苏走到前头去了。老人说，高政小时候脾气很倔，不爱说话，可是人特别老实。上学成绩一般，初中他就不想上学了，硬是退了学出门打工。可是他尖心，肯钻，手上的活一学就会，小时候就爱修理，老人会修收音机，高政认真跟他学过。出门之后，高政在大地方学会了修车，一门好手艺，带回了媳妇起了楼房。没想到现在这样。

老人望着她的背影说，媳妇没娶好啊。光是长得好，不是好事。他说了这一句似乎觉得不妥，马上止住了，佝身挑桶。桶里水清凌凌的，水纹层层晃动，老人的影子也在里面动荡。

刘苏站在路旁，看着路下的沟渠。她低头的姿势显得费事，似乎在这需要佝腰讨生活的平原地带，她的高挑并不适宜。我赶上她，刘苏说自己要看车铺，很少出门，好久没到田里来了。

沟渠里的水很清，几乎和桶里的一样，顺着道路蜿蜒，穿过了一些树丛。她说，她家乡的水田没有这样多，因为水不够。家里也没什么人了，她跟高政来这里，心里是情愿的，想一辈子幸福地生活。"谁知他啊！"

她说，高政知道之后，她一再劝他，她是真的爱他的，只要他真心爱她，他就不要太看重这些。"他欺负了我的身体能得到我的心？"她和他要好好幸福地生活，本来起房子落了债，她想出门挣点钱，他不想让她出门打工，她也就不出去了，办残疾证也就是为了这件事。房子钱过两年还清了，孩子也大了，上学了，一家人幸幸福福地生活。

可是现在他把人杀了，什么都没有了。她劝了他那么久，劝不住"男子汉"的那口气。

"我觉得他也爱我，也不爱我。"她说。过一下又自问："你说你这样，是爱我呢，还是不爱我呢？"

这个问题显然让她一直苦恼，似乎想得最多的就是这个。"出事了也不让去看他，律师去看过一次，他还说他不后悔。你不后悔，你老婆娃儿怎么办呢？人怎么这么倔啊！"

她问我杀了人是不是都要判死刑。

一般故意杀人都要偿命。他这个情节有些特殊，是被人欺负在前，但是他冲到镇政府杀人，情节比较恶劣，又会从重惩罚。加上对方是副镇长，可能会找一定的关系。最好的结果，或许是死缓吧。

刘苏点点头，又说黄富邦看上去文质彬彬的一个人，实在想不到他会做那种事。你就算满足了欲望吧，如今人也死了。

何苦呢。过一会又问，如果判死缓，是不是比无期还重。

我说确实死缓比无期还重，但中国只要判了死缓，过两年表现好都会减成无期，以后会减成有期。

"有期会坐到多少年？一二十年？"

我说差不多，有坐十几年的，一般要到十五年以上。

她沉默了。过一会说，怎么办啊。要是坐六七年牢，我就可以等，今年25岁，七年后也就是32岁，还可以好好生活。可要是坐十几年，人都老了，怎么办？"心里一点底都没有。"

刘苏慢慢地走着，似乎"七年"是个分界的门槛，她掂不起更重的分量，眼下的前景使她无可奈何。但即使如此，她身上的活力也没有完全消失，手指偶尔去触一下路边伸上来的那些植物花叶。

那些年轻人已经不再在村庄路口。公路上的干部也不见了，大约临近下班，提前开小差。我似乎看到哪里冒起一束浓烟，细看又一无所有。路的另一旁，翻过的田里有些人在干活，其中一块田里是高政的父母。我们跳下坎子走过去，半干半稀的水田里老人们在栽萝卜苗。

她指着远处一幢房子说，那就是高政的家，他们结婚后在那里住了两年，家里穷，结婚时没有起新房，她倒不在乎，高政讲志气，一定要有个自己的新房，起了房才搬到街上。

高政的父亲拿着一束萝卜苗，他刚才已经佝了很久，还不习惯站得很直。我问高政的情况，老人有点激动起来："高政可是好娃子啊，对老的孝顺，他哪里会杀人啊！"母亲还佝着身子点苗，也直起腰茫然地听着。

老人说出事那天他在镇上，听见杀人了，跑到镇政府门口，刚刚看见儿子被拉上车,几个警察架着,"脸上打得不成样子了"。他只看到了一眼睛,车子就飞快开走了,他呆了。

"可要救他一命啊!"

"他脸上打得都是血。"

有风,老人靠着田埂站着,手里的小苗微微颤动,背景里是拿袖子拭泪的老婆子。

镇政府已经下班了,空荡荡的门洞里,挂着一个横幅,"严厉破除烧稻秆陋习,保护机场安全"。

向相邻的烟店老板打听,说你来得晚了,事情已经两天了。

去问对面的理发店嘛。

理发店里有好几个女孩,温暖的灯光,一字排开的理发椅,很多的镜子和像饰物闪闪发光的工具,一个男青年在理发,一边和女孩们说笑。"我天天来你给不给理",男孩说,女孩回答,"你头发能天天长出来,我就敢天天理"。

一个女孩问,你理发吗?听到我的来意,她有点为难。"那天我只是远远看了,看不清楚。"我问高政被押上车时脸上有血吗,她说好像有,好像又不清楚,她显出不是不想理我,但不知道怎么办好的神气。其他两个女孩也说那天放假,没看见。

男青年扭头说,镇政府不让她们说的。你再去问问对面的烟店老板,他知道的。

走出理发店,温暖的光投上街道,形成长长的一道,洗发水的香气也飘散出来。

我搭了一辆回城的中巴车。下坡经过高家,车铺的卷闸门已经关上,只留最下面半膝高一道缝。黄色的灯光,似乎有意将女主人的影子在地上铺开。

乡村的夜晚沉入黑暗，坡旁有不少的类似高家修车铺的房子，却如同实心的水泥盒子，不透出一丝光线。

正午阳光强烈，镇政府门洞依旧没什么人。我怀着警惕心走进院子，看到一个不错的礼堂，是新起的，放在过去也许夸张了点。

办公楼二层几乎没有人。只有一间副书记办公室开着，好几个人抽着烟屈膝坐在沙发上，神气似乎是讨个说法，副书记在解释政策，听得出"退耕还林""指标"的字眼。我等了一会，人们出来了，副书记在几个人簇拥下急匆匆走过来，抬头看了我一眼，还算和气地说他正要出门，有急事，有什么事找办公室。说完这一堆人很快走掉了。

办公室里有两个女人。

"黄镇长的事啊，真的不知道怎么讲好，按理我们不该讲——"她显然有点为难地说，一边给我端来茶。她穿戴挺干净，白衣黑裙，身在基层又不必日日风吹日晒，有着某种不失纯朴的精致。

我打着刚才那个副书记的旗号，使她不好完全拒绝我。

事件发生时她是在场的，那是一个蚕桑工作会议，据她说，事情发生在会议结束之时，大家纷纷朝外走，黄镇长因为整理材料落在后面，这时凶手冲到面前，不由分说就行凶，黄镇长还没做出反应就倒下了。她一直使用"凶手"这个词。她走在前头，听到黄镇长的呼叫回头看时，凶案已经发生，黄镇长已经倒下，手还捧着自己的腹部。她说到这里就停住了。

办公室里一直有人进出，我们的问答断断续续，另一个女人则一直在接电话和抄什么。办公室墙上贴着秋播进度和种子发放统计表，电话里讲的是蚕桑收购。你看到了，我们的工作就是这样，一天忙也忙不完的。黄镇长出事后，我们都感到特别担心，心里寒，我们这办公室是最经常跟群众打交道的，免不了要产生矛盾，哪天一个农民因为他家的猪多交了几块屠宰税，蚕桑少卖了几块钱，拿着刀就冲进来怎么办？

似乎确实为此感到了忧虑，她答应带我去看凶案现场。

大会议室的白色厅堂造型在镇政府院子里显得特别，她告诉我这是前年才盖的。会议室门虚掩着，由于窗户大，里面一排排座椅显得很明亮，主席台黑板上写着"紧抓禁烧秸秆工作不松懈　全面铺开秋季蚕桑动员"的标语，她说这就是那次会议的标语，还没有擦掉的。她领着我到主席台下，我看到了一方陈旧的黑色的印记，"洗过了的，还没有完全洗掉"。"黄镇长有没有和凶手搏斗呢？""没有，黄镇长想抓住匕首，他的手心被匕首割破了，但是他没有力气了。"

黄镇长倒下后，凶手"继续拿着匕首"，这时蒋书记对凶手"大喝一声你要干啥子"，凶手被镇住了，蒋书记拿起一把椅子，打掉了凶手的匕首，其他两个人也一起上前"制服了凶手，直到110赶到"。

我问凶手杀伤黄镇长后有没有继续行凶的意思，自己放下的匕首还是被打掉的，她说是被打掉的，又说自己当时太吃惊，都记不起来准确的情况了。"那凶手是不是挨了打？""我记不起来了。有人说他上车时满脸是血。我没看到，当时我受不了就走开了。"

阳光很强烈,地上的黑色印记却已陈旧,凶案似乎已发生了很久,使人有一种奇怪的感受。她说,刀捅得很深,但黄镇长没有流多少血。她说这点时似乎还感到奇怪。我蹲下腰拍照,按照拍摄的要领,要把她的身影拍进去。她忽然感到了,往后退,我仍然抓拍到了有她身影的照片,在强烈的阳光里她显得很远很小。她问没拍我吧,没拍到吧,我说没有,她不放心地来看,我把刚拍的两张放给她,说没有吧,她还是不放心,说还有,你再放给我看,你拍了的。我说没有了,真的没拍你。她显然非常疑虑,还有点生气,又不知怎么办好的样子,说早知道我不带你来了。

在大院一个玻璃橱窗里,我看到黄的职务,排在领导班子第四位,主管建设、退耕还林、民政。

正对街头的一家茶馆放着许多竹椅子,圆滚滚的椅子一直堆到大街上,在阳光下有一层光泽。几个老头打着长条的川牌,脸上的色泽也和椅子近似,偶尔的几句话和烟雾一起挥发飘散,我以为自己听到了关于黄富邦的一点什么,赶忙过去又什么都没有了。

等到终局洗牌,我问起命案的事,一个老头说,那天他们都在忙着打牌,没看到什么。不过关于黄富邦的事,可以去找老武装部长,他今天打了两圈牌就回家了,住在北街。

北街是一片新的住宅区,没有平整好的地面裸露黄土,显出当初的郑重和事后的半途而废。老部长家二楼望出去,是一片没有平整过的洼地,丛丛植物在夏天冒得很高,看上去可以捉迷藏,老人说这里在规划中是一个集贸市场。"不知他们怎么弄的，反映了多少次也没用。"

老部长的妻子回家了，提着一个篮子，把一堆暗青色的瓜和竹笋放到木桌上，准备晚饭。老部长抗过美国，去过西藏平叛，因为想竹子和米回了家乡。6年前退休，还有一个退休党员支部书记的身份，时常到镇政府参与一些评议会议，直到去年换了书记。

"老党员的意见没人听了，支部生活也没人关心了，有事情也不叫我。他们不叫我么，我也就少去，不叫人家心烦。镇政府那个院子我好久没进去了，听他们说起了新的大会议厅，黄富邦就是在里面被杀的吧？还没造起好久。"

老部长说他和黄富邦不熟，没见过几次，也说不清这人的好坏，但"他是我手上送的兵"。镇子里所有的兵都是老部长送出去的，人数有一个连了。

我问老部长黄富邦经济上的事，他说听到过影子，不是太清楚。不过，黄在管建筑上还是弄了些钱。"你去问三师父，她可能清楚这些事。"

坐三轮车穿过拥挤的街道，在一处特别热闹的地方，看到了一块民政局立的建寺善功碑，密麻麻排着捐款人名字。走进缘空庵的大门，看到走廊下有一处茶馆，开着四五桌麻将牌。我打听三师父，人们指指后面正殿三间大房子，说在偏房里歇晌。

正殿里的观音像算是比较大的，金身也光鲜，应该是不久前重塑过。偏房里空间不大，一个尼姑模样的人靠在竹椅上打盹。我叫醒了她。三师父因为天热光着头，穿着一身细棉的直褛，颜色灰黄，应该是显示住持的地位。她用江浙一带的口音抱怨自己身体不好，天气一热就乏力。三师父在 31 岁上出家，今年是第 19 个年头。那一年她刚到这庙里，只有两间破房子，发愿要起一院房子，塑两尊金身。以后到几个省挂单化缘，用了十年才修起了这座寺。

提到黄富邦的事，三师父点点头，迟疑一下说，他是管庙子的，是他的工作，我们也不好说的，有些事情。总体说是好的，也支持，比起别的人来还算是好的。她像有一件极想说的事情没说出口，因而非常迟疑。

我问这庙翻修的时候是不是黄找的施工队。三师父说那也不是黄个人的工程队，不过是他打了个招呼。"他作为领导，定方案嘛，我也没多大个意见。反正找别的施工队也是修，承包价上面差一点，也没什么办法，出家人不能计较这些，钱本身是化缘来的，也是花在佛祖身上。"

我问一些细节，三师父说记不清了，那些账她也不懂，反正是原来计划塑三座金身，现在只塑了一座，门口那个碑她也不满意，太小了，她想的是和龙台寺一样，有个牌坊，现在只搞了这么一块石碑。"我说这些没什么吧？"她忽然问我。

我说没什么，本来就是真实情况嘛，你还是说的好话。三师父想想说"是的，我一个出家人也不怕什么"。但她依旧显得心事重重，我索性问："听说黄富邦出事后你去了镇政府，是为他欠你的钱，镇政府怎么说的？"

看来这正是三师父想说的，她说镇政府告诉她，这是黄富邦和她之间的私人债务，要她找黄富邦的家属。

"他追悼会的时候，我去了，送个人情，也给他家里人提了一下。他爱人我很熟的,以前经常到庙里来,逢年过节也布施,人家现在刚死了人,我也没好多说。"

三师父停一下,加了一句:"你说他不在了,这账还算数吧?"

我说如果他签了字,按道理他的家属应该承担。"他当时是为什么借钱?家属知道吗?"

三师父说黄当时告诉她弄了一个退耕还林的指标,想种山药卖,需要几千块钱。这一回借钱黄的家属是知道的,以前还借过几次,那几次家属未必知道,大体上都还了。"我本来不是太想借钱,我一个出家人能有什么钱,但他是领导,平时也还关心缘空寺。说了两次,他就发脾气,说不相信他。"

钱是春天借的,说好三个月后还,但没还上,据黄说是山药走症,收成不行。"不过我听说山药卖了些钱。因为他赔了高家两万块钱,手头就紧了。没想到他又出事了。"

三师父起身上楼拿借条给我看。这是一张撕了一半的作业本纸,写着"今借到释永信现金3000元整。 黄富邦 2005年4月5日",看来释永信是三师父的正式名字。字迹略为潦草但还认得出,和修车店里的借条出自一人。

我没有布施离开了缘空庵,答应替三师父向黄富邦的妻子提借条的事情。

回到县城已经天黑了。黄富邦家住的单位小区有些偏僻,院子里不少直立的植物,冲到很高的地方,像这里的秩序一样齐整。

四层正对楼道的房门紧闭着,贴着个小纸条,上面写着一些小字和图案,是道符。敲了三下门,似乎是敲在自己心上。终于里面轻声、警惕地问:谁呀?

我说自己从三师父那来的,替她来看望问候的。

她站在门内,沉默阴冷。我又说了一遍我和三师父的事,急促而含混。她有些疑惑地看了我一眼,显然仍沉浸在她处于的阴冷寂静的境况里。是那个庙里的三师父啊,她问,我说是的。她想了一下。显然她很烦扰,最终她让我进屋,她关门和向沙发走去的样子显示出忍耐。

沙发上还有一个男孩,拿着一本图画书。她把男孩搂在怀里。显然他们这样待着已经很久,没有移动的想法。我说自己也去了镇政府,单位的人都说黄镇长工作认真,挺好的。县政府有没有提追认黄镇长为烈士?

当然我们提了,可是上面怎么想就不一样了。她的语气含着深刻的失望。

"刚开始发生的时候,都说得还好,县长当场要求严惩凶手,还说要安抚好家属。可是过了两天就变了,追悼会上县领导都没有来,也没人送花圈,只有镇政府来了两个副职,正职都没有现个面,这几天也没有人来看我们,连一句慰问的话都没有。我们去问,也没有答话,只是让我们等着。我们等了这几天也没有说法,也不知道啥子原因!"

她的语气充满气愤和无助。

"听说高政家里有人,要不敢在镇政府杀人,他不是有个堂哥在成都,路子好宽?我听人说,他放了话的,他势力大,杀个镇长也不怕!"

我忽然想到自己是否真的潜意识里站在了高家一边。这间屋子里的痛苦，眼前孤单的母子，和修车铺中经受的丧失一样真实。

黄镇长生前很爱你们吧？

她连忙说他是个特别顾家的人，尤其喜欢孩子。虽然他在乡下工作，但每天都回家，为这他才买了个奥拓。有一次开三干会，在别的镇子上，会开完都晚上了，他还是赶回来。他特别喜欢孩子。她摸了一下男孩的脸，男孩一声不响。这几天我们俩娘母（方言，指母亲和孩子）在一起，孩子好懂事的，只说他想爸爸。我那天听到他爸出事了，神志就恍惚了，人家把我送到医院的。

她说，她没去看丈夫死后的样子，怕看了受不了。火化她也不在场。她在娘家住了几天回来的，这几天神志还是恍恍惚惚，怕得要命，听见敲门就以为是凶手来杀人的，人家叫她请道士，又贴了符辟邪。

有没有听到什么风声，关于黄镇长生活方面的。

从来没有过，这么多年来，没听过一点风声。从来没有，包括和女同事都没开过玩笑。他是个很腼腆、很本分的人，只爱看书，爱工作，没有那些坏脾气，酒都不喝的，是知识分子脾气。他就是因为工作认真得罪了人，才落得这个结局，政府却没有个说法，倒好像我们犯了什么罪，叫人寒心。

我请她拿了相册来。相册上的黄富邦个子不高，看起来是个普通的乡镇干部。

工作怎样得罪人的？

他的工作分管基建的，高政家起房子，因为地基的事，有些人提的无理要求，他又坚持原则，就得罪了人。"出事前一周，有天他回家来直叹气,我问他,他说他管地基,得罪了高家,高家要报复他。"只是没想到凶手会这样有恃无恐。还败坏他的名声,其实死者的老婆,"出了名的,你肯定也听到了,老公也不止十个八个,倒来毁坏他爸爸的名声,哪个相信?"

高政判什么罪法院有没有消息?你们作为家属有什么要求?

判什么罪?杀人偿命,我们首先要求杀人偿命。我们上法院去过一次,不让我们说话,说是会依法审判。我想对方有天大的本事,杀人偿命这条是变不过来的吧?

她看看我,我感到这件事对她来说虽然不容置疑,内心深处却并不能达到完全的确信,需要一个来自政府的认定,这是她痛苦的原因。

茶楼上谈判的事你知道吗?

对方拿刀子逼他打欠条,回来他给我说过。我让他去报警,他说算了,对方是亡命徒,怕报复。他说自己能处理好,叫我莫操心。哪晓得第三天凶手就行凶了,还是在镇政府。

我说拍一张你们母子吧。她答应了,想了一下又说孩子不能上报纸。我说孩子的头埋在你怀里,看不见脸就行了。我给他们拍了两张。

离开那里的时候,我让她保重身体,凶手已经抓起来,就不要太过害怕了。

县城没有什么夜生活,街上九点多已经空了,路灯缺了很多。

早晨的阳光照进修车铺,油腻的八仙桌有了微黄的光泽,小女孩难得地倚桌站定了一下，回忆那天的经过。

那天她正在家里玩，爷爷忽然来找母亲，看到只有小女孩在家，说："你爸爸被抓起来了！"小女孩跟着爷爷跑到镇子上，最后一眼看见的是爸爸被绑着手押上警车。爸爸没有看见人缝里的她，使她惊奇的印象是，爸爸脸上有那么多的汗。

小女孩笑着跑到了地沟边去玩，她对于这条地沟显然很熟悉，不觉得什么畏惧。她蹲到了地上，地上由于机器的油污有些地方是黑色的，但整体看仍是干净的。刘苏一只肘枕在八仙桌上，望着地沟边的女儿，说小孩子真是没有忧愁，玩了吃吃了睡，像个小猫小狗，这几天我倒想跟她换个个儿。她的那只肘非常丰满，肘角却轮廓鲜明，从我这里望过去，小女孩被她圈在肘部形成的三角里。

这里似乎是缺少某种得体的悲伤，但并不乏忧郁。我问有高政的相片没有，身份照就行。刘苏上楼去拿照片。

小女孩重新凑到了桌边，对于我提出的问题，几年级，学习如何，喜不喜欢爸爸什么的，她总不认真地回答，只是嘻嘻笑，走到了那面放满汽车零件的高大柜子前面去，不知怎么在那里站住了。在这个从上到下充满了零件的空间之前，她很小，有一种柔和的调子，那些零件也有暗淡柔和的光，显得深。

刘苏下楼来，拿了一个小本子大的相册，里面有他们在照相馆拍的结婚照，和城里人一样穿着西装和婚纱，背景是雅典卫城。她说，这是她觉得很重要要拍的。相片上她蓬松丰满，裙裾斜拖过画面，虽然她是倚在新郎身上，也愿意造成这种依赖的感觉，效果上却显得是她一个人占据了主要画面，被西装和领结束缚着的高政甘愿居于一角，神情过分的严肃，浓厚的眉毛甚至有点皱。"他不会拍照，所以拍得少。"她说。据说眉毛是吉凶之征，我努力想从高政的眉毛中看出一点牢狱或性命之灾的痕迹来，但并无所得。她收起相册，另把一版高政的身份照放到桌面上。"这是高政补办身份证照的。现在还没补办下来，他倒坐法院了。"

一版八张的照片，因为用了一张缺了一个角，桌上的七个高政望着我，神气是一模一样的严肃和忧郁，也许从他认识她第一天，从爱上她的时候就是忧虑的，有一种逆来顺受的服从，而她并不知道这一点，这也就是她不理解他愤怒的原因。"现在怎么办嘛，日子还要过，还要找师傅来修车。"

现在她坐在桌旁，两个有关系的男人都离开了，其中一个是铺子的顶梁柱，只剩手边的女儿，和每天的生计。我问那天来吓她的小伙子住在哪里。"他们都是地痞，晃来晃去，在离这里蛮远的一个镇子上。"刘苏说。

这个小镇看起来更为偏远，街上白光光的，靠近大桥茶馆里几个老太在搓小麻将，真的是很小的那种麻将牌。我说了王惠月的名字，她们告诉我他家在河对岸菜地，只是不知道在家不。

从我看到的迹象判断，这是个蔬菜大镇。过了桥就走入肥大的萝卜、油菜的领地，菜薹在远方形成弯曲的天际线。这个世界被乌油油的河水哺育，长出来的房子也比街上的好，大都是独门宅院两层小楼，在正午的魔法下安睡着，只是走过门口就有一些狗暴吠起来。

我来到最后一个院子，铁门紧闭，阳光使这里生了锈。我担心他可能出去了，敲了两下没有动静。铁缝里看进去，院子挺长，有南瓜、近于干涸的池塘和花棚，但似乎埋伏着危险，因为我尚未听见狗吠。我鼓足勇气用力喊了几声，敲打几下铁皮。有点出乎意料，楼房的一层出现了一个人，他没有问来的是什么人，开始向大门走来。

他打开了铁门，裸着上身，遇到赤裸的上身对我不是什么好事，但他这副属于年轻人的上身肩膀宽阔，色泽健康，似乎正适于在阳光下袒露。我简单讲了我的来意，说是黄镇长家属让我来的。他随即开了门带我进院，显出一副慵懒的态度。这时我看到一大一小两条狗穿过院子向我们走来，它们体型庞大，幸而也显得慵懒，似乎这么来一下不过是尽义务，既然主人已经通过了。它们和我们会合后一起往屋子走去。

他的老婆在一楼的客厅里干什么活，似乎是撕笋子，客厅迎面有很大的一幅玻璃框山水画，带钟表的那种，显得旧了，侧墙上却挂着一个绘着川剧变脸图案的葫芦，比起摊子上卖的，线条较为潦草，他说是自己学着画的。另外还有一幅像是素描的东西，还没有成型，说不出画的是什么。两条狗也进来卧着，一只卧到我脚边，似乎已经把我当作了自己人。

他说，虽然他和黄富邦算是表兄弟关系，但一个是镇长一个在乡下，平时不来往，黄富邦死了三天他才知道，那时他才从邻镇拉白菜回来，是公安局来找他调查他才晓得。

他起身拿一个软皮本子出来，上面是他给派出所写的情况，密麻麻的几页。"他们让我写好了拿过去，我还没写完。"他的字迹是一个二流子可能的那种字迹，非常难于辨认。在我辨认这些字的时候，他似乎为此感到不好意思。

本子上非常明白地说，黄富邦和刘苏有关系，高政知道以后拿刀去找黄富邦，逼迫黄富邦打欠条。黄没有能力付清欠条。"半个月以前的一天，表哥打电话给我，说了这回事，让我和他一起去酒楼参加调解。"这次调解是高政的堂哥找到黄富邦，约定在县城的明诚茶楼谈一次，高政和他的堂哥还有堂嫂出席了，这边则是黄富邦、王惠月和另外一个开沙石场的老板，也是黄富邦的朋友，但王惠月和他不认识。

调解很不顺。"高政的堂哥很占势，一定要赔两万块钱，表哥拿不出来，他就说自己有很多关系，让表哥要考虑自己的前途，表哥很生气，说我的前途关你什么事，吵起来。"我问最后结果如何？他说看到调解不成自己就走了。

我不太相信他在现场无所作为。

第二天你们去了高家？你们吓了刘苏？

没有，我只是顺便去看看，我们从门口路过，就进去看看高政在不在，只有他老婆在，我们就出来了。

你们两个人一起去的？

我们在镇子上碰到的。

狗仍然卧在我脚边，庞大的身体很和平，把我当作了这里自然的一部分，但又似乎是含蓄的防范，眼前这种和平的状态也许是一张纸忽然会破，这里的一切变成我的敌人。

我出去解手，阳光毒烈，几株倾斜的藤架后面，一个剩了一半水近于干涸的池塘，十几个散在台上和地上的花盆，有的一半歪在土里，暗青色的植物随地攀爬，似乎这里的一切都被一双手布置到一半忽然就遗弃了，如同墙上没有补画细节的脸谱瓢，以及那张算不上真正画作的素描。我感到在这里消磨着的，是怎样一种热烈又无望的东西。

他要送我到镇子上搭车。妻子仍然在做着什么，两条狗懒懒地起身，想跟着他出来，被他喝了一句又回去了。两个人穿过院子，他仍然裸着习惯于阳光的有光泽的上半身。这个上半身并非像打了气一样肌肉鼓胀，胸部并不特别发达，但是由于肩膀很宽，肌肤有光泽，没有通常的"赤膊"可能给人的猥琐感觉。那种健康的光泽是他无形的一件外衣，披过整个夏天。

你这种身板，应该去练体育啊。

是的，我高中就在练体育，那时是掷铅球、标枪、铁饼。后来高考成绩不好，上的体校，练划艇，差一点去了全运会。

为什么没去成呢？

当时在省队集训了半年，训练成绩一直跟全国纪录差不多。可是开幕前三个月，取消了男子四人划艇项目。

挺可惜的。

后来当体育老师，是代课，转不了正，当了一段不想干了，就回来了。

也好。

我想到了他剥笋的妻子，在他身边沉默安心的姿态。他在小镇上的生活，漫长的游荡，偶尔的安分。他肯定带给她很多痛苦，但也有取代不了的安慰。

我倒没什么，我有个朋友，练铁饼的，把腰扭坏了，老师当不了了，回家啥也做不了。

我们穿过了菜地，穿过镇子的公路在桥头交叉，路上没什么车，烈日下一溜茶馆也沉默着。我们在路旁摆着的一些竹椅上坐下来，他说车等一下才会来，要请我喝杯茶，我说不用了，他已经跟老板打招呼倒茶。这里的人看来都和他熟络,平静地对待这个一直裸露着上身的人,其他人即使敞着胸,至少是搭着一件衬衫的。他掏出两块钱给老板开始喝茶,他的规规矩矩竟然使我感到微妙的遗憾,似乎这不应是本来的他。

上车的时候,我朝他挥挥手,他也朝我挥挥手,转背往回走。我想到我再也不会来到这个镇子,也不会再见到他。而他在这乡村的深处无声地游荡老去,所有开了头的故事都不会有结果。

只有逝者黄富邦得到了结局。

本文人物,皆为化名。

我的逃霾故事

文_罗洁琪

一

初生婴儿头部的静脉血管是那么纤细。护士用拇指在太阳穴附近来回摸着，拨开软软的绒毛，按着蓝色的脉络，寻找可以扎针的地方。那天是2016年12月3日的晚上，躺在注射台上的是我满月不久的儿子辰辰。北京儿童医院的医生说他患了严重的肺炎，需要连续多日输入抗生素，随时准备住院。住院意味着隔离治疗，我无法哺乳，他的肺炎也可能因为在病房交叉感染，顽固难治。

"你们两个人，按着他的膝盖手腿，不许松手，一松手就白扎了。"护士面无表情地喊着。我担心儿子害怕，情不自禁地挪步，想再靠近一点。"出去，出去，离远点。"护士驱赶，我不敢吭声。另一个护士紧紧地按着儿子的脸和手，他眼里满是惊恐，拼命挣扎。一根透明的塑料管子扎向儿子太阳穴旁边的静脉血管，一针见血。"哇"的一声，他满脸涨红，张开嘴巴，

[随　笔]

嘴唇不停地颤抖，憋了许久才缓过气来哭出第二声。

那时候，北京儿童医院的输液室坐满了肺炎的孩子。孩子们张开嘴巴，费劲地咳嗽，户外仍然是浓稠的雾霾。我天天抱着儿子去输液，裹着襁褓，在他的小脸上松松垮垮地扣一个小号的口罩。一个医护人员斜着眼睛看过来，说："你觉得，这样子有用？""没用。"我毫不犹豫地回答。可是，每次出门，我都重复这样的滑稽。在北京，戴口罩是让我安心的仪式。

我问门诊医生，母乳喂养的初生婴儿为什么会得肺炎？头发花白的女医生头都不抬，冷冷地回了一句："今年冬天的雾霾特别严重。这么小的婴儿，怎么能扛得住？"那句话在我心里反复回响。我常常亲吻儿子被扎针的皮肤，那里的毛发被剃掉了，光秃秃的，我舍不得那里再有针孔，更加害怕他肺炎加重，需要住院。

儿子从医院回家以后，我家 24 小时开着新风系统，还把空气净化器摆在床头，可是测霾仪仍然显示橙色。北京老楼房的玻璃窗不严实，我神经质地到处寻找隐秘的风口，塞上毛巾，并且要求女儿从幼儿园回来后，必须洗手、洗脸、换衣服，然后才能摸弟弟。我和小儿子天天待在家里，起床后第一件事就是看空气指数，等风来。风来了，霾走了；风停了，霾又来了。我厌倦了，再也不想知道雾霾的真相，要求把家里的玻璃窗全贴上蓝膜，每天看到的天空都是蓝色的。

二

2015 年 9 月，北京还是初秋。我写了一封倡议信发在女儿幼儿园的家长微信群里，提出共同给学校捐赠空气净化器。我想寻找阻力最小的方案，争取在当年供暖前能让孩子们用上净化器，所以没建议让学校负责购买。可是，回应者寥寥。有个家长留言说："这个妈妈不必过分担心，毕竟那么多领导人也在北京呢。"我错以为，雾霾的危害已是共识，无须论证。

到了10月份，我再次在群里发这封信，预警11月供暖之后，雾霾会加重。我还找到幼儿园的园长，表明捐赠的心意，可是，我被拒绝了。园长说，教室的天花板太高了，用净化器也没有效果。我再次找她时，她干脆说幼儿园没有多余的插座。有个好心的家长给我发来园长朋友圈的截屏，大意是雾霾危害不大，家长无知，大惊小怪，过度溺爱孩子，被商家利用，空气净化器只是雾霾经济。

11月底，才供暖十几天，北京的雾霾爆表了，AQI（Air Quality Index，空气质量指数）达到1000。严重雾霾持续了好几天，我女儿开始发烧，班上很多孩子都咳嗽、发烧，每天出勤的孩子不到一半。我抓住机会，再次倡议。可是，又有家长反对，理由是无法证明雾霾和孩子生病有因果关系。是的，连科学家都没法确证，我怎么可以？

我不相信教委禁止幼儿园接受捐赠净化器。12月初，我坐车去了区教委，在门口被保安拦住了。他问："你找谁？"

"教委的主任。"

"哪个主任？"

"管幼儿教育的主任。"

"你是干什么的？"

我软磨硬泡，坚持要见到领导。有个负责新闻宣传的人走出电梯。我问他,"教委是否禁止幼儿园接受家长捐赠净化器"。他问了我幼儿园的名字,然后说:"教委不管私立幼儿园的这些事情。"

"可是,幼儿园的园长说是教委禁止的。"

"幼儿园是单位,你们是个人。哪有个人想送东西给单位,说送就送呢?你觉得净化器有用吗?"

"有用,难道你们教委办公室不用净化器吗?"

"不用,我们只用空调。"

说完后,他要把我支走。我磨磨蹭蹭地等他进了电梯,就在楼下大厅和那个保安搭讪:"师傅,这门口风好大啊。真冷呢。冬天怎么办?"

"我就躲进这大厅里待一会儿。"

"雾霾天呢,你这大厅有空气净化器吗?"

"我们这里没有。上面的办公室才会有。"

2015年,就在这些无效的抗争中过去了。2016年,幼儿园的园长改变了说法,说如果一个班上的家长全员通过空气净化方案,幼儿园就接受捐赠。我大感振奋,继续游说,并且把捐赠净化器改为捐赠新风设备。经历过2015年的雾霾"爆表",班上24个孩子的家长都同意了,剩下一个钉子户。我很着急,特别想说服他。他反对的理由是新风管道里可能会有蟑螂爬进去,不能保证新风机的空气对孩子足够安全。我很震惊,就反驳了他。他愤怒了,在微信群里要我公开道歉。我愿意道歉,条件是他要同意捐赠方案。他同意了。

后来,幼儿园又改变了风向,园方先出钱安装新风设备,以后家长再分摊费用。园方提出目标:幼儿园要争取成为北京市有新风设备的模范单位,接受其他幼儿园的参观和学习。有一天,我去接女儿放学,抬头看到天花板上大型的机器。我问身边的一位老师:"那是新风机吗?"她眼光扫过来,说:"你们这些家长就知道新风机。其实,对于我们这种大型空间,净化器更好。我跟你说,领导人的办公室也是安装这个设备的。"

我不想质疑,也无从反驳。

极端的雾霾天气越来越频繁了。一旦AQI超过300,我就舍不得让女儿上学,守着她在家躲霾。2016年末,我们住在旧的筒子楼宿舍,楼层很薄,我每天清晨5点左右都能听到楼上的邻居打开电视机,正如楼下邻居能听到我们在房间走路一样。我安之若素,楼下的男邻居则坐立不安。只要听到声音,他就直接拿棍子敲打暖气管,通过金属震动往上传递愤怒。我在房间垫上最厚的塑料爬垫,他还是觉得有声音。深夜,他会悄悄上来我们家门口泼油,用木屑塞锁孔。有几天,在家躲霾的女儿精力无处宣泄,在床上跳,在家里摆弄玩具。可是,哪怕一个玻璃珠子掉到地上,我都会心惊胆战,忍不住斥骂女儿:"小声点,再小声点。"

有一天夜里,女儿从梦里醒来,说肚子饿了。我抱着她走到客厅,挨在一起坐着吃面包,她很开心,我也很放松。那样的时光,真是久违了。突然,窗外走廊闪过一个黑色人影。高大的男人影子定格在玻璃窗上,正踮脚往里看。我大喊一声:"谁啊!"那个影子倏忽散去。

那天夜里,我想了很多可以逃离雾霾的地方,黄山、秦皇岛、张家口……有个朋友在杭州附近开民宿,我睡不着,就把他晒在朋友圈里的民宿照片仔细看了一遍,向往了一番那里的青山绿水。等到天亮,我又面对现实了。我们的工作在北京,女儿在北京上幼儿园,也许逃霾是有钱有闲的人才能实现的。

有一天夜里,老公和女儿在床上玩,我抱着儿子旁观。他们在笑,而我笑不出来,神经被忧虑折磨着。女儿嘻嘻闹闹地从背后压过来,用拳头顶我的脖子。有点疼,只是一点疼而已,不知道为什么,那一瞬间,我爆发为愤怒。我也一拳顶到女儿的脖子,歇斯底里地喊:"妈妈会疼的,我也这样子,你疼吗?"女儿吓呆了。我也惊呆了。老公在旁边沉默,刚才的笑容还僵硬地留在脸上。

半夜12点多,我睡不着,满心的愧疚,一边流泪,一边和师妹聊微信。她刚独自带着两个月大的女儿坐火车去香港打疫苗。这种勇气突然刺激了我。其实,我也可以远行,不应该再害怕。于是,我摇醒老公,说:"我向你道歉,晚上的时候,心情太糟糕了。也很对不起女儿。天天窝在家里,出不去,像等死的感觉。我想带着孩子们去广州躲雾霾。"

他说:"那你就去吧。"

三

2016年12月16日,我登上了去广州的飞机,抱着幼儿,牵着幼女。前几天,北京市政府已经发出红色雾霾预警。我订了早晨的航班,趁着雾霾还没严重,飞机能起飞。

中午时分,广州白云机场阳光灿烂,机场高速两侧绿树葱葱。在出租车上,女儿很兴奋,大声欢呼"好热啊,好热啊",一件又一件地脱衣服。我把车窗打开,任凭南方和煦的冬风吹乱头发。在车尾箱里，只有一个行李，是必需的衣物。那时候，我还不知道能否在广州短租到房子，女儿能否找到幼儿园，产假后我的工作会在哪里。我用盲目的乐观去忽略这些问题。看到阳光晒在儿子的脸上，我的心里很轻松，满是透明澄亮的快乐。终于，如释重负。

下飞机后，我们暂时安顿在亲戚凌乱肮脏的出租房里，然后找了附近所有的房地产中介，登记了求租信息。次日中午，我们找到了一套公寓，每个房间窗外都是繁茂的枝叶。19号晚上9点多，我抱着儿子在中介处签合同。房东的母亲是退休工人，体谅我的辛苦，次日就热心地帮忙联系小区的私立幼儿园。我女儿幸运，碰上别人离婚带孩子回老家，留下空缺名额。确定了幼儿园，生活突然势如破竹。

女儿在广州上幼儿园的第一天，是她5岁的生日。她穿着红格子的校服裙，背着书包，骑着滑板车，映着晨光去上幼儿园。儿子就在家里的露天阳台光着腿晒太阳。放学后，女儿在家里摆弄她的毛绒玩具，给她的熊猫和大象都戴上了口罩，问我："妈妈，弟弟几岁才能戴口罩呀？"

我很诧异，"为什么弟弟要戴口罩呢？"

"因为雾霾啊。"

"我们已经在广州了。不用戴口罩。"

我喜欢带孩子在户外玩滑梯和秋千。夕阳下，她疯狂地荡秋千，不停地要我推得"更高，更高，高到天空去"。在蓝天阳光下，生命可以像水里的海带一样舒展。我给儿女拍了照片，发给北京的师妹。她说："不敢看，一看就想哭。别人家的孩子无拘无束地玩，我的只能窝在家里。在办公室看窗外，如果央视大楼不见了,肯定是雾霾了。我最近很容易哭,好像抑郁了。"

我忍不住鼓动她也带着两个女儿来广州,重新找工作。她说:"如果分居两地,家就散了。"这句话让我的心"怦"地抖了一下。

我何曾没有过这样的担心?在北京,我们的家是完整的。女儿从幼儿园放学,老公骑车去接。回来后,我在厨房做饭,他躺在床上,让女儿用脚给他踩背。女儿双手扶在墙上,左右扭动着屁股,很熟练地均匀用力。在饭桌上,我们俩用花生米下酒,女儿给我们唱幼儿园学来的歌。我给女儿读睡前图书,他再给女儿讲故事。有时候,我需要熬夜写稿。早晨,他一边轻声讲故事,一边哄女儿起床,然后悄无声息地离开家门,送她去上学。女儿常常很神气地坐在她爸爸的脖子上,穿过我们院子门口长满槐花的巷子。我很羡慕,我的童年里没有这样的记忆。在北京的时光,真实满足,是平凡日子里的小团圆。我曾经以为,北漂十几年,就能那样子安顿下来了。

四

2016年11月,北京那个幼儿园终于安装了空气净化器,可是,对于我们来说,已经没有意义了。我们确定要在广州继续生活一段时间。我在这里写稿挣钱,雇了保姆,养儿育女。我和老公约定,他争取每个月来看望我们,每个月给孩子们写书信,我给他们读。我很忐忑,害怕孩子在童年里失去父亲应有的陪伴。

雾霾非常严重时,一个微信群里的妈妈找我帮忙在小区幼儿园找个学位,她也想带着5岁的女儿逃离北京。不过,很快她就没有下文了,因为逃霾意味着分居,两个人都在广州找到合适工作的可能性很小。她觉得这个决定太艰难了。逃霾是很难经过理性分析再去决定的。我不敢细想,因为想多了,就做不成了。我是闭着眼睛,逼着自己走出了第一步。走到第二步,就会迟疑。

春节前,老公终于过来探望。女儿很兴奋,穿上她最爱的恐龙服去小区门口迎接爸爸。每天晚上,她都要缠着爸爸一起睡觉,半夜不停地蹬腿、踢被子,我们深受干扰,可是带着补偿的心理,纵容着她。

元宵节那天,是分别,他要回北京上班了。女儿问:"爸爸什么时候再回来?"

"有空就回来。"

"什么时候有空?"

"现在还不知道。"

听到父女俩这样的对话,我在心里怀疑,目前的生活状态是不是真的比在北京吸霾更好? 他临走前也认真问我:"你和阿姨两个人能不能搞定两个孩子?"我不知道怎么回答。其实,我也慌张。

"房子续租合同别签太久了。说不定,哪天你又改变主意,想回去了。"

"经过这两个月,你觉得这种生活状态可以吗?"

"在广州,当然对两个孩子是最好的。可是,我平常见不到你,也见不到孩子。"

他回去那天,朋友圈里是一片欢呼雀跃的"北京蓝"。可是,我知道，雾霾很快又要来了。我清晰地记得，前一年4月，我挺着大肚子采访张强医生，写那篇《医生出走了》。我和他坐在车里，在去顺义的路上，沿途是一片灰蒙蒙的雾霾，如入仙境。当时，AQI将近400，我们在户外谈了几个小时。我一直忐忑，"采访的时候，能不能戴口罩？"

"继续留下，还是回去？"这样的问题，我平常也没有多少时间去思考。每天，都疲于应付眼前的生活，得过且过。写这篇文章的时候，我还要狼狈地照顾孩子们。天一黑，儿子就哭着找妈妈。晚上8点多，女儿又需要我给她读书、讲故事。哭声此起彼伏，我像消防队员一样，东奔西跑地灭火。夜里10点，等女儿睡下了，我又开始了两个小时喂一次奶的夜晚。儿子一哭，我就停下写作，抱起来喂奶。我都记不得那一夜，我喂了他多少次。凌晨4点半写完初稿，刚迷迷糊糊地睡着，女儿又尿床了。把女儿哄完，已是清晨5点半，儿子开始醒来了。

我天天盼望儿子快点长大，憧憬着他可以跑着，唱着，女儿和儿子都有坚强的身体抵抗雾霾。是的，他们必须要学会抵抗雾霾，毕竟还要回去北京。那是我们的户口所在地，女儿只能在那里上小学。

到那时候，我们的逃霾故事也要结束了。无论北京的空气有多糟，我们都要回去当一株绿萝。

视觉

一种同人亲近,摆脱孤独的渴望。
——安德斯·皮特森

鬼市

图 _ 朱墨　文 _ 黄昕宇

也许因为处于深夜,鬼市的喧闹是压低的,有所克制。凌晨 3 点,从公路朝"大柳树市场"招牌拐入,四下依然暗而安静,但只要再往里开,车就进不去了。车辆停满路边,只剩一车宽的通道,许多人打着手电在车辆间绕行进出,人声和灯火隐约传出来。这就是鬼市了。

位于北京东五环的夜间旧货市场被叫作"鬼市",每周三凌晨 3 点开市,一直开到早上。鬼市占据了大柳树批发市场内的整片露天空地,里面已是熙熙攘攘。

摆摊的人在入夜时就载着货品赶来抢地盘,货散在地上,他们支个小马扎坐在货摊后守着,到这时已等了很久。已经入秋,夜里气温很低,许多人穿上了灰扑扑的厚外套,在狭窄的走道里彼此磨蹭着。买家全都低着头,眼神专注地逐一扫过昏暗光线中的旧货。有不少人拎一只大旅行袋,操着天津、河北口音询问、讲价。一个老卖家告诉我,这集市周六周日也摆,但周三晚是批发场,许多河北、天津卖旧货的来这儿抓货,"周三凌晨来,便宜"。

摆摊老板和淘货的人几乎人手一支手电,远看过去,像一团团萤火虫。

走进去,东西多得看不过来,有古旧的,有新奇的,有闻所未闻的。电子设备堆里甚至有买回家也只能做摆设的胶片电影放映机;古玩摊有字画和陶器,边上就是《中国体育田径日历》、《建党90年纪念册》这样泛黄的旧印刷品;旧手机像赃物似的撒成一堆,带天线的大哥大、翻盖、直板一应俱全,屏幕碎裂的iPhone还真能开机;买家把一盒子旧钱币翻得"哗哗"响,蹲在对面摊位的客人正打着灯专心致志地挑小人书;有个摊子,大至一面大鼓,小至一块"化石",什么品类都有。

逛鬼市有种博物式的趣味,随便瞅一眼都能见到认不出的东西,你总在问"这是什么","那是什么"。我第一次认识了转播台、医院监护仪、一米长的编织机,还有好些玩意儿老板都说不上来。我们在乐器摊花70块钱买了一架缺一块盖板的小钢琴,"叮叮咚咚"声音清脆,有些走音。据说,在鬼市,100元很难花出去,300元,就可以大肆购物了。

逛鬼市的人带着轻微的雀跃感,某种幻想在这里得到满足——你总觉得能淘到点什么了不得的东西。

凌晨3点,我们到达北京东五环,去拍摄鬼市。

鬼市没有档口。院子空地上，小汽车和休旅车屁股冲外斜插着排成列，塞满货的后备厢盖儿大敞。摊主们在地上铺块布，卸货，就摆好摊了。一个摊接着一个，布满批发市场的宽阔大院。照摊位的灯在地面亮成昏昏的一片。买家们全部低着头，在只剩一米宽的狭窄通道间摩肩接踵，遇上入眼的就立刻蹲下挑拣。

外围有个摊位特殊，老板娘支了张桌子，卖灯。在鬼市有三种灯常见。第一种是常规的手电筒，通常灯尾冲虎口倒握，或夹在食指中指间提溜着，灯头就自然朝下照着地摊；第二种是束在头顶的头灯，脑门射出光亮，腾出了两只手；第三种便是这个摊位卖的手持式LED小灯管，亮度极高，光白莹莹的，能照亮一小片空间。至于无备而来用手机照明的，都像外行。

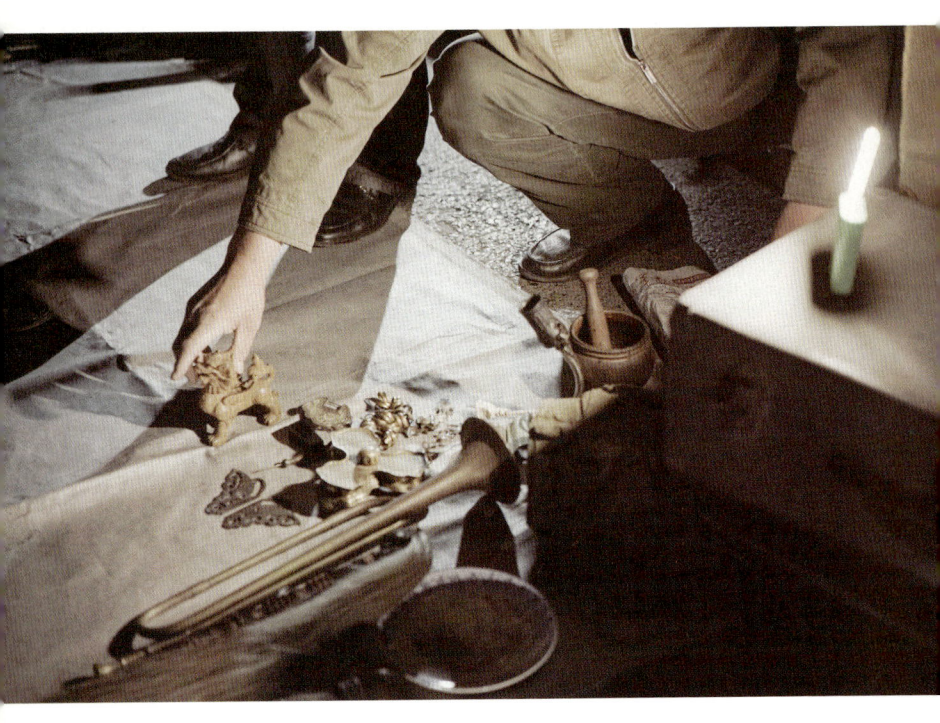

老板将一个大口袋放到地上,"丁零当啷"一阵响。他接着蹲下身,铺开一块布,从口袋里把东西一一掏出来,摆放在布上,像在清点赃物。有麒麟摆饰、铜锁、金属挂饰……还有一把有些失去光泽的小号。

键盘、主机、DVD机、声卡……状态莫辨的旧电子设备随意搁在地上,接电线胡乱缠成一团。二手贩子从这儿便宜拿货,统一维修后再作为二手货卖出。

一大堆款式近似的闹钟,不同形制的表盘和数字字体显示出它们不同的出厂年代,每个钟又各自停在了某个时间。

最外围的一个摊位，卖着类似的货品，却冷清许多，老板一个人百无聊赖。造成客流量差别的因素也许仅仅是位置。

在这里,买卖特纯粹,没有推销,也不必寒暄,所有对话都直截了当。
"那什么玩意儿",你伸手一指,老板递过来。验货,讲价。"多少钱?"
"100。"
"贵了,40。"
"拿不了。70。"
"50?"
"折中吧,60。"
一手交钱一手交货,成交。

收音机，钟。收音磁带一体机的上层是收音机，调频可视，下层是磁带机，可播可录。

字画和古玩。我们在路上捡到几张散落的大幅宣纸，皱巴巴的，题字署名是中科院某教授。

鬼市里，人好像也有股旧味道，来进货的人穿着朴素的外套或夹克，斜挎背包，显得黯淡。光都打在挑中的物品上了。买家在黑夜里有加倍的耐心，一袋子货一一挑拣过去，搁在手里凑近灯光，看得格外仔细。

卖玉石器物的两个老板在摊贩中显得气度不凡。他们看起来像对兄弟,一样的高个儿、平头、戴眼镜、穿一身不熨帖的布西服、单手插兜并排站着。"赶集嘛,穿得随意,顾不上讲究。"姓顾的老板说,北方口音字正腔圆。地摊上,陶瓷杯盘、茶壶、瓷瓶码得整整齐齐。"都是孤品,个个都有个性。"姓李的老板一字一字地说,是扁平的福建口音。

南北结合的两个老板在琉璃厂有一家实体画廊,今年3月起,他们每周来鬼市赶集。李老板从家乡带来一箱铁观音,扫微信赠茶叶。他们摆摊的主要目的是吸引客户到店里去——在这里,懂行的人相当懂,李老板说,"毕竟,涉及真正的买卖"。

明哥有一蓬大胡子和一头毛糙脏辫,在鼓楼经营一间排练房。他每周都来鬼市淘宝贝,宣称"发家致富就靠它",接着又乐呵呵地补充,"戏言,戏言,跟'发家致富靠彩票一个道理',淘来的东西基本自己收着了"。看到我们 70 块钱买的小钢琴,明哥连说,"贵了贵了,40 不能再高了"。

今天,他收了一只带轮和拉杆的"帅气手提箱"。将它打开拼接一番,就成了一个带靠背的座椅,很轻便,钓鱼时可以带上。

柳老板的摊子人赠外号"天下第一杂"。字画、乐高玩具、寻呼机、轮椅……应有尽有,我们甚至在杂物里看到一块电脑主板!见我们对主板感兴趣,柳老板开口就问:"这牌子好吗?"我忍不住问:"您都不知道自己的货好不好,您怎么卖啊?"

"我不知道东西我知道怎么挣钱啊,"他说着就笑了,"比如一块钱收的我就加一块钱卖呗。"柳老板十几岁就开始混旧货市场,3年前开始来这里摆摊,春夏秋冬四季不休。除了赶集摆摊,他也在二手网站卖东西——"网上卖的可就贵了"。他喜欢这行,因此一干这么多年也不觉得累。他的一身衣服都是在旧货市场淘的,靴子正是在鬼市买的。柳老板说,今年这儿萧条多了,以前,道都走不动。

这位电工师傅从旧乐器摊上买走一台手风琴。他背起琴弹唱着《美丽的草原我的家》，穿越淘货的人群，一路走向市场隔壁的面馆。面馆角落里已经堆放着四五台琴，都是他今天收的。在面馆，边上的人起哄，他就又拉起一首《北国之春》，大家跟着哼唱起来。一曲结束，他说，"这琴音色有点问题"。

地上是一派热闹,一抬头,夜空很沉寂,只有一弯小小的月亮。

访谈

> 思想比生存更好。
> ——佩索阿

金宇澄
金老师吃了五支香烟

对谈 _ 金宇澄（简称金）

　　　　小转铃（简称铃）

撰文 _ 小转铃

　　金宇澄老师喜欢请人在作协食堂吃饭。采访他的人，多半吃过吧，三菜一汤，还有酸奶水果，有点金宇澄风格。有人觉得他高冷，我倒觉得他多数时候，只是含蓄。我提出采访要求，随随便便就答应了。采访前一晚，又打电话来反悔，准备取消。但你一直不欺负他，他好像也不太开心，欲言又止的样子。总之，是非常可爱的性格，傲娇，天真犹存，是让人情不自禁、会想要去哄一哄的老爷叔。

　　吃饭时我问他，金舒舒这个原名，上海话要怎么念啦，他感慨得要命，因为这名字，小时候在学校，一直不开心，和同学关系不好，性格也受到巨大影响，内向了。

　　采访开始，茶泡好，房门打开，很绅士，点点小细节，敏感的人会感激。烟缸放面前，不知不觉中，抽了五支。采访完，和我这个迷妹拍了合影，还让我看一看，会不会都是闭眼睛的。他还有老编辑的职业病，看到一个能写点东西的人，不管男的女的，年纪多大，会像一个母鸡看到陌生鸡蛋，两眼放光，忍不住坐上去孵一下；比如鼓动评论家吴亮写小说；常常反过来为采访者的文学机会出主意。许多采访人，包括我在内，都得到过金老师突如其来的免费指点，没有一点"现象级"大作家的样子，真是又感人，又好笑。上海滩上，女性在职场上拼杀的多，人间的温情，有一半是金老师这样的人提供的，男人能顶半边天。

第一支烟，《繁花》底子上是无性的，这个评价我第一次听到。都说里面充满了性

铃：想先谈一谈女性的形象，包括梅瑞，汪小姐，小琴，还有李李等等，这方面好像有一些争议。你觉得你的女读者多还是男读者多啊？

金：当然是女读者多，比较多。张爱玲说有意思的小说，读者心里想，嗳，就是这样的，就这样的……有共鸣。不止一次听读者说，身边就有小说里写的人。也因为很多都有原型，有原型的人，会和一般想象的人不大一样。大城市非常暧昧、隐秘，和平年代，等于旅行袋的拉锁完全拉起来了，你不知道里面是什么。只有到大革命时代，像《繁花》里一些段落，它的拉锁拉开，让各位看看里面是什么，然后慢慢又合起来，城市生活有趣，难写，大概在这地方。

小说里女人写得多，女读者大概也对男性作者怎么描写城市女性感兴趣。《繁花》在网上的阶段，一般也是女网友喜欢提意见。比如我们上海女人都是很高雅的，我们都是怎么怎么样的，我们都知书达理，都穿旗袍……

铃：噗！穿旗袍？不都是穿睡衣嘛。

金：嗳，问题在哪里？因为这种旗袍女人、三十年代、大世界、百乐门产生了一种……除了打这种牌，还有啥？比如一个老太太，一辈子没去过外滩，是不是上海女人？旗袍也不是现在做出来的旗袍，都是家常朴素、松松垮垮的。日常世界里，穿廉价睡衣睡裤的女人是什么样？弄堂里穿拖鞋女人什么样？每天早上端痰盂跑出来的女人什么样子？头上都是卷发筒。

以前看潘虹演的《股疯》，好片子。潘虹当卖票员，跟乘客大吵，厨房老太婆怀疑潘虹偷自来水，互相吵啊，怎么怎么样啊……夏志清讲写人的真相，最好到社会风俗框子里去写，人的情感是凭社会习俗决定的。不是虚构决定的，就不会假。很多人觉得上海女人，天天就是走T台样子，太吓人了。读者可以进来随便看，包括前言的一句，古罗马诗人所言：不亵不足以使人欢笑。贴近看看是啥样子，生活比较丑陋，也比较动人。

铃：但是我，始终是不能承受文学作品中，所谓审丑的另一个类型。

金：你觉得《繁花》是不是在审丑？

铃：我觉得没有啊，这也是我特别佩服的一点，一开始写卖鱼女人和卖蛋男人这个故事，有捉奸，也有光屁股被人拉到楼下的场景。如果让一个北方男作家来写，可能会写得极其猥琐。但《繁花》写得让我一点也不反感，老阿姨的反应，大家的反应，非常真实，没有掩饰什么，但也没故意夸张刻画，我觉得是需要很好的分寸感的。比如说你写女人被拉下来，就是一笔带过，没有去详细地写这个女人身材，长什么样子。整个群像的关系就写得很好,因为没有一看到女人,就把全部注意力放到女人身上了。我觉得一个猥琐的男作家会热衷于写那种东西。

金:人确实喜欢议论男女事情,永远的主题。但要看怎么讲,也有所谓的女权主义者说这本书,为什么书里女人都死得早,这些女人怎么都等着上床……我没写到这个地步啊?比如梅瑞,男人拼命勾引她,她就是不理睬,一开始谈恋爱,就脚踏两只船,直到后来,她脑子总是清楚啊。嗳,我说不清楚了。

铃:我也是个女权主义者,但是看《繁花》一点也不反感,恰恰相反,我觉得《繁花》是中国男作家的作品里面,极少几本让我不反感的书。梅瑞是一个很典型的上海女人,一开始接近阿宝,是为了做外贸生意。这也被人批评过,说这里面的男女关系,怎么会有很多功利性目的啊。我恰恰觉得,这就是因为女人的独立性。农村的经济关系比较简单,就是男人和女人之间的关系;但这部小说有职业人身份在,而且这身份是主要的。她有自己的经济能力,这才是她生活的主要部分。她有意识地利用自己的能力、关系、社会活动,完善、优化自己的整体处境。里面每个女的都让人印象深刻,像那个半夜出门洗衣服的女人,经常被提到的,据说是王家卫最爱;还有苏安这样短短几句话,几个动作和眼神,就让人能够想象出来,非常精彩,是个极其厉害的角色。所以我觉得,小说里的女人很正常,脑子很清楚,当然,后面也有不清楚的时候。

这本书对女性的描绘,都是很温和的,沪生式的,却也不是美轮美奂的描画。我觉得真不需要美化,很客观地写就已经足够了。我们现在缺少的就是这种冷淡的描写。就是不带有太多情欲,不带有两性强烈爱恨情仇的描写,就足够了。像歌德说的,永恒女性导我飞升,我觉得也没有到这个地步吧。我们都是正常的人,谁也不可能真的导谁飞升。

这么一来的话,男女虽然写了很多,但最后还是人与人之间的温情的关系。我觉得这才是《繁花》的底子。就像你说的,上海就像个洪流一样在滚,人们来了又走,有些人就不见了。在这个大时代面前,每个人都是很无力的。人和人之间,哪怕偶尔有一个短暂的温情的相处,就足够了。它底子上是一个无性的东西。这是我读下来的一个感受。

金:哈哈,无性的?《繁花》底子上是无性的,这个评价我第一次听到。都说这个小说充满了性。

铃:里面确实充满了性的事情,但本质上都不是由性冲动来推动的,是寻求一点温暖,陌生人的大丛林,再怎么交往,也仅此而已。沪生尤其是这样。我最喜欢的是沪生和汪小姐,这两个人截然相反,我都喜欢。

金:一般评论,都把沪生作为三人之中最最薄弱的一个,把汪小姐说成《繁花》里唯一被谴责的对象,你怎么会喜欢汪小姐?是不是因为她不保守,冲破传统?

铃:这倒没有,觉得就像你说的,是一种生命力吧。我的个性可能比较接近沪生,对沪生的视角总是特别有共鸣。他不是一个圣人,也是为了房子才跟白萍结婚,白萍出国之后,他也就这样,算了,也不离婚。"如无必要,勿生事体",这种冷淡的一面,我和他相似。但是我又很羡慕、很欣赏汪小姐这种饱满的生命力,她一直在作,不停在搞事情出来,看到她就像看到一团生命的热焰在转。你会觉得这样蛮累的,你自己大概不会想去过这样的生活,但是特别欣赏这样的女性形象。这可能是一对镜像,上海男女的一种典型,男的比较冷淡,带有一种虚无主义的底子,以沉默为主;女的精明强干,不断地在寻找机会,来达成自己的目的,不管是什么样的目的。所以两个人我都很喜欢。我倒是第一次知道大家说沪生写得不好。

金:也不是说不好,只是他和阿宝、小毛相比较之下显得单薄一点,他是干部子弟。

铃:但我觉得,小说的叙述口吻,其实是沪生的视角。我知道阿宝和小毛的故事,很多都是你个人的经历,但我觉得那些是材料,世界观是沪生的,基调是他的。

金:这三个人有我接触的原型,是加上我自己打散了的,代表某种状态……很多人大声疾呼,也有像这种沉默的人,而且这种人上海很多,貌不惊人,也不是什么知识分子,一开口吓你一跳,见多识广。因此在这个小说里有意不写知识分子……很多能说会道的人,包括知识分子大学老师,很多事其实是不懂、不知道的,贫乏得可怜。我自己也这样,写完这本书,觉得上海越来越看不清楚,有些单位叫我去讲,像我是什么专家了,我不是。而且特别讨厌人家叫我"老克腊"这三个字,我特别特别讨厌。

铃:对,我也是。

金:这三个字我是不喜欢的,根本就不喜欢,因为它代表了某一种腔调,某一种人。

铃:昨天有朋友也讲,老金啊就是这种老克腊,我说他不是,跟老克腊的气质和感觉完全不一样。我觉得你还是很接近沪生的,就是这种冷淡的温和感。

金：第一次听到，真是第一次。我现在已经是没有感觉了，这方面讨论也是比较多。

铃：你以前的小说写你在东北农场，曾经躺在一个棺材里，大家在上面放东西，还有一个女知青走过来，她找你，你却躲在棺材里……这个意象让我印象很深刻，之前说《繁花》是冷淡的，无性的，我觉得就是近似于从棺材里看出来的一个视角。

我记得王小龙跟我讲过，拍纪录片如果当事人开始哭，或者有大幅度的情绪波动的时候，镜头往后拉其实是一个比较礼貌的做法。他不往前推，去放大这个人脸上的眼泪，去煽情，而是往后拉一个远景，让这个人能安心地哭。我觉得《繁花》在我心里面就是这个样子。说到这个视角，我想起来，你也提过，在别的小说中，只有你讲什么他讲什么，沉默不被记录，而在《繁花》中这种沉默，这个"不响"，却变成一个很重要的存在。你也说过，你自己就是这样一个性格，不是诗人类型，就是温温吞吞的。所以我会觉得，沪生才是这本书的男主角，他的性格就是如此，基本上可以说是一种冷漠，不是贬义上的，只是一种不关心，当然就没有什么仇恨或者敌意，是尽可能地关心你，对你有一些善意，仅此而已。

这让我觉得，第一，比较特殊；第二，比较舒适。特殊是说，就我所看到的这些文学作品来说，当代的作家，男作家女作家，都投注了太多的感情。作品中，能感觉到很强烈的两性感情。《繁花》这本书，写了很多男女之间的"事情"，但切入的方式基本上不带什么情感——可能有一些温情在里面，像书里面最后的歌，"不如温柔同眠"，缺乏两性间对抗、纠缠的情感张力。我觉得这是件好事。

舒适是说,作为年轻女性,从小到大,不断地受到种种文艺作品中带有性暗示的骚扰,似乎中国男作家,尤其北方男作家,都很喜欢写这种冲动,写作目的好像就是为了这点冲动。那我觉得,还不如去写黄色小说,黄色小说还比你坦率。好像强烈的性欲没得到满足,又要加一层虚伪的掩饰,读的时候,会有一种人格和智商同时受侮辱的感觉。尤其在现代都市,不可能发生这种情况,要找人睡觉,总归找得到的吧,《繁花》完全没有这种匮乏感。

金:上海陈村说,《繁花》怎么一点解渴的都没有,肯定被《收获》删了。有个上海女人却讲,这书黄,太黄。

铃:这我是完全不同意的,这本书一点不黄啊,倒像是一个性冷淡的人写的东西,咳。

金:对《繁花》这方面的议论,简单说就是"道学家见淫"。其实小说到了现在,性的这一块已经登峰造极了,西方也是,无所不用其极,这个就……不讲了。可能和长年做编辑有关,稿件看到,一般男性作者,会作为一种发泄渠道,所以,只要无关情节,太过自然主义,甚至一种超自然的……作者自溺其中的段落,我肯定会删掉。

以前《上海文学》发了一女作者的稿子,大致讲一个女孩子童年被奸,后到日本做了大学教授夫人,但和丈夫关系不好,写她一整天碰到性暗示,去菜场遇到一老太太,指着一个甲鱼说,吃这个提高欲望,一步步烘托,到了结尾,面对买回来的甲鱼,她叫中华料理店一个小伙子上门来杀,结果对方忽然把她按在冰箱上,解决了。后一半是写这女人的心理,一直没解开过去的结,这时闪回到过去,一切豁然开朗。女作者触及心理这一块，文字干净。后来遭到批评，我认为批评者肯定以为，这是男作者过干瘾，因为这个作者有个男性化的名字，容易被误以为是男人的臆想。如果是女性化署名，这内容在这个男人的社会，又会是什么反馈？意思是说，我一直在这个范围里面对稿件做判断取舍，至于读者怎么说这方面的事，只能由他们，深者得深，浅者得浅。

第二支烟，平民生活中发展的事情是最丰富的，我经常写这种不知道算是什么关系的关系，我见得太多了

铃：我想，这个跟社会规模的大小也有关系吧，比如说一个村子里，就是三个男的四个女的，再怎么弄也就这几个人，但是上海有两千多万人，可能性就接近无限了。

金：大概就是齐美尔讲的，小地方没秘密。所以说村里的中国的小说，习惯上容易渲染权力形成的一种乱，比如村长、村支书啊等等，写到了顶端，没有什么可写的了。

铃：是，就算是公公和儿媳爬灰，嫂子养小叔子等等，仍然是一种权力结构。而都市是陌生人和陌生人，权力结构是不明晰的，瞬息万变，甚至根本不显现。

金：城市像是一座森林，如果从一个作者的眼光来看，不是从道学家、所谓某种知识分子的眼光分析这个社会，等于一个小动物进入森林，根本看不清楚。譬如说，办公室一男一女挺融洽的，下了班他们在做什么？不知道。作家要代入进去，虚构他们的所作所为？根本就不懂，根本就不了解这些人，很多虚构因此很可笑。

文学已到了一个奇怪的地步，接受了弗洛伊德等等各种影响，但落实到作者身上，仍然在过去的旧观念里。作为一个小说编辑，看一份来稿中男的怎么想，女的怎么想，作者怎么能够知道？根本不会知道。为什么要摆一个全知的视角？表现看不透的暧昧，才真实。

铃：我其实特别喜欢《繁花》中的暧昧，我第一次看到有人把暧昧写得这么清晰而且详尽，特别是那几桌饭局。它展开了，写得很细，很冷静，又很清楚，我觉得这是特别高级的一种东西，人物也不是完全一点目的都没有，但是目的又不是很清楚。

金：无能为力。这时代就是这样，因此经常突然冒出一个大新闻来，根本处于我们的想象之外。这等于你面对一座原始森林，你肯定觉得，在整体上它是完全看不清的，只能看见眼前一些动植物。人不是上帝。不知道这样讲对吗？

铃：不同的人有不同的理解吧。这个社会的体量，是陌生人造成的，动态的过程重于静态的目标：今天可以是合作伙伴，第二天可以上床，之后也不一定是他的小三、情人或者女朋友，不一定有身份的归属感。这种叙事，是以人和人之间的往来为基本结构，呈现为一个巨大的模糊的网络，而不是前现代彼此从属的树状结构，谁是谁老公，谁是谁老婆，谁是谁小三，这么明确。这种关系性的东西，我第一次在文学中看到，它这么庞大。特别清晰。

金：《繁花》的话剧制作方，做过一个人物关系图，我每次用PPT给读者看，都很吃惊，我说这也是在座每一位的社会关系网络图——人和人的关系，近近远远，亲密疏离，几十年积累，建立了这种爆炸型的或者菌丝结构的密密麻麻的网。每一位读者都这样。

就像你说的，一般小说的反映，却不这样，边缘太清楚了；而真正的生活，充满了无数的不确定。小说应表现这方面的复杂性，比如平民生活的自身规律，丰富琐细，符合城市的复杂特点。也是最近，我才知道一个新词汇叫"第四者"。什么意思？第三者有破坏力，第四者是有这种关系，但相安无事。以后应该还有其他名词，都是一种自然形成的现象。

铃：我觉得，这"第四者"的称呼还是有一点老的思维框架，总要排一个从属的座次出来。比如今天谁跟谁睡了一觉，从此就是床伴关系吗？永远成他的床伴了？可能明天在路上看到，连招呼都不会打。只是一种偶然的人类活动，和建立身份感无关。我记得有人批评《繁花》说，小毛死的时候就像皇帝一样，后宫全来了，在身边哭，所以这书对小毛很仁慈，对女性有点歧视。我觉得完全不是这样，这些女的哭了一下之后，她们就永远走掉了，她们的生活继续，也不会为小毛停留的。

金：对对对。

铃：包括银凤对小毛也是这样。可能有身体的需求，社交的需求，当然也有一些感情在里面，但都比较可控，有止损的机制。《繁花》让我觉得舒服的是，里面的人都很正常，脑筋正常，不像以前看到的，往往是男作家写的作品里，要不就是白莲花一样的大地之母，总归是一个女性形象很丰满，性能力很强，作为一个小男生对她既害怕又迷恋，最后成为他成长的铺路石；要不就是神经病一样的妒妇，老公出轨了，她疯子一样一定要跟了这个人，把小三挤走什么的。看了就想，这什么平行世界啊,人和人之间的关系怎么这么恐怖?不仅国内的男作家,包括村上春树啊,纳博科夫等等也不能免俗。《繁花》就没有这种歇斯底里的东西。哎,但是有不少人觉得,《繁花》里的男女关系很恐怖。我很奇怪,这种分歧是怎么来的?

金:有一种解读方式,认为文学是一种标准教科书,并不知道是反映人生百态的。《繁花》有个豆瓣的评论,意思是说,男女感情关系已经这么好了,他们已经睡了一觉了,怎么李李还和阿宝商量,有个男人在追求她,她该怎么办?阿宝怎么还会跟她冷静讨论,这算是什么关系啊?所以说读者是各种人,连这问题都觉得奇怪,就不能在一个平面上讨论了。

铃:但是把人写得像神经病一样有教化意义吗?

金:端正三观啊或者什么。可这个社会究竟谁来记录呢?文学在记录。譬如没有《金瓶梅》这本书,我们根本不会知道,那时人的关系可以到这种地步,会完全消失掉,没有了。说老实话,我反感的写作一是内心描写,二是所谓塑造人物。塑造是什么意思?实际并没有这么一个人,用彩色泥土塑成一个形象?那这形象到底是真的还是假的?生活中芸芸众生都要塑造,才是文学?我刻意拒绝这样,反塑造,对原型了解多少就写多少,他怎么来,我就怎么写。

我们传统的叙事,历朝历代都是简洁,表述内心一直是弱项,西方大篇幅的内心独白,和宗教忏悔有直接关系,是每晚自言自语、自我检查的遗传,我们不这样。

有个女人在我单位所在的巨鹿路上,走了十多年,每天背一个袋子,披头散发,坐在台阶上抽烟,走来走去,不断喃喃自语,一直在和谁表白,在自省,这是难以理解的。我不喜欢这样的场面，包括读当代小说的所谓中国人的内心世界，读来读去只能掠过，很难给我强烈的震动——人是无法脱离传统的，一般人内心也并没有分量。传统叙事几乎没有所谓的独白，从远古到民初，都是用对话和行为完成性格。贴近这种特质，我确实得了好处。

第三支烟，城市的丰富性，人性的丰富性，毛茸茸的一种丰富性

铃：现在生活节奏快，大家都好像没什么时间去做一些看不到成效的事，比如美国的约会交友网站，都是下拉菜单，你是女人找女人呢，还是女人找男人，还是男人找男人，还是男人找女人，年龄体重兴趣爱好，甚至还有算法可以给你用大数据去匹配。人民广场的相亲会也是差不多。我觉得，难以定义的人际关系，似乎在文艺作品中很少见——总是在纠结，要结婚还是不结婚呢？要离婚还是不离婚呢？像《繁花》这样大篇幅表现两性之间的这种暧昧，很少见。话里有话、多义的动作，非常有意思，是不是很难写？

金：照自己知道的部分写，不难。《繁花》里一个人物，一个女孩，在宾馆大堂碰到一个日本老头，请她陪着去花园里散步。女孩子答应了。散步后老头建议，明天再陪一次，这样陪了几次，有一天老头说，他明天要回日本了，哪天再返上海，立刻联系她。老头最后问她，有什么要求没有？女孩讲到了要求，身边这一桌人就七嘴八舌了，有为她按小时计算散步服务费的，有要买包包的，开小店的，做代理的，什么要求都有。

最后，我自己写这一段都很感动，这女孩讲，她的要求，是想到花园饭店的顶楼看一看。日本老头住花园饭店总统包房，女孩子是看着这个楼盖起来的，一直不知道在顶楼看上海，是什么味道。老头就带她到了顶层。啊上面是这样的，好看啊。女孩就不说了。桌中人都等她说下去，后来呢后来呢？女孩子说，后来，就没有了呀，看了顶楼风景，就告别了，老头回日本后就没消息了，等女孩她自己也去了日本，几年后再回来，她一直是在等老头电话，但一直没有电话。等于说，这故事刚接近核心，却变成结尾的一个虚无。这时桌中很多女人就不相信了。女孩最后说，是啊是啊，我知道你们是不信的，我知道你们心里一定以为，我是妓女！

这是我知道的一个故事，很简单就固定下来，我知道读者读到这中间的留白，会有自己的判断。读者比作者更聪明，更有想象力，有各种回味。

人和人之间的这种灰度，丰富的灰度，变化是无穷无尽的，拍脑子想不出来。我可以表现这种不知道算什么的关系。我写《繁花》的弄堂网，有个老网民张伟群老先生。写了一本书，《四明别墅对照记》，一条具体大弄堂的田野调查报告。把愚园路四明别墅所有男女主人的简历、关系情况，都写出来。甚至把五十年代初派出所民警对每一户家庭的描绘，都做在书里。我看了非常惊讶，老先生对每一个家庭、每一对男女的旧事如数家珍。包括当年派出所的记录之详细，现在应该做不到。

这弄堂深处曾有一个接待日本军官的日本妓院，老居民都知道，但没有任何具体记录。这部书再版时，有个老居民站出来说，他知道一些，当时是个8岁的小孩，在家里哪个窗子里，可以看见日本女人洗澡，这孩子每天都在偷窥。相隔这么多年了，会站出来说，令人感动。但即使这样，还不能表现出小说能够描述的更细致微妙的关系。这关系是什么？第四者、第八者都不知道。这就是城市的丰富性，人的丰富性，毛茸茸的一种丰富性。

铃：哈哈，毛茸茸。是的，无法在框架里面被定义的东西。我觉得现在谈这个特别及时，因为最近似乎有一种保守主义的回潮，就是传统的一夫一妻制要誓死捍卫，出轨就该死，实际上呢，大家一直在出轨，一直在离婚。

金：哈哈，这我不清楚。

铃：《繁花》里写汪小姐他们几个人一起出去玩，那一段写得就特别生动，汪小姐说，两对夫妻出去，白板对煞，总要透一口气吧？找一个奇数进来，兵法书上说，"以正合，以奇胜"，一有变数，就活了。

金：的确是有那种不安分的人。

铃：它的戏剧性也很真实，可能汪小姐在这个时候其实已经有一点心思活络了，但是你问她本人具体有什么想法，她其实也讲不清楚，就是觉得这样会开心点。其实很有哲学意义啊，"潜龙勿用"的一个象。

金：人可以向往一种特别的体验，也并不一定会怎么样，只是对平淡的生活厌倦了，要出去游一次。

其实社会是没原则的，尤其底层，有自己的规则。比如出去吃晚饭，经过一个包房，往里面一看，坐了一大桌人，男男女女的。你会觉得他们非常陌生，但如果这时候，房里有个人认识你，把你拖进去，在十分钟之内，你可能就和这帮人打成一片,甚至无话不谈无所顾忌,你会发现,实际上人人在此刻都愿意谈论一些事情八卦,一些所谓的核心内容。

从过去二三十年代的回忆录,一直延续到现在,只要是和平年代,能容得下一张饭桌的年代,大部分的时间,人最大的享受就是倾听别人的奇闻轶事。就像博尔赫斯所讲,文学不是醒世救世,他喜欢《一千零一夜》给人的消遣和感动,这是他认为的小说最高境界。

在饭局上,每个人坐在那里,实际在准备发言,这人讲的时候,你肯定也想讲一个特别有意思,与众不同的事。《繁花》的饭局企图就是这样,每人讲完全不搭界的故事,但有趣。以往的小说写饭局,等于是鸿门宴,是有动机的,谈判什么重要的事,或者男女间的一种表白,目的性很强。而生活的场景让我们看清楚,这一桌人,五男三女,是怎么回事。这场面就保存下来了,过很多年我们也能看到,时代的真实私生活,是这样的。

第四支烟,我不愿意都是我讲,我特别想听听年轻人的想法

金:今天做对话,特别想听听年轻人的想法。在豆瓣《繁花》上看到很多年轻人的留言,很多外地读者。有位台湾小朋友在新西兰图书馆里看了《繁花》,写了很长的文章。大概第一年,豆瓣《繁花》一直是9.1分,后来得了一些奖,大家心理上可能把它更高看了,现在分数是8.7分,也算很高了。当然我不是说分数啊,是想知道年轻人怎么讲。

上一回笛安采访我的时候，我也问她，到底为什么喜欢这本书？她做了简洁的概括，因为它的丰富性。她读的大部分都是乡村小说，都有一些套路，关于城市生活，她没有看到像《繁花》这种刻意提倡丰富性的文本。她中学时代看村上春树一个短篇，写一玩具店老板给一女孩子介绍玩具，整个房间密密麻麻都是玩具，这场景让她掉下眼泪，认为《繁花》也是这样的感动。我问她对城市的看法，她说到法国很多年，实际是没有故乡观念的。她生在太原，后在北京。出国后经常有乡愁，黄昏时只要看到一个麦当劳，就会立刻想念北京。

铃：呃，北京跟麦当劳有什么关系？

金：麦当劳是她们时代的常见风景，所以会引起乡愁。这是一。另外是看见高速公路，会想念祖国，因为进入高速公路，就可以回到老家。想想看，我跟她相差三十年，对城市就有这么大的差别。当然年轻人相对是淡的，要年过四十，怀旧才会强烈，年轻人就是小鸟，拼命往外飞嘛。

铃：但是我现在已经进入中年危机了，二十几岁的时候就不想留在上海，现在偶尔回来，在一些细节里会感觉到自己和上海的连结。我昨天去看一个好朋友，他住新式里弄，我们谈到大概晚上 11 点半才散，下楼的时候，二楼一个女的穿着睡衣就走出来，她可能正好要上厕所，厕所在房间外面，大概是吵到她了，白了我们一眼。当时我就觉得，那一个白眼吃得很开心，心里面好舒服。

金：好舒服？

铃：对，以前会很烦恼嘛，但现在回来看到那个白眼，我就感觉很揞心，"嗯，回家了"。

金：跟上海人有一个紧密的接触。

铃：在美国，一栋栋房子都是独立的，离得比较远。

金：关系都很冷漠？

铃：也还好，会有社区的概念，还是友好的，但是不太容易有这种比较强烈的冲突。

金：你这个细节很好。

铃：是啊。她不讲话的，就白你一眼，上海邻居就是这种关系，对吧。也不会来骂你，只是明显表现出她的不快，我心里面好开心啊，一直心情很好地走下去了。

金：这个有意思，倒真的有意思。

铃：《红楼梦》里面讲"窝心脚"，她那个就是"窝心眼"啊，那一眼看到我心里去了，特别舒服。她就是头发乱糟糟，穿着睡衣，很典型的一个上海中年女人的样子。

金：一种复苏。2013年《繁花》开讨论会，《文汇报》发沈诞琦的评论，也蛮受触动。她很早就来美国读书，对上两代人的上海生活，几乎完全淡忘了，看了《繁花》觉得，青少年时代的场景全部复苏了，家里人吵架，她祖父不说话，一直吵，吵到最后祖父就说，"我只好不响了！""我只好不响了"，看了这一段，我真是没想到，只觉得这个小说，五十年代的人会有些共鸣吧。但是几次签售会，包括在巴黎书展，都有在欧洲留学的上海小姑娘来买这本书。我没有预料到年轻人会喜欢，而且大量和文学没关系的人，通过口口相传来读。

铃：你为什么这么关心年轻人的看法？

金：因为自己是从年轻人过来的，当时听老人倚老卖老，特别讨厌，直到现在，看到老年人有这些相似脾气，一直告诫自己，我千万别这样，要多听年轻人说话。我最开心的是《繁花》有那么多80、90后读者。最初一次签售，记得有本书排在前面一场，我一看，周围全部是年纪大的、白头发的老头老太太。哎呦，我就很担心，因为接下来是我。担心喜欢我这本书的，都是老头老太太，很没面子啊。等到了时间，大量的年轻人进来了，哎呀我好开心，这就是开心。得到下一辈人的注意，是最高兴的事。

铃：别人问到你成名之后的感受，你总是用一个老女人怀孕来打比方。你怎么这么喜欢用这个意象？

金：年轻妈妈生小孩，相对容易，也可以骄傲，可以生了再生。对于老女人，她知道不会再有这机会，会从早到晚抱着这个孩子，不断地打扮他，每天看他不够……当时我修订这小说，就是每天看不够。

铃：以前你说像老女人怀孕，是尴尬得要命，原来还有特别宝贝的这层意思。

金：哈哈，当然有尴尬的一面，比如心事重重，反应更强烈，年纪这么大，内心完全不适应，也知道再不会有了。这小说非常难得，要把它做得更好。说起来是自觉，另一个角度来讲，是一种变态。

铃：我看了两个版本，已经很能说明一些问题了。还有一个题外话，如果以后有人用你的这个风格写东西，会不会反感？

金：我乐观其成。只不过怕被评为模仿，《繁花》的特征太明显，对作者不合算，如果作者要推翻这个阴影，有自己的办法，是最好的。但这种改良上海话，是我长期改别人的方言稿子形成的习惯,换个人可能做不到。

铃:这个尝试特别到位,文本很清晰,书面阅读,也念得出来。

金:有人说我发明了"不响"两字,怎么是我的发明?上海人每天都讲几十遍,这是上海人常用语。

铃:但要找到它很了不起,发现和发明的界限,是很模糊的。

第五支烟,《繁花》是介于虚构和非虚构之间的一个东西,八卦的东西我听了之后就忘不了

金:我们这代人经历和你们不一样,交游杂。

铃:我知道你的社交圈中有知青这个群体。

金:知青是混乱时代一个最混乱的群体,就等于你被迫和初中同学一起生活了七八年,是什么情况?虽然以后大家各谋生路,但这些年从被迫到习惯,就有一种浑浊经验,等于是和服过刑差不多。但是你们有多次筛选,一般都是和高中同学、大学同学、同事来往,如果回头去看看你小学初中同学,风景就不同了,你根本不知道他们现在的生活,你的小学初中同学也许在摆摊,你一看……原来他们有那么多不同的内容。

铃:所以你的市井故事主要来自于这个知青群体?

金:嗯,应该是和丰富的九十年代有关,和个人的交友范围有关。不总在知青或知识分子群里。比如有次被一个朋友叫去吃饭,姐妹俩从日本回来开了一个饭店,一桌人都面目不清。这种场合尤其在九十年代,非常有代表性。其实九十年代到现

在都没有结束，就是什么人都在一起吃饭。但在你们这一代，兄弟姐妹少，都一个人，学历的关系，交往都窄，80后90后的习惯脾气和我们不一样。

上次听人讲，现在的上海小白领，吃饭都"拼桌"，那种适合他们的店，长方小桌子，这边坐三个女的，附近坐两个男的，一起吃饭各自讲话，也互相听对方说什么，讲的都是白领的共同话题，老板怎么样，同事怎么样。有陌生人在，双方讲得更多，像故意让对方听到，却丝毫没有搭讪的意思，吃完各自走人。这很有意思，等于他们写的小说，都是同代人差不多的生活，大学生活，一代人职业生涯，只是舞台的景深度，单调了些。

这代人不太听上一代人、上几代人讲事，从小就被大人笼罩，比较乖，心里有想法，但习惯不说什么，也不关心大人讲什么。我们这一代人是根本不受管的，我初中二年级"文革"开始，同学都跑掉，到外面去玩。家里根本不管的，但家里的事，上几代的事，很愿意听。

铃：我觉得，很多时候，我们所遇到的上一代人说教，其实是一种骚扰。但是你写《繁花》，我没有这种感觉，没有说教，只是就事论事的陈述，可能这也是为什么让人较能接受。

金：可能是我做编辑非常长的时间，看了各类的来稿发现，好几代作家，企图继承的也是一种说教传统，灌输一种东西给你，兜售观点。但又没有什么观点。老生常谈，令人厌烦，要么是政治趣味的图解。《繁花》没任何观点，只把我知道的东西写出来，一点都不想再解释什么。哎，不解释什么。

铃：我看《繁花》的感觉，觉得金老师应该是很懂得风月的，是吗？

金：什么是风月。我过去生活的东北，前身是劳改农场，不比插队落户，而是一千人规模的大农场，北京、哈尔滨、天津、上海、杭州来的男男女女在一起，背景是刑满留场的各年龄人员，管教人员，一层一层，不如说是风景特殊。

铃：要能看得懂，看得出来，还要有敏感度，我看着看着会觉得，嗯，金老师必定是风月老手，因此能这么细腻。

金：不能用风月说事。有个经济专家叶檀也喜欢这书，有人给我看她发的微博，她对朋友说，金老师不可能会认识那么多女人，一个人怎么忙得过来，肯定是听别人说的。这话非常对。别人告诉我种种事，我不会忘记，换一个人，或者会忘。我喜欢特别的内容，只要看到听到，就不会忘，可能是我的性格。我以前觉得，文学是对人最深的研究了，现在越来越觉得文学很假。因为我知道真正的精彩关系、细节，比如风月，这世界最生动的内容，往往是烂在人肚子里的，不方便写，不能说的，《繁花》有很多细节不能写。

最近一直提到《南亭笔记》的郭子美，晚清将领，很有钱，非常特别，到上海就装成一个乞丐，在四马路的妓院门口，见妓女出来进去，送一张草纸给她，现在说是卫生纸。女人一般就很生气，直接扔在地上，实际纸里夹了一张金叶子。他把这一叠手纸发完就走了，还被人骂，他为什么会这样。传统笔记不比西方做派要大段解释，寥寥数语，能看懂的，都有想象。我的想象是，心地好的妓女会感谢这个乞丐，不会摔在地上骂人，那郭为什么这样？引人遐思。不能说这就叫魔都，各式各样的人都来表演这么简单。

包括书法家于右任跑到四马路，找一个妓女。民国成立前，他在上海被通缉，一个陌生妓女收留了他，不知他是谁，养他三个月，一分钱不要。等到民国，他跑到上海报恩，他朋友对老鸨说老先生找一个妓女小红，万万不要告诉报界，是来找人，不是玩。说了这话，屏风后就有人哈哈大笑，上海最有名的小报记者就躺在后面。结果第二天，整个上海铺天盖地报道——于右任逛妓院。于老先生天天就坐妓院，他的字值钱，任何妓女求字，他就写，身上不带一分钱，一支笔一图章，住了一个多礼拜，老板娘伺候了一个多礼拜，实际是故意消费广告了一个多礼拜，最后说人没找到。一个悲伤动人的故事，到了上海，可以简单为一种风月，老先生有性格，无所谓。

　　铃：我又要说到沪生了，沪生不也是这样的人吗，就是有八卦一定会站下来听，也就是听听，孔子说述而不作，他是听听不响。

　　金：假正经。不觉得沪生是个假正经吗？

　　铃：可爱啊，怎么假正经啦，想走走不了，蛮可爱的。

　　金：哈哈，蛮可爱的。他至少见怪不怪，知道都属于正常生活。有些人是会大惊小怪的。

　　铃：他是一个宽容度特别大的人，阿宝这样的朋友能来往，陶陶这样他也能接受。

　　金：一个男人在上海生活，见怪不怪，其怪自败，不能心惊肉跳的，见得多是一种基础，少年时代乱七八糟的就多，是这样过来的。"文革"时代，比如人人可以去参观一个私人卧室，徐汇区有个"水晶宫"，当时有个资本家，天花板到周围到地板，全部是镜子，中间一张床。我觉得怪，是千千万万的人都可以进去看，怪吧，都去看这种腐朽的生活，这种腐朽的生活，

铃：你为什么要反复讲腐朽呢。

金：唉，当时批判的嘛。

铃：我想歪了。

金：大革命相当于把一个上海牌旅行袋，拉开拉锁让大家参观，暴露"资产阶级腐朽龌龊的生活"，所有的人都可以参观，上海人说的，门槛踏穿。可以想象这是一个多么荒诞的景象，普通的老百姓争先恐后参观这么一个腐朽卧室私生活。包括小说里写的，我亲戚让我修订进去，说你怎么不写写我们五原路老板，全马路人都知道。我问什么事？她说"文革"前有扇大铁门十几年没开，大革命的拉锁拉开了，老板拉出来，原来他有六个老婆。就等于我们现在经常围观一个大案要案，万众仰慕的人，光明正大，一旦出了事，又是个极丰富的反面，实在太丰富、太有趣了。

铃：《繁花》写到抄家，有好多场景很有冲击力，很有感染力，最经常被人引用的是香港小姐的衣服被扯下来的那段。但我印象很深的还有一个场景，写一个苍蝇，在一大堆一大堆珠宝上停留，然后从这个东西飞到那个东西，像噩梦，非常迷幻，特别有冲击力。

金：我经历过抄家，几次的抄家，但和有些人还不能比。那天办公室同事韩老师还跟我讲，他家被抄了十次。我说我家还没到这个数字。

铃：哈哈，怎么连抄家几次都要攀比啊！抄家，这种创伤性的事情，在每个人的回忆里，大概是各有各的特点和面目。说到这里，我倒想问个问题，你多次讲，你的记性好，八卦的事情一听难忘，不知道你回忆的时候，是文字性的、抽象性的回忆,还是有画面的闪回?

金:主要是画面,因为看到最重要,博尔赫斯那样,可能光彩、声音、气味会更强烈吧。我感觉,画面和画面之间,才是文字链接的所在,也更动人,我很信赖具象,它能自动筛选那些曾经的、杂乱的印象……画面会带来很多元素,一切都由它带过来。

铃:果然如此。今天的采访做到这里,我有一点小小的收获,说来说去,你作为一个小说作者的种种特点、优点,似乎都和你做了几十年编辑有关系。做编辑,第一个是,看了大量有问题的作品,知道题材上、写法上,哪些地方应该要避开;第二,总是在听别人讲,看别人的表达,虽然不响,心里其实都记得,有本账。

金:可以这么说吧。

金宇澄,小说《繁花》作者。
小转铃,专栏作者,匹兹堡大学博士候选人。
感谢金宇澄老师对稿件的勘正和修订,也感谢周炎同学对文稿听写等方面的协助。

个人史

天下之看灯者,看灯灯外;看烟火者,看烟火烟火外。

——张岱

郭川：海上 138 天

口述＿郭川　采访＿谢丁

2013 年 4 月，我在青岛的出租车上第一次听见了郭川这个名字。收音机里正在直播，他刚刚完成了一项壮举，单人不间断环球航行了 138 天。那年底，我在北京见到郭川。在 2013CCTV 体坛风云人物评选中，他被提名为年度特别贡献奖。

颁奖前一天，我们聊天时，他还不知自己能否获奖。他那时 49 岁，但看起来很精壮。那次航行无疑是他生命中最精彩的经历之一。有人说，郭川就是现实版的"少年 Pi"，一个人在海上待了那么久，走了 21600 海里。但郭川拒绝任何浪漫化的意图。他反复说，那次航行并不是匹夫之勇，也不是无知者无畏。那是一种冒险，但却是一种谨慎的冒险。

2016 年 10 月 25 日，郭川在夏威夷附近海域失去联系。

下面是他 3 年前讲述的故事。

一

　　实在太困了，死去活来的困。白天还好，我能坚持不睡，忍着。可天一黑，半夜到天亮，是最难受的时候。那是2012年11月19日，我离开陆地，在海上的第二天晚上。凌晨3点，我心力交瘁，决定打个小盹。也就20分钟，突然听见"咣当"一声。糟了，我马上知道出事了。

　　事实上，临出发前，我就没睡好觉。在国外，像这种单人环球航行，出发前的最后一星期是封船的，和家人在一起，调整状态。但我呢，最后一天还在船上接待小学生参观——回答问题，帮他们树立崇高的目标和理想。一些相关的朋友、媒体记者还在船上来来回回。在青岛的最后那个晚上，凌晨4点，我们还在往船上搬东西。上午9点的启航仪式，等领导讲完话，一切的热闹过去后，我记得冲过起航线是11点57分07秒——他们说最好在12点左右，就像结婚似的。

　　当最后一个人影从视线中消失后，我仿佛一下放松了。感觉终于可以休息了。

　　但是，内心可以休息，身体却马上要进入另一种状态。首先就是培养睡眠系统，每次睡觉最多20分钟。你不能进入深睡眠，神经要保持高度敏感。哪怕一丁点异样的声响，都会刺激你的神经末梢。那天晚上就是如此，"咣当"——我一下就醒了，然后脑袋懵懵的，心想，肯定是挂上什么东西了。

　　那时船已经停下，帆仍鼓着，就好像你踩着油门，却怎么也动不了。我跑到船舱外，一片漆黑，但在水面下，船底有个东西，一闪一闪在发亮。

[个人史]

我猜应该是挂到渔网的浮标了。这里仍是中国海域,白天我就看见了很多渔船。浮标是硬泡沫做成的,这时被压在船下,"嘭嘭"地不断撞击着船底。每撞一下,我心口就紧一下。我的帆船船体是三明治结构,里外两层薄,中间夹层撞击后容易变形。我很担心在浮标的不断冲撞下,外层容易撞坏,那样水可能会慢慢渗进来。我也担心,船舵会不会受损——虽然我还有个备份的舵,但换舵本身就是个特麻烦的事儿。

最简单的办法,是把帆降下来,看看如果没有动力,渔网的绳子能否自动松脱。但降帆之后,我发现浮标和绳子仍然绞在船底。我那时能想到的最坏的结果——如果缠得很死——我得潜到水里去清理。但在夜里,那是非常危险的。可能要等到天亮了。

我拿了个钩子,小心地把绳子一根一根勾过来,再用刀子割掉。浮标仍不停地在撞击。那真是个恐怖的声音,就像深更半夜有人在猛烈地敲门。

一个多小时后,声音终于停下了。我拿着手电筒,检查了一下四周,看看船舵,自我感觉没出什么大问题,终于松了一口气。天仍是黑的,很快就是黎明,我却再也睡不着了。受了这个惊吓,睡意全无。而且你一旦知道船体没受损,心情似乎还挺高兴,有种劫后余生的快感。

说实话,如果那天真出了什么大问题,导致必须放弃这次航行,我一定非常沮丧。以我的个性,肯定不会善罢甘休。我会重新开始。可怎么开始?这是一个消耗非常大的系统工程——资源的对接,团队的力量,有形无形的物力财力等等——所有这些,我都不敢想象。为了这次航行,我准备了将近两年。

即使要放弃，也不要是现在，这才刚出来两天。距离最终的目标，还有好几个月呢。而真正的危险，我知道，还在后面。

二

我是在2010年春天萌生的这个想法——"单人不间断环球航行"。那时我还在欧洲训练，参加各式各样的帆船比赛。自从那几个字在脑子里冒出来，就再也停不住了，心里就一直在琢磨。对于任何一个职业水手来讲，那都是一个至高的目标，无论是对体力、技术，还是精神，都提出极高的要求。每个去挑战的人，都会引以为豪。

在很多人看来，以我的年龄、进入这行的资历，去挑战这个记录有点不太现实。2001年，我在香港第一次接触帆船，那时我已经36岁了。不过我刚刚辞职，还没结婚，我觉得该干点自己喜欢的事了。

在那以前，我在航天部下属的国有企业工作。我不是搞研究的，只是参与过一些国际商业卫星发射的业务。从1997年开始，我就迷上了户外运动。起初是滑雪，然后是滑翔伞，我还记得我们总在周末去北京周边玩这些运动。

在国有企业待久了，就有种被束缚的感觉。我拖了两年，才真正脱离了那个单位。那时完全没什么事业方面的考虑，只觉得人生还很长，机会很多，我得重新规划自己的生活。说白了，就是想先玩一段时间。

其实那时的北京，生活成本不高，也不像现在有房子车子等一大堆令人紧张的话题。我玩的那些运动，也不贵。滑翔伞零零碎碎一套装备下来，也就一万多块钱。但你可以飞啊！

起初，这些都只是业余爱好。我大部分时间仍在北京，每年玩一两次帆船就不错了。到了2004年，契机出现了。青岛是奥运会的帆船项目主办城市，他们需要找一个人宣传这项运动，我恰好是青岛人。随后一两年，我就以宣传奥运的名义，驾着帆船去了日本，还去了香港。那已是半玩半工作的性质了。

一路往前走，发现自己停不下来了。

2006年，我已过了40岁，决定去欧洲。我想得很简单，并不是一个全面的人生规划，只是希望把爱好变成一个真正让别人信服的东西。怎么讲，就是你要达到一种专业高度，对得起别人对你的尊重。

在欧洲，对我影响最大的一件事，是参加了2008年的沃尔沃环球帆船赛。那是全世界影响力最大、赛程最艰巨的专业帆船赛事之一。打个比方，那就像足球世界杯的水平，最高等级的，我一进去，立即感觉到我和其他人的差距。那艘船有个中国赞助商，因此需要有个中国人参与。船上11个人，我是唯一的亚洲人。

我是作为媒体船员参赛的，负责拍照摄像，记录所有点点滴滴，然后回传给后方。我以为这很简单，结果后来发现其他几艘船的媒体船员，都是参加过奥运会帆船赛的，而且他们的英语都是母语。我压力很大，如果我记录得不好，会拖这艘船的后腿，也没面子。到后来压力越来越大，几十天睡不着觉，就像忧郁恐惧症，完全快崩溃了。我记得船经过青岛时，我几乎要放弃，但咬咬牙居然又留下来。我不知道心理学上怎么说，好像过了某个时刻，心里所有的负担就慢慢放出来了。

9个月后,我熬了过来。

对我来说,那次航行收获了太多。我知道了极限在哪里。简单来说,你见过世面了。这些东西,你不亲身经历,永远得不到。

2009年秋天,我又回到欧洲,重新捡起训练。我得为接下来的好几个赛事做准备。那时候我就在想,所有这些训练和比赛都结束之后呢?我怎么办?我已经积累了这么多经验——虽然很像快餐式的拔苗助长,但我总归是要回国的。回去,我得做一个事业性的东西。

我记得有一段时间,我在法国西部一个度假胜地训练。那里风景很美,我租了个房子,在阁楼上打开窗户,满眼都是海景。风打在桅杆上。但我那时就像那些留学苦读的学生一样,是个苦行僧。风景再美,也视而不见。我很清楚自己需要什么,我得去克服什么——那些孤独、情感、似有似无的情绪。你知道,那也像一种训练,精神上的训练。我后来之所以能在海上一个人忍受138天,所有那些训练都起了很大的作用。很多人问我会孤独吗?当然会,但比你们想象的好得多。

三

11月26日,我在海上的第九天。我仍航行在北太平洋。过去两天,由于东北信风,船行驶得很快,已经驶出1500海里了。我的身体似乎已习惯了海上生活的节奏。我睡在一个不到10平方米的船舱内。里面原本有张担架床,可以调整角度,以防船晃时掉下去。但我几乎一直睡在地板上。因为万一出现情况，我可以迅速翻身起来解决问题。

地板是不平的。我铺上一些箱子、杂物，或者帆，垫得相对平整一点。船舱里都是一个一个整齐的箱子，有时我需要移动这些箱子，来保持船的平衡。地板也是湿漉漉的，海上总是很潮，我的衣服偶尔也会带水进去。我总是和衣而睡。你不要以为帆船很舒服。这种赛船和休闲船不同，就好比清水房和豪华装修的不同。但在这个狭小的空间里，我每天还得记录，也要和后方沟通——在法国，有个技术团队在帮我。

我记得就在那天，我收到了他们的邮件，说未来几天即将出现一个热带风暴。他们给了三个方案，让我选择。第一，原地待命；第二，那个风暴是由东向西，我可以在远离风暴系统中心的安全区域北部由西朝东走，绕到它后面去；第三，抢在风暴到来前，驶出这片海域。

我花了一天时间考虑。那天航行的速度不错，我认为自己有能力抢在风暴的前面。这是个积极的选择，也更有挑战性。但他们也无法验证这个方案是否百分百的可靠。因为天气观测的准确性也许只有12个小时，或一天，至于未来三天会发生什么，谁也不敢保证。因此，他们比我还紧张。

我知道无论如何都不会有生命危险。但如果操作不当，可能会带来船体受损的后果。有人可能会说，这种航行，并不是和别人抢时间。实际上只要到达终点，完成记录，就是最大的收获。所以就绕一下，选择第二种保险的方案，不是更好吗？

但是这种不确定性，恰恰使我很兴奋，就像打仗似的。可战斗与否，是一种态度。我只有三天时间。三天不睡觉，全神贯注。我觉得自己有信心走过去。但我没料到，那次风暴的威力，比想象中大得多。

头一天还没事。第二天下午4点,我眼看着我的中号球帆掉到了海里。还好那时没有太大的风,15到20级的风。那块帆有150平方米,拖在船尾。船仍在缓慢往前走,因为主帆还有动力。但那其实有点危险,那块帆很容易绞到船舵,再也拉不出来。我马上降下主帆,赶到船尾。我得把脑袋扎到海水里,才能把那块帆顺出来。然后再用绞盘一点一点收上来。等一切结束,天已经黑了。我以为最危险的时刻已经过去。但风暴的速度更快。

第三天傍晚,天空的黑云开始加强。我正迎风行驶,风越来越大,读出来的数据不断增高。我猜测后方团队也没料到风暴会这么大。很快我就发现,我用的帆不太对。那种情况下,应该用暴风帆的,要启动生存模式,保证安全。但风来得太快太大,我根本来不及换帆。风力不断加强,收帆更不大现实。何况这是夜里,只需几分钟,什么情况都可能发生。相当于我的船没做任何准备,就进入了一个超过它负荷的境地。

我知道自己什么也做不了,只能扛过去。

那一整夜我都没敢睡。非常紧张,盯着那个数据表,观察风速。我也祈祷,希望这场大风很快过去。外面是5米高的大浪,虽然它不会劈头盖脸地打来,但仅仅是声音,就带来无形的压力。头顶的帆也在颤抖,你不知道哪一刻,某个颤抖会放大,会突然响一下,那就完蛋了。到后来,我已经不去想了。想什么都没用,唯一的办法就是等待。

直到次日中午,风终于从40多级减回20多级。打扫战场时,我发现电子风向标被吹走了一个。它是用来测风速和风向的。这意味着在接下来的一百多天,我只剩下一个风向标——如果它也没了,我只能中途放弃。这件事就像个大石头,此后每分每秒都吊在心头,再也没放下。

风暴后的天空很诡异,乌云聚集,像浓重的油彩画,有一种让人恐惧的漂亮。

几天后,我才听说那个热带风暴最后形成了超强台风,名叫宝霞。在附近的菲律宾登陆时,死了一千多人。

四

没有谁能掌控风。几乎每一天,风持续地刮着。风的大小随时在变化。太大,就会变成风暴,命运仿佛掌握在自然手中;但是如果太小,甚至一点风都没有,我也难以忍受。12月4日,海上第17天,我过了赤道,到了南半球。在南纬0度0点7分,我放了一个漂流瓶。

将近半个月,我在赤道附近走走停停。有时十几个小时完全没风,速度是零,船一点不动。天气看起来很好,温度三十多度,跟夏天一样。但在船上,你完全没有休闲度假的感觉。因为闷热和停滞,快要把人逼疯了。没有空调,太阳顶头晒,我根本睡不着。你也不能放心大胆地去睡个好觉。因为一旦来风,你要抓住它,赶紧走。

有一次,我估计未来两个小时都不会有风,索性脱了衣服,跳到海里游了一会泳。如果碰到下大雨,还能站在雨中冲个澡。那是我出发后第一次洗澡——在后来又洗了一次,那已是一百多天后的事了。但赤道的天气说变就变,刚才还很暖和,突然来一场暴风雨，就会变得冷飕飕的。

等风的时候其实很无奈。我带了一些书，比如南怀瑾的书，莫言的《生死疲劳》（我看不下去）。在iPad里，还有很多电子书，大都是历史类的。印象较深的是一本外国书《绑架》，讲一对英国夫妇被海盗绑架的故事。

我那时已经近一个月没看见任何人了。有一天，我突然听见远处传来了马达声。放眼望去，20海里之外有座岛屿，然后我看见两艘船朝我开过来。那天没风，我根本无法动弹，因此很紧张。我说不好他们想干什么。

在大海上，每艘船都在自己的航道上，各走各的路。互相看见不足为奇，但突然朝你而来，你会有一种不祥的感觉。所谓的海盗，也分职业和业余的。有时你也许只是碰上了一些刁民，有些人也只是好奇，但就怕那种好奇变成了非分之想。

那两艘船走近后，我看出他们并不是海盗。船上站着两个人，穿得破破烂烂的，但说的是英语。我决定先表现出友善，主动和他们打了招呼，问"这是哪里？"

"巴布亚新几内亚。"其中一个人说。

他们也许是附近的渔民，船上堆满了几十条金枪鱼。我问"这些鱼打了多久？""半个小时吧。""那一天能打多少？""一百多条吧。"他们看起来和中国的渔民不太一样，好像压力没那么大似的。我记得刚离开青岛时，很容易碰到中国的渔船，但从没有过来打招呼的。不过，也许是这两个渔民没见过这种帆船。其中一个人对我说，他想上船看看。

"我在比赛。"我有点紧张，不知道他们要干什么。我说："比赛不允许其他人上船。"

我从船舱里拿出一件保暖衣，递给那个人。我不确定这是否有用，但我告诉他，这是一个礼物。他看起来很高兴。我们接着又聊了半个多小时。临走前，他还留下了姓名和电话。看着他们慢慢消失，说实话，我心情有点复杂。我很高兴终于有人可以说说话，另外，我也松了一口气。

但那次插曲带来了意外的想法。也许我也可以试试打鱼？我船上有一套钓鱼的设备。用一根线绑上仿真鱼饵，然后扔到船尾的水里。如果船在走的话，能拖出几十米远。这是海钓的一种方式。我的运气可能不太好，一条鱼也没上钩。

但那些天，我常常看见海豚在捕鱼。它们总是集体作业，把鱼慢慢地围起来。从远处望去，你能清晰地看见金枪鱼惊惶无措地跳到海面上，蹦得老高。

那是我唯一一次尝试钓鱼，只有在心情不错的时候才会发生。但风平浪静的日子很快过去。我将继续驶往南大洋。最南方，是南美洲的合恩角。在航海人心中，那就是一座珠穆朗玛峰。

五

在欧洲时，我曾听过一个故事。有一对夫妇去航海，中途突然出现了问题，需要他们中的一个人，爬到桅杆上去解决。那个男的爬了上去，但下来的时候，突然卡住了。在桅杆上卡住，是最危险的事。他根本就动不了。下面的人也帮不上忙。总而言之，他们完全没有救生的办法。最后，那个女人眼看着男人挂在桅杆上，挂了七八天，直到腐烂。

这是水手间流传的一个真实的故事。我听很多人讲过。在海上，任何小问题，都可能演变成无穷大的大问题。前往合恩角的那段海路，可能是我这次航行中最紧张的一段。厄运一个接着一个来。

我记得是圣诞节后的那一天夜里，12点半左右。我的前帆突然从桅杆顶部大约两米的地方撕裂了。下面那一截帆掉进了水里，我花了一个多小时，才把它捞起来。但桅杆上还有一部分残片，残留在支索上——就像一个旗帜在飘。

起初我觉得它并无大碍。好像就一点点残片，不用管它。但后来发现它有足足两米长，会影响其他帆的运行。有一次，另一块帆缠绕到了这个支索上。唯一的解决办法，就是爬上桅杆，去把剩下的那一截帆剪掉，取下来。我就在那时想起了那个故事。

每个水手其实都会爬桅杆。那是我们必须具备的一个基本技能。我和后方的技术团队讨论了之后，他们说，最好选一个风浪比较小的时间。但具体哪一天？谁也说不准。我没打算告诉我妻子。

2014年1月1日，天气不错。我已处于南纬40度附近，再往南，天会变得更冷，风更大，也许很难找到一个合适的时间去爬桅杆。我立即决定就在那天做这件事。

那个桅杆高18米。当你往上爬时，它是来回晃动的，整个船也在晃。我们有一套专业的提升器装置，你得保证熟练，才不至于出现差错。但就像那个故事一样，最危险的时刻，不是爬上去，而是下来。我有80%的把握，能完成这件事。但意外还是发生了。下来时，我觉得自己快要大功告成了，动作快了一点，结果衣服上拉锁的扣子，一下挤在滑槽里，卡在那儿动不了。

如果卡得很紧，如果靠自身的力量弄不开，我不敢想象。我冷汗直冒，悬在空中，想做任何操作也没那么容易。我在那里僵了几分钟，然后慢慢地动，最后它终于开始松动，然后我使了很大的劲，一下子给解开了。

也许一个真正挑战冒险的水手，他一定尊重和热爱生命。而不是像敢死队，抱着必死无疑的决心去做这个事儿。他觉得自己可行，有足够的把握，以最小的危险概率去完成。我记得当我告诉后方团队，我已经爬完桅杆，顺利解决问题后，所有人都松了一口气。

直到今天我仍然记得卡在桅杆上的那一刻，紧张、焦虑。但那并不意味着，其他时候我就没这感觉。我好像随时都处于一种"提心吊胆"的状态。比如仅剩的那个电子风向标，我总是担心它又被风吹走了。有一次，恍惚间，我好像发现它也不见了。常常这样，自己吓自己一跳。

有时候，你根本没有时间去考虑其他的事情。问题总是一个接一个。而且就像我之前说的，你不敢忽视任何一个小问题。帆的问题，机械故障，电子系统的问题，这些都会带来令人抓狂的想法。比如，我船上原本配备了三套发电系统，一个柴油发动机、一个水力发电机、一个太阳能。它们提供电力，支持我的所有设备。但最后，每一套机器都出现了故障。当你发现出了问题，脑袋一下就嗡的一声——会不会造成连锁反应？会不会就此结束？所有这些事情都在我心里造成很大的冲击。相对而言，孤独算什么？

1月5日是我的48岁生日，航行正好是第48天。我打开电脑，和妻子、孩子们视频了一小会儿。我最小的孩子还不到十个月。临行前，他们专门为这天准备了一袋速食面。好吃，但没那么好吃。

距离合恩角越近，我也越兴奋。之前每一次出现问题，我都很担心，总觉得如果中途放弃，很不划算。但合恩角是个标志性的点，是很多水手的梦想。即使最终我没有完成环球航行，但走到合恩角，已经是一种成功。我也能理直气壮地说，这次旅行，并不是我无知者无畏，也不是一时的匹夫之勇。一切都是值得的。

1月18日早上，天一亮，我就看到了南美大陆，远处的雪山。我估计中午就能抵达合恩角。但那天的天气糟糕透了，风不断在变化。整整一天，我都手忙脚乱，筋疲力尽。傍晚时分，我终于抵达了合恩角。我再次放了一个漂流瓶，然后坐在那儿，掏出团队给我早就准备好的一瓶朗姆酒，一根雪茄。摄像机放在我前面，那个时刻值得记录。

"从出发到现在，两个月，真是太难了。"说完这句话，不知道怎么了，我哭了起来。我转头看着远处的山脉。天色已晚，在夜幕下，合恩角正变成一个黑色的轮廓。

六

信天翁、海豚、阳光，偶尔还听听音乐。过了合恩角，我仿佛进入了另一个世界。

1月25日，我在布宜诺斯艾利斯附近的海域，见到了新华社的记者。我们原本约好了一个会合点，但那天风浪有点大，港口不允许他们租的船开得太远。所以我往里多走了20海里。

为这事儿，世界帆船速度纪录委员会要求我澄清一下，为什么要牺牲20海里，走一段没必要的路程。而且你不能得到外援，哪怕是一瓶水。最后，那个开船的阿根廷人和新华社记者，不得不单独写了一份声明。

从那天之后，我穿过大西洋、好望角、印度洋，直到印度尼西亚的巽达海峡，我再也没见过任何人，任何船。

那是一段漫长的，甚至有点无聊的旅程。只剩下无尽的风。风既是朋友，也是对手和敌人。如果你用得好，它能帮助你前行。但如果形成风暴，它就是个恶魔。但所有这些自然的因素，都是不可控的。

当然，我的朋友还包括那些无拘无束的动物。在以前的航海经历中，我曾碰到过鲸鱼，还有鲨鱼——我听说过有船撞上它们。在《少年派的奇幻漂流》中，李安把那些美妙的海洋生物拍得那么绚丽，但实际上你真正看到它们时，偶尔还会紧张。那些在海水里闪闪发光的东西，会带来一种说不出的感觉。我最常见到的是海豚。白天看着很浪漫，飞来飞去像个小伙伴。但到了夜里，它们仍游荡在四周，发出那种呼吸的声音，幽灵似的。似乎能看见，又好像看不见。有时候，即使是月光投射在海面上的影子，也会让你产生无尽的联想。

农历新年那天，我仍在大西洋上。我用红笔在船舱里写下一副对联："孤帆不孤，十亿人同在；远影虽远，四万里即归。"我穿上了中国式的红衣服，开了一瓶五粮液。只能喝一口，否则就醉驾了。等到元宵节时，我已经过了非洲的好望角，身处印度洋。那时正好是我航行的第100天。

自从攀登完合恩角这个"珠穆朗玛峰"之后，接下来的行程,就像下山一样。我有种收拾战场的感觉。风持续地稳定,我走得很快,每天想的,都是怎么样安排战术。仍有一些小问题,但都不是致命的了。我甚至已经在考虑,人生中的下一个目标是哪里。

我记得十几年前,刚接触大海时,它带给我的就是一种直感的东西,就是好玩。那是一种单纯的喜欢,我相信很多人都是如此开始的。但是如今,当爱好上升成一份职业,似乎就到了另一个层面。很多其他的因素加了进来,包括你的经历——比如一不留神参加了沃尔沃那次航海赛,在这个过程中,痛苦不堪的那部分,逐渐变成了收获。到最后,我希望自己能达到一个高度。这个高度已不再是起初那种单纯的好玩了。

但有一点我相信永远不会变。那就是对大海的享受。这100多天里,我印象最美的时刻,就是在过了合恩角之后的那几天。那时心情大好,无风无浪,夕阳陪着晚霞,远处是无数的海豚在蹦来蹦去。

七

2013年3月12日,我回到了文明世界。航行在巽他海峡时,恍若隔世,突然进入了一个有人烟的地方,真实又不真实,好像做梦一般。那是在印度尼西亚,爪哇岛与苏门答腊岛之间的一条狭窄水道。最窄处,两岸都看得一清二楚。那也是个忙碌的海峡,身边都是来往的商船。我既兴奋,又紧张,大脑一根弦绷得很紧。那天的晚霞特别漂亮。但离开海峡没多久,我就遇到了海盗。

好像总是这样。荒无人烟时,希望回到人群中。但有了人,就有突发状况。

那又是个午夜12点,我突然发现船又被渔网钩住了。它安静地停在爪哇海上,一动不动。黑灯瞎火的,什么也看不见。我特别抓狂。这一次,比刚出发时碰到的那次情况更麻烦。我折腾了很久很久,然后我听见了马达声,看到远处有一点点微弱的光。

那艘船大概离我几十米远,已经很近了。我起初以为是普通的渔船,只是没看到我而已。我朝他们大喊大叫,希望能引起注意。但他们没有任何其他反应,仍然直朝我撞过来。它的个头不大,速度也不快。我站在船边,在它靠近我的一瞬间,我用手拨开了它的船头。

如果他们是不经意,或者失误开过来的,这时应该立即走开了。但我看见它兜了一圈,用船屁股对着我又撞了过来。"大事不好,"我心想,"这一定是有意的。"

第二次,我知道自己拨不开了。他们撞上了船后的一个不锈钢支架,那是用来支撑卫星天线的。但经过这么一撞,我的帆船开始松动。那时渔网也割得差不多了,我赶紧趁乱开走。帆一升起来,有风作动力,我的船比他们快得多。他们是个木船,船上好像有两个人。我一边跑一边回头看,他们没有追上来。我猜测他们只是一些业余的小海盗,也是属于碰运气的,碰到一个算一个。如果我运气差,渔网还没割开他们就来了,我就成了瓮中之鳖。

那时我离终点只有很近的距离了。我打算进入南中国海,穿过台湾海峡,然后沿着海岸线抵达青岛。我没想到,接下来这段路程，才是最艰难的航行。我足足走了将近一个月。

我似乎又进入了令人抓狂的缺觉阶段。视线中，始终能看到有船在四周。白天还好，我可以睡20分钟。但晚上，你根本不敢睡。有一次，连续两三天我都没睡觉。尤其是过了台湾海峡后，那些中国渔船特别彪悍，根本不管你，而且他们还拖着渔网。最危险的一次，我离他们的渔网只有二三十米远。胜利似乎就在眼前，但心情却很焦躁。

4月4日傍晚，我看见了一艘海监船，然后它一直伴随我往前走。我知道离青岛已经很近很近。第二天早上，天刚亮，烟雨蒙蒙，好像下着小雨。我突然听见有人叫了我的名字。然后我看见了朋友的游艇，好多好多，浩浩荡荡。

头一天我完全没睡觉，脑子里一片空白。我继续朝码头开过去。大约还有几米远时,我情不自禁跳到了水里。后来他们说，现场的大屏幕上，显示着这次航行的最终时间：137天20小时02分钟28秒。我那时根本没想到看这个。

我跳到水里，水很冷，但这些都不在乎了。我朝最近的那块陆地游过去，然后爬上岸，跪在地上。不知道为什么，我那时只想亲吻脚下的那一小片土地。

郭川

翟永明

向京
向京工作室提供。摄影 _ 范西

黄觉

翟永明谈文脉

口述_翟永明　采访整理_李纯

小学三年级，我家搬到成都的西城区，我住的那条街上有一个西城区图书馆。那是六十年代，"文革"前，图书馆还可以正常地借书。当时我父母有两个借书证，他们没有时间借书，我刚开始读书识字，正处于对文字比较渴求的时候。在搬家之前，我喜欢看小人书。搬到那以后，我很有兴趣到那里借书，慢慢对小说类的东西感兴趣。

小学四五年级，大概十三四岁的时候，我开始读中国古典书籍。那时是"文革"的前期，老师自顾不暇，我们都是自己找书，或者朋友、同学推荐。我有一个表哥，比我大10岁，他很喜欢文学，会推荐我看一些书。最早对我产生影响的是《唐诗三百首》。《唐诗三百首》里面，有些是比较简单的，给我很深的印象。每首诗后面也有注释，我一边看一边翻字典。小时候很时兴翻字典。我很喜欢读字典和成语词典，当小说书读。后来读小说，也是半懂不懂，最重要的是这个过程：要去认字，遇到一些生词生字，翻字典，弄明白是什么意思。

对我影响最大的是初中到高中，比较集中地读了一些书。

1966年之后，说起来你们年轻人不知道，叫"停课闹革命"。学校不上课了，那段时间是我读书最多的时间，自己到图书馆借书来看。因为没事干，也不上课了。很快图书馆关闭，不让借书，但是同学之间会互相借书，提供书。那时，书很难找到，一本书很珍贵。读书对我来说，是历险。特别不容易找到，就特别盼望去找，找到之后，还有别的人等着看那本书，时间很珍贵，所以就要急着读完，有时没看完，就被别人拿走了。所以，一旦借到一本书，总是很认真地去读，和现在是完全不一样的状态。从初中到高中，基本上处于这样的状态。

当时很多书都没有，因为社会的所有功能都停止了，出版社不出版书。地下流传一些六十年代前的出版物和一些民间流传的版本。读这些书，在当时是一种禁忌，不能读这种书，那是"封资修"，是"毒草"，但实际上，反而构成一种张力，你特别想要去读。

我记得那会儿读《红楼梦》，很犯忌，只能偷偷地读。有一次，我在上课的时候，把书放在抽屉里面，抽屉打开一点点，表面上看不大出来，悄悄看。老师发现了，要把这书收了，但是这本书是借来的，我很紧张。老师来收书我就跑了。老师在后面追，我在前面跑，书是借别人的，不能被收走，怎么办，只能乱跑。老师一直很执着地在后面追，我急了，跑进女厕所去了。老师是男的，四十多岁。

后来我想老师也不一定是要收缴我的书，没准他自己也想看。在当时那种状况下，你就觉得很害怕。有点偷吃禁果的感觉，同时形成一种张力，对这本书很珍惜，一而再再而三地看，每一次读都非常不一样。

中国最重要的就是四大名著，但当时并不容易借到。如果是借到一本，很不容易了；最后如果四大名著你都读过，那在同学眼睛里面你就很牛了。大家都在流传这种说法，你就会对它很向往。《红楼梦》就是这样的。我第一次读《红楼梦》的时候很小，是在我学会认字没太久，小学四年级。我一边拿着字典翻，一边读，很多东西读不懂，但是因此认得了很多字。最早接触中国古典诗词，也是通过看字典看注释，带有研究性质的。而且是反复地读，因为不懂，就要反复地读。

中学的时候，第二次读《红楼梦》，这书肯定是我这辈子读得最多的书。那是在一个大的时代背景下，在一个革命的时代里。《红楼梦》里描述的全部生活，是非常遥远的。一个古代的世界，跟现实生活完全不一样，对我构成很大的吸引力。它描述的古代很精致的生活，恰恰是在当时的现实生活中所要唾弃的。书里面有大量关于清朝贵族生活的很细致的描述，所有这些，跟你的现实生活离得很远。但让你有很大的想象，所以会反复地读里面的东西，去咀嚼。比如里面有大量的中国古典诗歌。《红楼梦》里有很多中国古典文学的样式，包括诗词、联句、集诗、酒令、词牌，有很多层次，可以反复去读，每一个层次都值得再去读一遍。

这就是我那一代人读书的过程，精神生活很匮乏。

我是成都本地人，小时候在成都，不像北岛和朦胧诗派的诗人们，大都在北京，他们比较早接触国外的现代文学，比如俄罗斯文学、法国文学，或者通过内部资料读到当代的东西。我那时候完全读不到现当代文学。我上小学，已经"文革"了，非常封闭了，也不会再有新的出版物，能读到的都是过去民间流传的东西。所以读得特别多的，都是中国古典文学，包括口头文学、戏曲、评书，比如《隋唐演义》和《三侠五义》，公案小说。

成都诗人跟北方诗人的写作不太一样。你要仔细去分析，比如柏桦、张枣、钟鸣，包括四川的"整体主义"、"莽汉主义"。如果你仔细去读他们的作品，你会发现他们比较多地受中国古典文学的影响，这跟"朦胧诗"的诗人有一些比较不同的地方。"朦胧诗"的诗人你仔细看，比较多地受西方当代诗歌或者俄罗斯诗歌的影响。我觉得这有一个地域性的政治背景在里面，跟阅读的资源和环境是有关系的。那个时候，我们根本读不到国外的现代文学，最多能读到新中国成立前出版的一些十八九世纪的西方经典小说。

1974 年，我高中毕业，下乡待了两年。下乡那段时间，对我来说是个很大的空白。到了农村之后，更没有书可看了。我带了几本书下去，都被我翻烂了。一本《三侠五义》，一本《牛虻》，还有一本《唐诗举要》，最经看，因为是文言。现在的人不可想象，有些书已断成两截，上半页和下半页一页一页地拼凑起来看；有些书，开头和结尾已经被翻烂了，只能从中间开始看。甚至看完了都不知道书名。

应该说，古典诗词对我开始写作影响很大。比如我读《红楼梦》，我会抄它里面的诗。我那会儿抄了一本，全是《红楼梦》里面的诗词。《唐诗三百首》也抄过很多。因为是借来看的，所以会赶紧把里面精华的部分抄下来，抄成一本一本的。通过抄，加深了记忆，也增加了对诗词的了解。上中学的时候，我开始模仿古体诗,很有兴趣,觉得古典诗词有一点点像游戏,有固定的格律、限制、对偶,你会很有兴趣不断地去写作、推敲,达到比较完美的状态。这是我最早开始写诗的一个起因。

前一段时间我还在翻我以前写的本子。1978年,我跟同学一起去峨眉山,回来写了一首骈体文,叫《峨眉山赋》。上个月我拿出来读,还认为挺有意思的,因为当时尽量严格按照赋的格式写,前面是四六句,后面还附一首诗,哈哈。实际上,在我阅读的过程中,我已经开始了自己的写作。只是那时候是模仿性质,相当于艺术家刚开始要临摹名画一样。

"文革"结束后,西城区图书馆有一天处理旧书。我一直不知道图书馆为什么要把过去的书处理掉,可能没地方放了?反正就在我们家隔壁,没多远。我从小有一点点收藏的意识,看那些书很便宜,按堆卖,两三块钱就买回一大堆。后来,因为家里的房子太小,我收藏的旧书被我哥扔了。要是不扔,还是一大笔财富呢。当时收回来的书里面,有很多新诗作者的诗集,我就开始读一些新诗。没有国外的,大概是戴望舒、徐志摩、郭小川这些诗人的诗集。我比较喜欢戴望舒,也有点喜欢李金发,李金发很晦涩。我因为年轻,对自己不懂的东西,倍感兴趣。他越是写得晦涩,越喜欢。

1978年,"文革"结束后,出版社出版了一批世界名著,新华书店开始卖。当时我在成都电子科技大学上学,听说成都的沙河新华书店第二天要卖世界名著了,一大早就去排队。那天,新华书店人山人海,特别长的队,都见不着尾。想想禁书禁了十年,十年是一个空白。我们没有书可看,突然一下,世界名著来了。什么感觉?不光是我们,来的人更多的还是"老三届"。他们"文革"之前正要进入大学,在最青春年华的时候,完全没有任何书可读。对他们来说,这是一个特别大的空白。我那会儿还比较年轻,也在排队的队列之中。

这以后我才能够读到现代的东西。比如西方的现代文学(还不是当代的),我在八十年代才读到。当时有些翻译的作品进来,但不是太多,是零零碎碎的个人的翻译;1981年开始有很多现代文学翻译过来,重新出版。我记得漓江出版社翻译得挺多的,在全国都很有名。他们出版现代文学书,有很多诺贝尔奖的作品也翻译过来。这样才开始读到很多现代诗歌。

我读的最早的现代诗歌都是手抄本,都是别人抄在本子上的,借来看,看了抄。我那会,抄了两大本。叶芝(Yeats)、圣—琼·佩斯(Saint-John Perse)、艾略特(T. S. Eliot),最早都是从手抄本上读到的。

那时,肯定受现代文学的影响。手抄现代诗的过程,回想起来,跟我小时候手抄唐诗的过程是一样的。抄写的过程也是记忆、学习、临摹的过程。当我写《女人》时,已经读了很多现代诗,受到了一定影响。不仅仅是受某个人的影响,而是受到当时读到的所有现代诗歌作品的综合影响。所以整体上西方现代诗歌、中国古典诗歌都对我当时的写作产生了作用,产生了多方面综合的影响。

这是一个普遍的情况,不只我,比如北岛他们,可能最早受俄罗斯文学的影响。后来当出版开放,大量的西方现代文学涌进来之后,他们也受西方现代文学的影响,就像莫言的写作受马尔克斯的影响一样。那时,成都和北京还是略有不一样:北京更早接触到国外当代的东西。所谓当代,不是像现代作品,已经成为经典，它是在生长中，是跟你同时代的作家的东西，他们可能已经能够接触到。但对成都诗人来说，当时还是不太可能读到。

1990年，我去美国。那段时间对我来说是一个空白。一下子，我的文脉就断了。前面我讲了很多，即使在最禁忌的时候，通过各种各样的方式，还是能读到一些书，这对我来说很重要。而在美国期间，我基本上没有写作。在一个看不到方块字的地方，我的文脉和灵感，一下就消失了。跟现在的人出国不一样，我们那时候，中国大陆出国的人很少，国外华人的圈子，基本上是台湾的。要说读英文书，我们那个年代的人，没有太多英文的基础，不可能马上读懂英文书。

我住的地方有一个社区图书馆，很大，各种语言的书都有，也有中文的书，我常常去，但基本上是台湾的繁体字版本。我看繁体字一点问题都没有，因为我从小看繁体字、竖排版，我最早读的《红楼梦》就是这样的。在社区图书馆，我又重新读到四大名著，还是很有触动。当时觉得我在美国期间，可能只能重读四大名著了。压根儿没有现代文学方面的书。

我的阅读重新回到中国的古典作品。在美国，我又重读了一遍《红楼梦》。我这辈子不断地重读《红楼梦》，挺有意思的。而且在纽约，我还借到1987年版电视剧《红楼梦》的录像带，边看书，边看电视剧。在国内我基本不看电视剧，到国外，这些东西构成了一种乡愁。我觉得电视剧也特别好看。

在美国重新读名著的时候，体会比小时候深很多，因为你的背景完全变了。这是一个跟你一点关系都没有的国家，整个国家文化的结构是另外一种完全不同的东西。这样的背景下，你再来读四大名著或别的古典作品,你就有更多的体会。

我在美国不知道要写什么,不知道要表达什么。可能人也处于一种困惑之中吧,人生下一步怎么走,还没有找到答案,写作就变成一个继续不下去的事。我当时想:我可能江郎才尽了,写不出来了。其实也写了两三首诗,但完全没有感觉,写得很差,心沉不下来,也不太想怎么样继续写。

在美国,我开始看很多博物馆。去美国之前,我已经对西方的当代艺术了解很多,但没有看过原作。整个八十年代,是中国人恶补西方文化的一个年代。我们读了他们很多书,看了他们很多信息,对西方特别了解。到西方以后,再看,也是觉得很好。但不是那种震撼的感觉,因为你已经有预期了。

但是,中国绘画对我,却等于是一次醍醐灌顶的洗礼。我在大都会博物馆,看了一个中国古典绘画的展览,基本上是宋画、元画。中国很多特别好的古典绘画,都在国外,这对我的刺激也很大。小的时候,古典的东西全是禁区,都是"毒草",古典绘画更是。所以对我们这一代来说,这些完全是空白。"文革"结束之后,也不可能坐飞机到北京,来看故宫博物院。所以,我没有看到过很好的中国古典绘画。以前,真的没有对古典绘画那么有感觉。后来又去英国,看了大英博物馆,也看到中国古典绘画,每次都留下醍醐灌顶的震撼。当时国内的大环境是恶补西方文化,不会更多地去关注自身,好像总觉得我们对世界文化缺课了,却没有想到我们对自己的文化也缺课了。所以我当时受到的震动还是蛮大的。

这些意识,对我的写作都是有影响的。不是马上就来的影响。我回国后,没有马上写到这些。中国古典的绘画也好,文学也好，都有非常独特的美学观，和西方的文化体系完全不一样。我们过去不了解，现在我重新看它，从里面获得很多东西。

回国以后，自己感觉文脉又续上去了似的。很自然地，哎呀，突然一下特别想写作，内心涌动着许多灵感。很快，我出了一本诗集，里面有那一时期的新作，很多是与我在美国期间的感受有关的，其中，有一些与中国戏曲有关的作品，都与一条影响我的传统文脉有关。

九十年代，我的兴趣有点转变，开始喜欢看建筑和艺术。1991年，我在纽约第一次看到弗里达·卡罗（Frida Kahlo）的画册，就特别特别喜欢，觉得跟我写《女人》有相似的地方。我觉得诗歌和艺术是相通的东西，诗画同源，只不过表达的方式不同，一个是视觉的，一个是文字的。她的画有非常强烈的超现实的气质。对我是有影响的。

我那会儿也特别爱看建筑书。比如，法国的柯布西耶（Le Corbusier），日本的安藤忠雄（Ando Tadao），还有很多。后来诗歌写作中，我比较注重结构，我想是从建筑中来的。

八十年代我爱写长诗，九十年代末那段时间，我写了一些短诗，很短。我过去不太爱写那么短的东西。这段时间，可能是我对过去写作的一种反思。当时，我特别喜欢一个建筑师，密斯·凡·德·罗（Ludwig Mies van der Rohe），他曾说"少就是多"，这句话对我影响挺大的。我想尝试在诗歌里面，用"少就是多"的概念来写作。2002年，我的诗集《终于使我周转不灵》，就是那段时间写作方向转变的一些探索。我并不认为那段时间对诗歌的探索很成功。但至少，我希望写作能够有一些推进，把诗歌语言尽量往前推。

1998年,我开了白夜酒吧。开酒吧,对我影响很大。之前在家,在单位,都是很封闭的环境。加上我这个人不太喜欢去应付外部世界,比较倾向于封闭。早期的写作,更多的是写自己的体会,内心的感受,以个人体验为主。酒吧是个公共空间,你会接触到各种各样的人,喜欢的或者不喜欢的,都要接触。人家要来,你不能把人赶出去。在这里,我有各种各样的观察,眼光带有观察的特征。这个视角的改变,对我的写作有影响。我的写作视角,变成观察者的视角。我开始写一些与现实有关的东西。你平常在一个公共空间,涉及公共话题,就会对社会现实有一些理解、感悟,所以,我后期的写作跟现实和社会关系紧密很多。

最近这些年,建筑看得比较少了,当代艺术,也没有最早那么感兴趣了。当然,也还在看,但不像过去那么密切关注。我这个人,从小碰到什么书,就读什么书,成了一个习惯。读书,完全是非功利性的,兴之所至。我不排斥东西,什么东西都可以接收,都可以成为营养。从这一点出发,一切滋养,都能成为文脉,都能成为写作的配料,主菜则一定是厚重多汁又能回味的干货。最近我出版的长诗集《随黄公望游富春山》,就是这样的。要说到文脉,那就是从小在成都西城区图书馆就开始了的,对中国古典文学的阅读和热爱。虽然在几十年之内,并没有觉得有实际用处,但是,一旦需要,它们就能转化成内在的能量。

翟永明,作家,诗人。作品有诗集《女人》,散文集《纸上建筑》等。

向京：抽向人性的皮鞭

口述 _ 向京　采访整理 _ 朱墨

一

艺术创作之前，是一个人被塑造的过程，阅读、经历人与事……包括每个阶段喜欢的艺术家在内，所有的一切都是在完成自我塑造。

其实我喜欢的艺术家很多很多，每个阶段都不一样。读书的时候，都会认真研究一些大师的作品，雕塑家里像曼祖（Giacomo Manzu）、布德尔（Antoine Bourdelle）、米开朗琪罗，都曾经是营养。后来到欧洲看到他们的作品，尤其是米开朗琪罗，真的是服到五体投地。比如《大卫》，那么大的一件作品，你可以用"完美无缺"来形容，那么年轻的一个人做的，不可想象，我觉得那简直是一个神做的。我在现今的艺术家里面算用功的，但和米开朗琪罗比，我连工作量都不够。完全无法想象米开朗琪罗是在什么样的精神力量的驱使下，穷极一生，涵括雕塑建筑绘画诗歌，太全面了。现代没有一个艺术家敢说自己跟他的工作量是一样的。关键他还有高度,从他晚期几件未完成的石雕看,绝对可以直通现代主义、立体派,中间的很多艺术家可以被虚过,他一个人几乎谱写了半本雕塑史——从文艺复兴一直到现代主义的整个历程。他对形体的认知,就方法论的角度来说,完全是不可企及的。

艺术史留下很多作品很多艺术家,可能一个阶段有一批艺术家都画得很相似,但就有那么一个两个在艺术史上特别有意义。他穿透历史,指示了一个坐标。因为这个人的存在,艺术史出现了一个拐点,不再沿着以前的线索走。

某种角度来说,我是一个古典主义者。我认为对于一个创作者来说,精神的胜利很重要,创作者必然是百分之百的孤独者。面对创作这件事情,其实没有任何办法,整个系统的建构全靠自己。如果不是和一个所谓的最高级别的存在有联系的话,怎么可以支撑自己?当然你要生存,要解决非常多的现实困难,但是跟创作相关的那一部分是要抽离出来去思考的。没有绝对的精神支撑,所谓意志的力量,其实无法度过创作的煎熬。我看维特根斯坦的传记(《天才之为责任》),会觉得他是带着使命而生的。造物给了才华,而很多现实层面的、正常的世俗需求,他仿佛永远难以获得,也许命运就是为了让他踏踏实实别多想。但是他的内在那么丰沛,总要有一个能让他去表达的动力,他就能够不停地工作,只有工作才能安抚他不安的灵魂。

所以每每看到这类不可思议的人物,我会这么想——这种想法特别接近宗教感——这些人就是一个媒介,可能是神或者是什么借由这样的人把东西说出来。我一向认为所谓的才华是神赐的,所以我始终会有一种焦虑,我觉得有一天它也会被拿走。

艺术这事儿,我相信这些大师们活着的时候,其实一定不能判断出来自己的作品所谓的意义何在,他只是一定要按照不断涌现的某个启示去做啊做啊,完成这个使命,不得懈怠。

二

辛迪·舍曼(Cindy Sherman)在我看来是一个非常有趣的个案。她涉及了我感兴趣但完全未涉及的一些层面。

其实每一个在当代艺术史里获得成功的艺术家,一定是政治正确的艺术家,或者说是西方价值体系内的政治正确。辛迪·舍曼也难以免俗,对吧?她是居住在美国纽约的女性艺术家,符合政治正确的选择,随着她的成长,她太擅长去进入这个游戏,而她所谓的智慧也是来自于对游戏规则的反省和熟练掌握。

辛迪·舍曼有一种觉醒,就是自我意识。她说:"我只是碰巧成了模特,但我的模特也可能是我想到的任何人……这根本和我自己这个人没什么关系。"但她当然不只是个替身,在她之前很少有人质疑照片本身。比如说,辛迪·舍曼"无题电影剧照"系列,每看一张照片,你都会觉得,哦,这我好像在哪儿见过。其实这就是利用了视觉经验,她用被抽取了连贯情节的影像二手经验给观者带来心理联想,你一方面对于这些略带偏差的视觉图像产生好奇,另一方面,又坠入这种熟悉的角色感。她使用这套语言的微妙度真太天才了。

她作品里的身份意识或者阶层意识已经被说滥了,她的视觉谎言基础在于，她针对的本身就是一个景观，这个景观或者这种图像、语言，是消费社会给我们的一种教化。她模仿某种类型化的人，我们中的一个，那是被教化的产物，不是我们的本性，不是我们与生俱来的，被她触目惊心地呈现出来，我们也许意识到现实中的荒谬感。她反讽了它，但是她又结构了一个新的景观，关于我们这个时代的谎言，我觉得这个特别有意思，她的图像总是有一种双重性。

海德格尔在《诗人何为》里引用里尔克的话："动物在世界中存在；我们人则站在世界面前。"世界是指存在者整体，而对于人来说，都是对象性的存在。辛迪·舍曼的图像始终给予一个观察者和判断者以疏离感——如同看电影的体验。

也许我们以后会发觉，美术史并不一定是一个有价值的书写，因为它必然被权力和资本操控，所以我对辛迪·舍曼的批判来自于她完完全全是白人美术史上的一个重要棋子。我钦佩她的学习能力，她能在成功之后获得这些经验，自我消化又能持续地放大自我的才华，持续保持创作的新鲜，我觉得可能就是站在白人美术史的基础上，才有这样的高度吧。由于后现代主义的无中心意识和多元价值取向，人们热衷探究所有边缘文化、亚文化的领域，探讨文化差异，甚至尽力抹杀艺术与非艺术的界限，所以很多边缘文化的问题，在当代艺术里反而变成了热门问题，或者是政治正确的产物。这就是游戏规则。个人、种族、阶级、性别这些后殖民理论里的关键词，对于辛迪·舍曼这样一个在当代艺术中心的艺术家来说，掌握起来太熟练了。

跟我一样，她坚决反对别人定义她为"女性主义"，也非常讨厌解释作品。但是对于女性主义理论来说，她的作品恰恰是特别好的一个范本。她的扮演折射了消费社会对女性各种各样的身份或形象的定义。她的高妙之处在于，她的作品指出那些"真相"，她又故意露出破绽，让我们意识到是假的。她既模仿，又反讽。她给了一张脸，又加一记耳光。她扮演了每一个人物，但她自己成了一个谜语。她的作品里始终有着一个隐秘的男性视线和一个隐秘的自我。

我认为她在这样的一套话语里面依然才华横溢，她完完全全独立，而成为一个能在男性主导的摄影领域发声的独特的语言。扮演，在当代艺术里真的很多人做，但她确实独到而深入。独特性在这个时代，太难太难了。在个体淹没在普遍性的情况下，一个艺术家依然显现出她独特、鲜明、不可替代的面貌，只能认为这是才华。

其实对我来说，辛迪·舍曼作品的矛盾性——或她的才华和她的"鸡贼"——恰恰好。我对她的喜欢和批判也是这种矛盾。

现代艺术家，我们谁敢用维特根斯坦那样一个毋庸置疑的口气说"艺术是一种永恒的方式"？我们根本不可能给出这样的定义。所有这些东西都是片断的、短暂有效的。但是，如果从历史的角度来看，辛迪·舍曼有一些东西肯定具备所谓的艺术价值，也就是关乎我们本性的东西，人和世界的关系。未来在回望这个时代的时候，她一定是一个非常重要的视觉图像标本。好的艺术家、好的作品是能劈开时间的。

三

在图像万般丰富的时代来临之后，它给予艺术家的影响一定不是简单的知识点，只能说是混杂丰富的综合体。知识无不受到权力的浸染，所谓"真理"实际上是权力的产物，于是，福柯说，"哪里有权力，哪里就有反抗"。这套观点对于后殖民主义理论很重要，我们思考很多问题，都是在文化霸权、身份认同、主客体等等这些语境习惯里，包括刚才说的混杂性，也是现在很多文化的特征。

我一直最爱的电影导演有三个：费德里科·费里尼（Federico Fellini）、佩德罗·阿尔莫多瓦（Pedro Almodovar）还有拉斯·冯·提尔（Lars von Trier）。这三个在我眼里是不可思议的创作者，对人性的挖掘触及一般人难以迈过的坎儿。

费里尼的电影对我来说是绝对的视觉盛宴，说他矫饰，我简直不能接受，他兼有知识分子的深沉和孩子般的天真，所以才能把所有内在的想象和沉思转换成视觉语言。阿尔莫多瓦是个通俗化的天才，所以他的作品一反资产阶级式的没落，而是充满生命感，身为男性，表现女人的深度和同理心，我几乎没找到第二个例子。

和浓烈的身体性的南欧不一样，北欧的电影更沉思，大概因为北方有漫长寒冷的时间不能活动。好的创作者很多，但拉斯·冯·提尔还是很特别，我看他的第一部片子是《黑暗中的舞者》（Dancer in the Dark），毫无防备地被他推进了一条长长的黑暗通道，弄得我心脏难受了一晚上，后面一天不能恢复，难怪他自己也得了抑郁症。他拍过一部其实不是最好、但是特有趣的片子，叫《五道障碍》（The Five Obstructions）。有一个丹麦电影导演乔根·莱斯（Jorgen Leth），拍了一部电影叫《完美的人》（Perfect Man），很意识流的一个片子，拉斯·冯·提尔特别喜欢。传说乔根当老师的时候，教过拉斯·冯·提尔，还训斥过他，所以拉斯·冯·提尔怀恨在心，后来他去找乔根，跟他说咱们合作一个片子，把《完美的人》重新拍一遍，但是分成五个片段，五个片段都由拉斯·冯·提尔设置条件，在哪儿拍，用什么人……布置命题作文，设障碍，折磨那个德高望重的老头儿。那老头儿还特厚道，他就全给拍下来了。我觉得这是特别典型的坏人的思维，拉斯·冯·提尔总是有这种挑战规则的瘾头，他并不是个视觉新奇的作者，但总是揭示人性黑暗甚至恶，他的揭示本身也是残忍的。列出他的作品清单，《欧洲特快车》(*Europa*)、《破浪》(*Breaking the Waves*)、《黑暗中的舞者》、《狗镇》(*Dogville*)、《忧郁症》(*Melancholia*)、《反基督》(*Antichrist*)、《女性瘾者》(*Nymphomaniac*)……每一部都是抽向人性的皮鞭。

向京，毕业于中央美术学院雕塑系，艺术家。

黄觉：我的黎明骊歌

口述＿黄觉　采访＿叶三

一

1993年来北京的时候，我的心态是一个"骨肉皮"。其实我来北京最基本的动机，是在家乡感知了摇滚。那时候，我们跳舞的都是去深圳，没有去北京的，因为深圳挣钱。但我来了北京。

在北京待了六年多，我基本上一直在跳舞，后来还做模特——硬照和走台模特。那时候我大概是全北京、全中国最矮的模特。

最早，我帮新丝路演艺界模特大赛跳开场舞，跳着跳着就跟那些艺人联系上了。模特不是特高吗？有一次某个意大利品牌来中国做时装发布会，他们觉得中国人矮，就拿了一些一米八几的衣服，那帮模特都穿不进去，新丝路一拍脑袋就把我们这帮跳舞的拽来，全穿上走了一遭。走了第一次就一直走了好几年。

那时候我一个月能赚几千块钱。1997年开始，我搬到了望京，之前都是合租，后来慢慢长大，想要有自己的空间了。我找到南湖东园的一居室，月租 1300，自己将将能够。

我家一室一厅，大概 60 平方米，但是顶特别高，还有一个阳台，看起来属于特别年轻人生活理念的一个空间。我自己刷墙，调色不小心调成了香芋冰激凌的颜色，于是我的墙壁是香芋色，我的门、沙发，和别的所有的东西全是蓝色。当时老狼在我旁边租了一个两居室，问我刷什么颜色，我说橘黄，他就刷了。他屋里有一盏灯是红纸糊的，晚上一开灯，墙就不是橘黄，是红色。我们从楼下往上看，他家是一间红屋子。这屋子待不下去，在家里老想出去。于是三天之后他又刷成了白色。

那时候望京特别偏，边上就是田野。朋友们来找我玩，觉得不错，慢慢就全都搬过来了，最早的是岳浩昆、陈小虎、窦唯、陈劲、老狼，全是做音乐的人。我来北京的梦想那时候就已经达成了，其实我就想离这帮人近一点。

老狼我从来不提他是哥。我们开始见面的时候两个人都照眼，互相绕着圈，谁都不忿谁那种。我最早帮潘劲东伴舞，潘劲东跟老狼是同一拨，全是 94 新生代，都是一首歌走遍天下。第一印象很糟糕，在我眼里他就是一个走穴的，虽然我也好不到哪去，我是跑歌厅的。我还没认识他的时候，有一次我在汽车里听广播，他做嘉宾聊音乐，"我喜欢 Suede，现在放一首 Trash……"他比很多摇滚青年都有文化，要排除这些成见跟他坐一块儿聊天，才知道他是一个什么样的人。

那时候我一般都是下午三四点醒，然后就开始约饭，再看看谁家有空，去谁家粮会儿，晚上看哪儿有地儿混。其实那时候真的不知道在玩些啥。比如朋友们说来家里排练，可能几个人中午吃个饭，到我家里打开电视，看电视看一下午，这一天就过去了。或者是几个人跑到望京公园，钓金鱼钓一下午，放风筝放一下午，打牌打一天。那里算是一个北京亚文化地带。最有钱的就是老狼了，他有一辆捷达王，基本上都是他买单，我就是他的一个食客，到现在我还欠他几千块钱没还。

当时我还有一个闲职。凯宾斯基对面有一个日本餐馆叫三四郎，有个社会大哥要情调一把，在那里开了一个两层的酒吧，酒吧叫"泡沫红茶"，顺带卖珍珠奶茶。也不知道他倒了什么霉找到我当经理，然后我就把它变成了一个据点，一帮人经常在那里混到天亮。

也有时候，我睁开眼就做音乐。那时候做音乐完全没有目的，做的基本上全是自己愿意听的电子音乐。器材都是从别人那里顺来的。当时冯小波在黑豹，还挺有钱的，他去日本演出，买回来一堆设备，我看见他的罗兰505，说，"这个不错"，就扛回家。采样、键盘全是黄小茂的，我一分钱没花。我那时候设备可多了，堆满地，一整个家全是。只有一台电脑是自己赊账买的。

那是一段精神生活特别丰富的日子。音乐、电影、聊天，看着颓废，但也挺积极的。那时候我喜欢玩，喜欢跟朋友们交流，对未来没什么设想，反正觉得这样饿不死，没有太多压力。生活很充实，充实到觉得物质生活可以舍弃。

二

年轻的时候我有那种优越感，就是恋爱不会受伤害，一般都是让别人受伤害。就算当时觉得是失恋，后面想想不是失恋，是失面子。

有一次我跟高原两个人走在三里屯。三里屯一条街，一边是酒吧，另一边是面摊。走到一个酒吧，一个女孩在那儿吃东西，我就跟高原说，这女孩不错，你要是帮我把电话号码给那个女孩，我就请你吃 Jazz Ya——Jazz Ya 那时候挺高级的。高原二话不说赶紧写了塞过去，然后我们就直接去 Jazz Ya 吃饭，刚坐下那女孩电话就来了。

那是个上海女孩，在北京自己一个人住，特别神秘。她很快就跟我们混在了一块儿。我被那个女孩的魅力吸引，迅速就爱上了。因为她跟我们这群人完全不一样，她特别活泼，特别阳光，特别有能量。她拉我们一帮很颓的人去打网球，晚上又跟我们一起去酒吧，还可以上去弹钢琴。我觉得这女孩太棒了。

我是以一种热恋的状态扑身到这女孩身上，结果她特别决绝地把我给挡开了。后来，我发现她迅速地占据了我的生活圈，跟所有人打成一片，我被慢慢地边缘化，她变成了我朋友圈的主人。突然间，我就觉得失恋了。这一下让我体会到了女孩的那种 bitch，以前没有感受过的。我没办法跟我的朋友说这是一个婊，我没办法撒这个娇。每天，我自己躲在一居室里疗伤，枯坐着等到天亮。高原每天玩到天亮回家，看到我灯还亮着，打电话说，"黄觉你没事吧？"我说"没事"。

这样的事儿让我怀疑自己。我觉得自己怎么会那么糟糕？变成了这样。那段时间其实我经常脚踩两三只船，但自己又不是这块料，发 email 都会发错人。我解决不好这样的事情，但又不可能专心致志，没办法。后来我发现荷尔蒙可能会蒙蔽自己，觉得年轻就应该这样。

那时候我二十六七岁，没有父母年迈的压力，也没有被传统价值观说服。每天换不同的场合,晚上出去社交厮混到天亮,那种莫名其妙的日子,我觉得会是一辈子的事。我没法想象用另外一种状态去过另外一种生活,因为不只是我们年轻人,这种状态中有三十多、四十多、五十多的人,他们也是这样,我觉得这可能是一种最佳的生活状态,不然这帮老头儿怎么解释?

当时作为一个模特,我已经偏大龄,工作机会越来越少,在家里做音乐的时候越来越多。每天打开电脑就是一个条件反射,做什么,我不知道,因为不做音乐的话什么都不能做。摇滚挺害人的。当时陈劲住我隔壁,有时我出门,都走到楼下了,发现没有打车钱,整个院里就陈劲和我在,老狼等那些有钱人都在外地走穴。我打个电话给陈劲说,"大劲有100块钱么,扔下来给我",然后陈劲说"没有"。

后来想想,二十六七岁正是人最彷徨的时候,没工作,没未来,什么都没有,快到三十岁,也不敢像二十出头时那么狂妄了。最深刻的是,当时身边的朋友一个个地情绪崩溃。那些人在我眼里是特别优秀的,而且是性格特别好的人。他们没路可走了,我再往前走的话也会像他们一样。当时感觉特别恐怖,但其实也没有办法,心里说我不想,但是深处其中,没法改变。当时我只是意识到,不能再这么过下去了。

三

2001年的一天,我打开电脑看着自己做的音乐,发现做了一大堆也没人听,全都是自己听。我很焦虑,已经没人找我做模特了。这时候电话响了,是李少红的副导演打来的。我只是在周迅嘴巴里听过李少红这个人,知道她是导演,不知道她拍过什么,但是我觉得有工作了。

我去北影试镜,人家跟我聊了一会儿就让我走了,回到家过了半小时,电话再来,说"你再过来一趟吧",我又去了。叶锦添觉得我还不错,他们那部电影挺着急的,就是《恋爱中的宝贝》。

去第三次的时候,制片主任跟我说:"可能会选你了,我们谈一下片酬的事吧。"我想了半天说,"10万"。那制片主任看了我一眼,眼神里写着"傻逼"。他说"你要知道你面临的是一个什么东西,这将会改变你以后的人生,10万你开玩笑吗?"我说"那多少钱?""你自己再报。"我想,当时一台最贵的手提电脑两万多,我就报三万,"然后所有的打车票你都给我报了"。"行。"

到杀青的时候,我交了一摞打车票。当时其实就是咬着牙把这个事干了。

《恋爱中的宝贝》180度改变了我的命运。当时我想,我买了手提电脑就很高级,万一以后拍戏,我去哪儿都可以做音乐了。但是那之后,我再也没做过音乐。生活状态完全变了。拍戏跟下矿是一样的,完全是体力活,我没办法把自己切换到做音乐的状态。

拍完《恋爱中的宝贝》,李少红那个公司把我给签了。很巧合有一个朋友的戏,他说,"黄觉是一个演员了,让他演吧"。于是从那时起我一直演戏演到现在,基本上没停过。

刚开始的时候,我没意识到做演员生活会变成这样,无休止地一直在剧组里。拍到一两年的时候,我恐慌了,不会以后全是这样了吧？以前做模特拍一个广告，在棚里待到半夜十一二点，心想怎么还不完，外面夜生活已经开始了，该热闹的地儿都热闹起来了，我还在一个旮旯里待着，又冷又饿。做模特的时候一个月有这么一两天已经不能忍了，做演员之后每一天都是这样。朋友们还是会给我打电话："黄觉你在哪儿？"背景是熟悉的喧闹，这世界的声音一直在。我说"还拍着呢"，或者"我在外地呢"。慢慢地，朋友就不张罗我了。一脑袋扎进去几个月，也就这么过了。

但我没想过退出这种按部就班的生活。每天都有通告，几点起，要干吗，工作量是多少，这都非常具体。相对之前，我觉得这是一个比班儿逼还班儿逼的生活，这应该就是我要的。

拍戏第一年，我就脱离了以前那种生活状态。

到2002、2003年，老狼说，"黄觉看到什么都想买"。拍完《恋爱中的宝贝》，我拿了3万块钱；拍完第一部电视剧的时候同时接了广告，当时片酬二三十万，我要现金。现金就是要看的。拿着现金，我又去青岛拍一个电影，到青岛第一天就打车去吃宵夜，自己点了一只龙虾。

其实我不想吃龙虾，也不想看现金，就是突然间回到主流世界之后想要这种形式感。有段时间，我戴着大金链子，去苏州买了一个大翡翠戒面的金镏子戴着，想象着一只戴着金镏子的手揉着文艺女青年的胸。那种扭曲，就是对过往生活的摧残。

到现在我其实都很难适应演戏，演戏这个职业跟我性格差距很大。我在剧组里面适应了怎么跟每个部门配合，在娴熟中产生乐趣我是有，但是对这职业本身，我还是挺抗拒的。

老狼应该算是当时我身边最早火的一个，当年《同桌的你》

算国歌了,全中国都在唱。以前我跟老狼出去,老狼说,"我做一个采访,我聊两句,我签一个名",后来这些事情也转移到我身上。这种情况因为经历太多,早成了常态。当时我们还有一个特别有钱的朋友,到现在他还是我们没法企及的。他在秦老胡同有一整套院,他把里面的内装全都拆了,把另外一套四合院的内装再装上去。他在郊外还有一个十亩大的院子,亭台楼阁的。他只要喜欢什么就不计成本,他对钱是没概念的。那时候我就知道物质到了顶端是什么样。

所以对名利,我们都见过最大化是什么样。我没有特别强的对名利的野心,更多还是形而上的要求。

拍完《恋爱中的宝贝》,我还住在望京,换了另外一个地儿,月租3000块的一居室。住了一年又搬到了工体附近,月租4500。

以前我从来没想过买房子,没想过跟父母住一块儿,也没想过学开车。我想住一辈子酒店、宾馆。后来,我的东西全放在朋友家里,实在太多了,又想到父母来北京要有地方住,就买了房子。买了第一套房子,我自觉生活方式变了。当时付了首付,还要还贷款。我就觉得五十多万怎么还?没法想象,但是艰难地迈出了这一步。

我还是一个相对比较传统的人,到了一定年龄,我会很在意父母希望我是一个什么样的人。我觉得我要回馈。

以前的朋友,我们现在联系得不多了。我在前一段情感经历就开始走入家庭生活,过日子。结婚生孩子这些事儿对我影响也不大。就算没孩子,估计也是我现在的生活,基本上就是在家里待着不出去。购物的仪式感现在没有了,三四年前淘宝就跟我没关系了,从去年开始网购、代购也跟我没关系,平时现实生活中我也不花钱。

那天一个朋友拉着我说要去一个夜店,说半天,那名字我没听过。我说"在哪儿?""灯笼。"我说"灯笼在哪?""你就往纯K走吧,到那儿我再告诉你。"那一片儿现在对我来说是一个特别模糊的地方。这在以前完全是不可想象的,所有的那种地儿都如数家珍。

那个年代有一部电影叫《猜火车》,所有的文艺青年就把自己的生活往那种形式上去套。如果回头再选的话,我觉得,青春必须得这么过吧。不这么过的话不亏得慌?该青春的时候青春,该中产的时候中产,我觉得最好的安排就是这样的。

在国外,很多人会一辈子颓下去,因为国外有一个很好的社保机制。比如我决定做一个艺术家了,颓是一个基调,这个我认了,再怎么颓我有住的地方,有吃的地方,我不会因为做艺术家被人歧视,大家会理解这份颓。我觉得在中国不行,尤其是现阶段,没有太多人强大到那个地步。

到现在,我也会想念过去那段生活,至少它是我人生中最喜欢的一个阶段。我会想念里面好的部分,就像一个酒鬼肯定会想念酒精。但是我知道那种生活,酒精会让我灭亡。

黄觉,演员。代表作品有《恋爱中的宝贝》、《倾城之恋》、《萧红》等。

长故事

无意深刻,随事曲折。

——唐度

火星招待所

文 _ 李纯

一

2002年,在老家过完春节的一个月后,张羞买了一张L开头的火车票,这是春运期间额外加上的临时客车,速度比普通的列车慢。从杭州到北京,开了一天一夜,总共停靠五十多站。他第一次去北京,没有什么好奇,仅仅觉得那里是个文艺青年爱扎进去的地方。当列车在天津下客,有那么一会儿,他甚至犹豫要不要回去。

下午5点钟,列车停靠北京站。那是3月份,北方的落叶植物还没有长开,空气里混杂着粉尘,灰蒙蒙的。这个来自南方的男孩,有点不适应北方的气候,他穿一件衬衫,衬衫外面是卫衣,卫衣外面套了一件薄棉袄。他拿着一本兰波(Arthur Rimbaud)的诗集,在广场上站着,等吴又过来,带他去火星招待所。

张羞出生在浙江嵊县一个雨水充沛的农村里。他有一个同父异母的哥哥,长他15岁,还有一个双胞胎姐姐。10岁那年,他的家庭遭遇了一次变故,他的姐姐被山洪冲走了。

那天,他的哥哥和嫂子带张羞的姐姐去镇上走亲戚。他们喝了酒,开拖拉机的司机师傅也喝得醉醺醺。晚上10点钟,他们走山路回家,经过一座桥。河水上涨,已经漫过桥身一米高,司机继续往桥上开,开了不足十米,车身翻滚,掉进河里。

哥哥和嫂子被岸边小卖部的老板看到,救了上来。拖拉机司机被压在拖拉机下面,死了。姐姐年纪太小,被洪水冲走,隔了两天才被捞上岸,尸体已经腐烂变绿。

对于这件事,张羞记得的画面很少。他尚年幼,意识不到死亡是什么。他只记得妈妈哭得很伤心,记得出殡前棺材摆在村子口等待合适的下葬日期,然后是守灵,他拿着姐姐的画像在屋子里面走来走去,有种新奇的感觉。他说:"你觉得这很好玩,它没有悲伤,因为你不知道悲伤,悲伤这个词都没听过。一个人有自我伤感是很晚的。"

或许是这个原因,张羞的哥哥此后一直对他极尽可能地照顾。当他长到一个懂得悲伤的年纪时,他反复地想起这件事,想起这个人,越到后来,记忆越强烈。他说,这件事构成了他对人生的一个基本态度,他对生命的理解。他不喜欢生命的形式——从出生到死亡。以至于当他用这种态度去理解日常生活时,他发现所有的事情变得非常无聊。"一个到世上散步的人。"他在一篇小说里这样写自己。

这个过早对生命产生厌倦的男孩,等他进入大学,他多少与周围的人有点不一样。1997年,他考进浙江工业大学。他本来打算考西安电子科技大学,他的哥哥是那个学校毕业的,毕业后去了日本留学。哥哥希望张羞和他走同样的路。但张羞的高考成绩差了 4 分,没有考上。

大学期间,张羞的专业是通信工程,他本应该是个写代码的程序员,但他对此没有一点兴趣。哥哥从日本带给他一只索尼的 Walkman,他买了两盒磁带,一盒是陈百强,另一盒是崔健。他先听崔健,觉得《一无所有》还行,其他的歌很聒噪,不喜欢;陈百强的旋律顺,倒是喜欢听。但很快,他接触到 Grunge,听涅槃乐队。1994 年,27 岁的科特·柯本(Kurt Cobain)在西雅图的家里饮弹自尽,他的死是摇滚文化的一个象征,人们喜欢把他的死看作一个纯粹的灵魂被工业侵犯之后的自我毁灭,而他的行为在他死后被不断模仿。张羞像找到组织一样地模仿柯本,比如,永远穿牛仔裤、匡威鞋,学习抽烟,看兰波的诗。大三时,他试过把头发全部剃光。他一下子觉得崔健特别好听。"瞬间就转过来了,你就把自己和其他人划分开来,不是生活上,而是追求和认识上。我是这一类人,你们是普通人。"

西方六十年代的摇滚乐和诗歌占满了他的脑袋和生活。九十年代末,网吧开始在城市出现。1998 年,杭州还没有网吧,到 1999 年,有一两家。随后一年,网吧在城市,尤其是学校周边铺开,同时流行起来的还有网络论坛。1999 年,"高地音乐"、"暗地病孩子"等几个亚文化的网络论坛出现,类似 QQ 的即时通信刚刚开始流行。张羞混迹于一些亚文化论坛,以及杭州的地下摇滚演出场所。那时候,他的偶像是诗人兼歌手吉姆·莫里森(Jim Morrison)和法国诗人兰波,而在国内,他心里的类似人物是竖,一位上海的诗人。竖曾在"暗地病孩子"发过一首叫《长途车》的诗,描述了一个少年经历的孤单旅途。张羞读完以后感动地哭了,他开始写诗,想成为一名诗人。

2001年大学毕业,他在杭州找了一份工作,上班三个月之后,他上不下去,辞职打算往外地走。他打电话给在"暗地病孩子"上认识的吴又。吴又当时不叫吴又,叫子弹,有时前面加一个修饰语,变成"抛弃枪的子弹",他写诗也写小说。张羞问他,"子弹,离职之后该去哪儿混?成都怎么样?"吴又说,"你去成都干什么,到北京来,我已经和一群诗人住在火星招待所里了"。

二

竖1972年出生在上海,年纪比吴又和张羞长7岁。三个人里边,竖写诗最早,熟悉他的诗人比较多。他身高一米八,四肢修长而瘦削,看上去郁郁寡欢,一旦喝起酒,行为变得桀骜,爱好诗歌的年轻女孩们或多或少都对他抱有爱慕。

竖第一次去北京是1994年。那一年,"魔岩三杰"刚刚发行新专辑,在全中国的摇滚青年里产生很大的震动,很多人被他们的态度和方式影响。竖热爱音乐,他听了张楚的《姐姐》后想:"北京有这样的环境,可以容纳我这样的人,至少有人从那里出来。"他认识一个玩音乐的朋友在人民大学读书,他决定去北京找这个朋友。

那年初夏,离大学毕业还有一个月,竖决定辍学,去北京实现摇滚梦。他的叔叔是虹桥机场的处长,主动给竖在机场内部刊物安排了一份工作,一个月有六七千块钱。他知道竖喜欢文学。他像受了屈辱一般,拒绝了家人眼里的"金饭碗",他对父亲说:"我要去北京。"父亲正在削铅笔,没有说话,把一支铅笔从十几厘米长削到大拇指那么短。竖说:"我没有钱,你们要给我路费。"他母亲觉得他的脑子是不是出问题了:"早知道就不供你念大学了。"铅笔削完,父亲递给竖600元:"不管怎么样,别逞能,能回来就回来。"

在人大,竖认识了一个女孩,俩人坠入爱河。竖在配餐公司找了一份做盒饭切配的工作,同时等机会组乐队。他喜欢朋克,喜欢态度张扬的音乐,当时北京的校园最流行的是民谣,是老狼、沈庆和丁薇这样的人物,他找不到同类,乐队的事迟迟没有着落。他只好一边做盒饭,一边写一些不知道是歌词还是诗的东西发在网上。他到处投稿,写信给《十月》、《收获》,有一次投给一份叫《作品与争鸣》的文学刊物——他笃定自己的作品肯定会引起争鸣,他也给张楚和陈升写过信,这些信像投入汪洋的石子,杳无音讯。在北京待了一年,他的女朋友大学毕业,去海南工作,竖则回到上海,做起了卖打口带的生意。

在上海的四五年,竖像一只不安分的蚂蚁,从一个地方爬到另一个地方。他摆过CD摊,开过音像店,组过朋克乐队,去机场做过撕票员,在网络公司做过设计,最后一份工作是运货,把铝制管道从上海运到其他城市。2001年,诗人杨黎从成都到了北京,他是竖的诗歌前辈,他打电话给竖:"我已经到北京了,过来吧,这里有很多朋友。"竖有点犹豫,杨黎说:"我帮你找工作。"到北京没多久,竖住进了火星招待所。

搬进火星招待所之后,竖把另一个诗人吴又也叫了过来。吴又刚刚从武汉的大学毕业,在国贸上班。他成长在湖北荆州的一个县城,小时候他感冒患肺炎,病重到几乎断气,他的父亲求一位和尚给他作法,同时给他取名"吴法",他活了下来。

或许是名字的关系,从初中开始,吴又在学校就很调皮。南方的小镇充斥着古惑仔式的暴力,小镇里的少年喜欢混帮派,吴又是其中的一分子。他旷课,喜欢打架、台球和打牌。和周围人有点不一样的是,他很早开始写诗,对诗有天然的敏感。

大学毕业后,他没有按照家里的想法,去家乡的电力系统上班。他觉得自己不太适合武汉,除了吃烧烤,没什么留恋。他想去北京。他在求职网上发了几封简历,很快收到面试通知。第一家公司是后来的卓越网,正处于初创期,在一栋简易的居民楼里办公;第二家公司是赛特集团,在国贸的一栋写字楼里,他觉得赛特的位置好,就选择了后者,做网络维护的工作,平常大厦的网络很稳定,工作没太多事。刚去北京那会儿,他叫一个没见过的北京网友在奥森公园附近租了一间平房,房外有一条很凶的狗。有一天竖到吴又住的地方,把他的行李收拾一番,拎到了火星招待所。

在火星招待所,吴又展示出帮派青年所特有的仗义风范。那时赛特的待遇好,毕业生一个月能拿到七八千,多的时候上万,他把钱算了算,对住在里面的其他诗人说:"你们别工作,我算了一下我们几个人开销,张羞还有一点从他哥哥那里拿来的钱,够了。"他说:"我养你们。"竖听完,觉得吴又特别牛逼。

三

火星招待所是一间屋子,也是一个团体和一种氛围。它在北京,是一间 90 平方米的出租房,在通州杨庄一栋七八十年代建的六层楼房里。房子是单位公房,小区外有一道铁门,有门卫看守,晚上门卫会把铁门锁上。住在火星招待所的诗人要是在外边喝酒回来晚了,得翻进去,其中一位诗人有一次翻门不小心把新买的牛仔裤刮破了。

住进火星招待所的第一位诗人是张稀稀,黑龙江鹤岗人。2000年,张稀稀大学毕业,他和张艺,一个搞音乐的男孩,在杨庄租下这间房子。月租1500元。几个月之后,张稀稀的两位大学同学,蝈蝈和裴飞到北京谋生,也住在这里。不久,竖、吴又和张羞陆续抵达北京,他们也搬进了火星招待所。

起先是张稀稀盖的一床被子。这床来历不明的军绿色被子上面绣了五个字,"火星招待所"。后来它成了这间屋子的名字。火星招待所像一个沙龙,外地诗人到北京,首先会到这里做客。喝酒夜不归宿是个常态。周末,住在市区的其他诗人也会过来待两天。久而久之,他们觉得这个地方真的是一个招待所。

火星招待所装潢简单,空间开阔,最多容纳过十六七人。平常,小卧室睡一个人,大卧室有一个类似炕一样的大床,如果并排横着睡,可以睡四五个人。客厅的沙发到了晚上,也是一张舒服的床。

严格意义上,火星招待所仅存在了大半年。这是一种乌托邦式的集体生活,除了吴又一直有稳定的工作,其他诗人差不多处于闲置状态。他们依靠家人、朋友和临时的工作机会维持生计。每个周末的夜晚,这里举办聚会。他们在论坛发表诗歌,线下聊天喝酒,接待新加入的诗人。

火星招待所代表了某种少见的生活方式,几位写诗的年轻人为了减少生存成本,租住在同一个地方,在生活上有所照顾,实际上没有它的名字听上去那么浪漫。但它确实形成了一种奇特的写作氛围,激发着住在那里的人——集体生活催化了他们的写作,从语言到认识,他们每天所关注的就是诗。

火星招待所的诗人都在一个叫"橡皮"的诗歌论坛上发表作品,这个论坛属于"橡皮先锋文学网站",由"第三代"诗人杨黎、韩东、何小竹在成都创办。

后来,竖搞了一个论坛,类似橡皮的子论坛,他们称它"火星招待所"。打开论坛,网页是朱红色,配红褐底色,页眉有一个半开玩笑式的logo——一个胖乎乎的小人张开双手。这个小人要是细看,长得很像杨黎。2001年,杨黎还是个胖子,而现在他几乎瘦了一半。和火星招待所里的诗人一样,他刚从成都迁居到北京。他曾经是成都"非非"诗派的代表之一,后来系统地提出"废话"写作。诗人间曾经流传,八十年代的成都,一个招牌砸下来,三个人里面就有一个是诗人。九十年代"非非"集体下海,他跑过销售,开过广告公司,甚至开过夜总会。在北京,他喜欢把这些初涉诗坛的年轻人聚在一起,在他们之间,他树立了一种简单又抽象的诗歌风格。无论在诗还是在生活中,他同样具有感染力。

四

张羞起初不怎么喜欢待在火星招待所,换句话说,他住进火星招待所是生活所迫。到北京的第二天,他去三元桥附近的人才市场找工作,无功而返。他没有什么经济能力,除了写诗,似乎没有更擅长的事情了。

在那儿住了一个星期之后,一天早上,房东突然开门进来,看见十几个诗人躺在地上,处在宿醉状态,而且有男有女。房东是个中年模样的北京女人,她生气地喊道:"你们在搞什么?赶紧给我搬走,我不租给你们了!"

他们在杨庄附近找了一间平房,时间仓促,他们匆匆看了一眼就付了租金。往外搬东西的时候,楼梯口坐了一男一女,姿势奇怪,女孩伏在男孩的膝盖上,似乎在哭,但没有哭的声音。他们问:"你们是住在这里的吗?"这对男女没有说话。他们又说:"那你们到我们的房间里面坐一会。"依旧没有说话。他们继续往外搬。

晚上,他们住进了新租的平房。打开电灯,他们才仔细打量这间房子。它很空,除了一张大通铺,几乎没有家具,有点像公路边的廉价旅店。他们怀疑这里原来是一家卖烤串的店,因为墙上有零星的血迹。南边是一扇大飘窗,从窗户望出去,是一片荒凉的空地,再远,是铁轨,偶尔有火车开过。他们并排躺在床上,提起白天那对男女,竖说:"你觉得这两个人真的是活人吗?"一开始以为是开玩笑,顺着话题,他们聊起了生平遭遇过的灵异故事。聊着聊着,竖说:"世界上确实有很多东西特别奇怪,你们看这个地方肯定杀死过很多动物,因为墙上都是血,那不可能是活人的血吧?"他继续问:"大家相不相信人死了以后还是存在的,还是有魂魄的?"

聊到这儿,他们很害怕,但没有停止说话。房间里出现了一种细思极恐的气氛,夜已经深了,墙壁上的血迹在灯光底下越发地醒目。像鬼片里的老套手法,有一盏灯突然熄灭了。他们全都吓坏了,烟盒快空了,没有人敢出门买,甚至没有人敢上厕所。他们僵在床上,好像屋子里面全是鬼。

吴又22岁,年纪很小,却是几个人里边最镇定的一个。他说:"大家不要这样。"他走到院子里,对着空气吼道:"有鬼吗?出来和我聊聊。"接着,他点燃一支烟,在院子里站了一会,似乎在等候回应。几分钟后,他回到房间,告诉屋里的人:"没鬼。"

黑暗中,张羞对着天花板哭了。他感到低落,不知道耗在这个地方,像僵尸一样躺在床上有什么意义。他写诗,但诗歌尚未给他的生活带来足够的慰藉,他身边的朋友也是。他刚来北京一个礼拜,已经有些待不住了。他去人才市场投简历,如泥牛入海,没有回应。他带了700块钱,以为能挨一个月,来了之后请哥们吃饭,一两天就花光了。他说:"我没有办法改变我的生活。"

在杨庄的平房住了一两个月之后,一部分诗人觉得这样的集体生活难以为继。张稀稀、裴飞和蝈蝈各自找了地方住,剩下竖、吴又和张羞,他们搬到通州九棵树,合租了一间两居室。火星招待所在杨庄的集体生活结束,九棵树的集体生活开始。

五

"暗地病孩子"的英文名是"Sick Baby",网站的创办人sickee,现在是梧桐树资本创始合伙人,叫童玮亮。这个论坛很受一些个性怪异的年轻人欢迎,比起学院派,他们更亲近卡夫卡式的另类表达,在那里活动的包括后来的作家安妮宝贝和路内。在"橡皮"出现之前,竖、张羞、吴又等一些诗人经常在上面发些东西。

2000年,网络已经普及。除了类似"暗地病孩子"、"高地音乐"这样的亚文化论坛，也出现了一批专门为诗歌而设的论坛，比如广州的"诗生活"和北京的"诗江湖"。二者都不太对他们的口味：诗生活属于学院派，上面的诗文本感浓厚，像欧美翻译过来的桂冠诗人的作品；诗江湖则是"下半身"诗派的主要阵地，以沈浩波、尹丽川、南人等为代表，主打身体写作，态度激进。

那会儿，竖一边在上海的一家信息公司做网页设计，一边在网上发表诗歌。有一天，博库网内容总编黄集伟找到竖，给他1万元稿费，买他的诗。那是互联网的春天，很多热钱涌入，博库网想用这些钱鼓励活跃于网络的独立写作者，当时，拿到钱的还有作家狗子和诗人尹丽川。

竖把1994年到1999年写的诗，一股脑地发给黄集伟。他从没想过，这些发在论坛的不知道是诗还是歌词的东西，能给他带来一笔不菲的收入。他高兴坏了，立马辞掉工作，打算去流浪。

他首先告诉乌青。乌青是那种真正意义上的诗歌青年，也是当时的年轻人中比较早有意识地与"第三代"接轨的诗人。他出生在浙江省一个叫玉环的小岛，是中国最临近钓鱼岛的地方。地理环境使这个地方具备了浪漫的海岛风情。乌青读的高中临海而建，下课后，可以走路到海边坐坐。世外桃源般的环境没有让他感受到快乐，相反，他急切地想摆脱小岛生活的封闭状态，到外面的世界闯荡。从童年时期开始，他有过四次离家出走的经历，都以失败告终。最后一次发生在高三。这次，他走得比较远，到了西安。他爬上大雁塔，站在七层高的塔楼，他念了一首《有关大雁塔》。

《有关大雁塔》写于1983年，作者是诗人韩东。八十年代，以南京的"他们"，成都的"莽汉"、"非非"等为代表，第三代诗人发起了一场反英雄、反崇高、反文化的诗歌运动，针对已成诗歌主流的朦胧诗派。《有关大雁塔》因为对诗人杨炼《大雁塔》的直接反叛，成为那场运动的一个代表。

乌青视他们为偶像。他背诵他们的诗，把喜欢的诗摘抄下来，抄了两本厚本子。他在"高地音乐"论坛和竖认识，知道竖也写诗，就去上海找竖。他剃着光头，戴一顶草帽，然后把诗摘递给竖。竖问："这个好吗？"乌青说："这个好。"要是看不懂，竖问，"这个好在哪儿？"乌青就告诉他，好在哪儿。"我当时是一个后进者，他已经是个真理在握者。"竖说。

在此之前，他也找过张羞，以一种诗歌真理在握者的姿态和还在懵懂中写诗的张羞吃了一顿饭。那是他们第一次见面。乌青在浙江工业大学的西门等张羞，隔有100米远，张羞就认出他了，"人是能看出同类的"。乌青瘦，空荡荡的，衣服比身子大了几个码。当他开口说话，语速飞快，好像有点紧张。那顿饭，乌青从鲁迅开始讲，讲到余华，讲到卡夫卡，讲了一大堆，"感觉这些人都是他的亲人"。接着，乌青对他说，"我前几天写了一首诗，叫《把中国最好的鸡蛋献给自己》"，他感叹，"写得太牛逼了"。张羞觉得，"这个人有点意思，很吸引我"。

竖打电话给乌青。乌青从大学辍学有一段时间了，他待在杭州的一家网吧，生活潦倒。乌青建议他们一起去成都，找另一位诗人，肉。他们从上海出发，坐了40个小时的绿皮车，抵达成都。

当天，他们打电话给何小竹。何小竹是"非非"诗派的一位诗人,和杨黎是相濡以沫的好兄弟。他们约在瑞丰广场附近立交桥下面的一家茶馆见面。见面之后,何小竹对他们的印象很好,"用韩东的话说,一看就知道是自己人"。他给牌桌上的杨黎打了个电话,说:"我新认识了三个年轻人,觉得很不错,我们一起吃火锅。"晚上,他们见到了杨黎。

杨黎走进去,三个人全站了起来,他们的个子都在一米八,弄得小个头的杨黎有点紧张。三个人都羞涩,只是对着他笑,却不说话。何小竹给杨黎做介绍,接着,他们挨个给杨黎念自己的诗。杨黎回忆:"给我的印象,第一,我第一次认识了网络人物;第二,他们的诗歌很让我感动,经过了九十年代的逆潮,在整个九十年代丧失了先锋精神的状况下,我一直觉得诗歌的某种精神和传承是不是断裂了,当我认识了乌青和竖之后,我认为这种传承还在。"

那顿火锅之后,乌青去了武汉,竖回了上海。到了2000年的冬天,杨黎、韩东、何小竹决定办一个文学网站。想法是韩东提出来的,他说,"我们要做论坛,在网上做一下文学和诗歌的东西"。杨黎在玉林路开了一家酒吧,叫"橡皮",有点致敬法国新小说家阿兰·罗伯-格里耶(Alain Robbe-Grillet)的意思。敲定之后,何小竹告诉乌青,希望他来成都帮忙。乌青听完,又告诉竖和张羞,竖会网页设计,张羞会编程。没多久,他们就在橡皮酒吧碰面了。

那年没有大年三十,除夕是在二十九,也就是阳历的2001年1月23日,"橡皮先锋文学网站"上线。"橡皮"一出现,就聚集了一支接近两百人的写作队伍。在对待诗歌的态度上,他们倾向于简单的出离的语言,和诗江湖的身体写作、打破禁忌不同,"橡皮"更追求诗歌的艺术性。

2000年,杨黎提出诗歌的"废话"理论,这个理论对后来的"橡皮"产生了显而易见的影响。在一篇《打开天窗说亮话》的文章里,杨黎写道,"诗歌写作的意义,就是建立在对语言的超越之上,超越了语言,就超越了大限。超越了语言的语言,就是废话。废话是语言的极致,盲区和永恒的不可能"。

"在写诗的理论层面上,'橡皮'一开始就给了你很高的高度。一般来说,写作从青春期的抒情,从写情书开始,表达欲望、荷尔蒙,慢慢进入对人生的理解,抽象和哲学化。'橡皮'说,要把诗歌从文学当中抽离出来,只说诗,这一个字。如果说诗江湖是青春化的写作,'橡皮'就是出世的老年人的写作。"张羞说,"这个理论很极端,当时折服了很多人,所以在'橡皮'写诗的人很多,估计得有五六百号人。后来,有很多人跳不出杨黎的东西,它有很强的逻辑性在里面,当思考的抽象度不够的时候,很难在另一个层面观察,所以就出不来。"

"橡皮"开办不久,杨黎在论坛认识了一个网名叫"橡皮的姑娘"的北京女孩,他和她见面,随即恋爱。2002年年初,杨黎把酒吧转让,随着爱情,去了北京。他已经在"橡皮"认识了许多志同道合的年轻诗人,他们都多少受到他的影响。火星招待所里的诗人,正是八十年代的余绪。

六

2002年,春天快到末尾,竖、张羞和吴又搬到九棵树。吴又依旧在赛特大厦上班,竖在一家叫"紫图"的出版公司做编辑，有一搭没一搭地上着班。张羞没有工作，他一般睡到中午，起床之后，对着房间里唯一的一台康柏486电脑，打一些分行的文字，想起什么就写什么。那台电脑很旧，没有word，没有联网，只有写字板，唯一能玩的游戏是空当接龙和扫雷。因为没有干扰，他很喜欢在那台电脑上写作。写完之后，他出门散步，在街边的小饭店吃一盘炒饼，接着去网吧，把刚写的诗发到"橡皮论坛"上。在网吧泡到下午3点钟，他回出租房，看点书，等另外两个人回来。六七点左右，竖和吴又都回来了。他们也在上班时间或者回程的路上写诗。他们交换诗作给对方看，然后相互评论对方的诗，语言非常直接。晚上，他们去外边的路边摊吃烤串。一般是叫几串羊肉串，几串馒头片，最重要的是有酒，有酒说话才有劲头。酒很便宜，一块五一瓶的普通燕京，烟也是，抽很冲的都宝，两块五一包。"人比较理想化，精神层面的生活会多一些，物质上比较匮乏，比较穷，但是大家都认为，无所谓，只要最低要求就行了，感觉都能扛过去。但是诗不行，诗一定要往好里面写，要不然出去没面子。"张羞说。

张羞交有一个女朋友是武汉人，正在武汉念大学。他们也在论坛认识，然后见面，恋爱。隔一两个月，张羞就去女朋友那里住一段时间。当时，武汉有一家叫"诚诚"的书商，老板签了30个潜伏在地下的写作观念比较前卫的作者，打算每轮推10个代表作家。第一批有后来成名的作家盛可以和吴晨骏，张羞和吴又被签在第二批。2002年，张羞在武汉写了一部10万字的长篇《大象》，走的是美国六十年代垮掉派《在路上》的路子。吴又一直在论坛发短篇小说，风格尖锐直接，累计起来有20万字，在网络上已经积累了一些人气。第一批作者推出之后，反响寥寥，书没有卖出去。不多久，公司倒闭，第二批的计划不了了之。张羞说："他以为文学的先锋时代还会出现，但是没有人买，像余华他们所经历的先锋的黄金时代没有出现。"

2002年，"橡皮论坛"的人数不断增加，成为圈内有影响力的文学阵地，文学期刊的编辑也会到这里寻找有潜力的写作力量。韩东当时是《芙蓉》的特聘编辑，他专门开了一个栏目《重塑70后》，发表了很多潜伏在网络的年轻诗人的作品。"前面已经推过一些和商业挂钩的70后的作家，《重塑70后》和商业脱钩，让大家知道，除了卫慧、棉棉这种为大众所知的写作之外，还有另外一些写作的方式。"韩东说。

九棵树是橡皮的一个据点，诗人们像赴一场心照不宣的约会，隔几天就约在一起碰个面。他们很少讨论未来的出路，聊天的内容从"什么是诗"、"如何写诗"开始，细微到一首具体的作品，他们翻来覆去地探究，带着宗教般的狂热。"完全处于写诗的状态，我们写，很多写诗的人到我们那里，大家都在专注地、投入地做这样的事情，有种浪潮的感觉。"吴又说。

吴又也在谈恋爱，对象是他初中同学，在石家庄的一所部队学校当兵。有一次，吴又的女朋友去九棵树看他。待了几天，她非常震惊，她不知道她的男朋友已经对诗歌投入到这样的地步——几个年轻人什么也不干，围着一张桌子可以坐上十几个小时，而永恒话题只是诗歌。她在石家庄，吴又写信给她，每次的信件末尾会写一首诗，像是附赠的一件小物品。她看一看，误以为那些诗是他摘抄下来给她的，觉得他是个有点心思的男孩。她问吴又："这个年代怎么还有你们这样的人？"

8月，入夏了。竖有好一阵子没有再上班，他厨艺好，干过盒饭公司的切配,每天负责买菜做饭。有一天,九棵树来了一位导演朋友,雎安奇。1999年,他拍过一部《北京风很大》,入围柏林电影节,在电影圈有些名气。他正在为自己的第二部影片《诗人出差了》寻找男主角。在九棵树的出租房,他给竖试镜。几天之后,竖跟他去新疆拍片,那是一段波折而疯狂的旅途。期间,竖的手机关机,没有人能联系上他。他像蒸气一样消失了。

在竖消失的这段时间,吴又决定离开北京,去石家庄全职写诗。这个想法在他心里盘桓有一些时日了,他越来越感到写诗是一项需要全身心投入的事业,经历了没日没夜和诗人们一起聊天、讨论,他想安静一段时间,停下来,专注地写作。这个信号非常强烈,因为他觉得他和诗之间几乎触手可及,他想去石家庄彻底掌握它。他把这个想法告诉杨黎,杨黎觉得非常好。

两个月之后,竖的手机终于通了。吴又已经在石家庄安顿了下来。石家庄的生活负担很低,房租每个月200元。上午,他去市场买菜,做饭,之后看电影或者写作,然后是晚饭,继续写作。他保持一天三到四个小时的写作时间,以写诗为主,也写小说。日子过得规律又安稳。竖从乌鲁木齐坐火车去石家庄。吴又见到他,他手提一串新疆提子,一副一看就是在新疆蹉跎过的模样。竖疲惫而沮丧,他告诉吴又,他和雎安奇闹翻,电影拍砸了。

七

对于住在九棵树的三个人中任何一个而言,2002年都是一个有标志意义的年份。那年夏天,张羞后来在自己的诗集里写下了那个交好运的时刻,"2002年,夏天的出租房,一个清晨。我停下手,起身走去窗台,慢慢喝完还剩半瓶的隔夜酒。窗外没有云,天空全部是青色的,是一块绝对安静的天空。我琢磨着,我大概碰到了一生中最酷的时刻。因为就在几分钟前,在键盘上敲出的那十几行句子,让我感觉到,它们很可能就是诗。因为它和我以前写的所有诗都不同,因为它竟然是亮的"。他安慰自己,"你的运气不错"。

吴又离开北京后,九棵树没了经济支持,12月,房子到期。竖、张羞和后期搬来的朋克青年小虚,搬到太阳宫光熙门北里的一间地下室,月租650元。三个人都没有工作,靠朋友的接济生活。那年除夕,张羞和竖没有回家,在小区的华热餐厅吃的年夜饭,他们是那儿的常客。吃到7点钟,张羞对竖说:"我要走了,我要去武汉。"竖摆出无所谓的姿态说:"走吧,赶紧的。"他走出餐厅,在公交站等公交,天气寒冷,空气中飘着白色的雪花。他想这次离开,可能不一定再回来。

他买了一张去武汉的火车票,只有站票。他走进车厢,滞闷的空气令他不舒服,也许是喝了点酒又受寒的缘故,他瘫倒在座位间的过道上。有推车的列车员过去推他,他一动不动,仿佛失去了知觉。约莫十分钟,他爬起来,走到车厢交界的那片空地,那里刚好有一点缝隙,底下透进新鲜的空气。他靠在墙上,点燃一支烟,缓了过来。火车开了一夜,第二天,他就到了武汉,新的一年来了。

新年过去没多久,全中国陷入对"非典"的恐慌,武汉的疫情也很严重,张羞盘算着回杭州找工作。他住在高中同学的家里,那个地方正对着医院,他觉得很不安全,他坐车回嵊县老家。一到老家,他就被村民关在家里,隔离起来,他的身体有发热的症状。他吓得要死,内心瞬间灰暗。过了一段时间,他的身体恢复了,"非典"的风头也慢慢过去了。

夏天,他的女朋友大学毕业。他们在杭州租了一间房,张羞找了一份网站美工的工作,女朋友找了一份行政工作。在杭州,他想念诗人的集体生活,因此倍感孤寂,像一只落单的鸟。

竖去杭州找过他一次,相当于阔别后的再见。白天他们很俗气地游了西湖,张羞用他一贯的写诗的口吻对竖说:"竖,那个地方叫古荡,那个地方上面叫古荡的天空。"晚上,他们在饭馆叙旧,张羞提议喝黄酒,两人喝了七瓶古越龙山,他付钱给老板,老板说:"你已经付过了。"他说:"不可能。"他把存折掏出来,给老板看:"你看,怎么可能?"那天他刚好发工资。竖在旁边劝:"你别争了,没有老板要请你吃这顿饭,我见你付过了。"他知道张羞喝断片了。

过了大半年,张羞实在待不住,他不死心,打电话给吴又,和以前一样,吴又说:"那就来北京吧。"那是2004年的春天,吴又的女朋友快从军官学校毕业,她被分派到北京,他也决定回去。隐匿的将近三年的写作时光结束了,当他再次回到北京,他开始工作。那年秋天,他进入北京共和联动图书有限公司,这家公司的老板张小波是一位颇有名气的书商,也写诗,曾是上海城市诗派的代表。1996年他因策划《中国可以说不》而崛起于中国出版界,策划了一系列畅销书。吴又很快适应出版业的游戏规则,在这个领域独当一面。一年后,他创立了自己的图书公司,却再也没有写过一首诗。

八

我第一次和吴又见到,是在北京一家火锅店里,时间是2015年的3月。他穿一件黑色皮夹克,身材单薄,皮肤白皙,有些看不出年纪。他早已拥有自己的公司,是一名成功的商人。当晚,张羞也去了火锅店,给我印象最深的是他的头发,像一团黑色的草堆在头上。他戴一副黑边框眼镜,有时把眼镜摘下别在衣服上,他的脸有点像香港演员李灿森,一副满不在乎的神态——他的朋友们经常描述他,那个像李灿森的诗人。他在我的左手边坐下,同时放在我旁边的还有两盒万宝路香烟,他一支接一支地吸着,青色的烟雾和火锅的白气环绕在他周围。吴又坐在我对面,他也不停地抽烟,被缭绕的雾气包围。他们对我说:"我们已经很久不谈诗了。"

2002年,吴又搬去石家庄之后,他和女朋友决定结婚。吴又的女朋友在县里是那种品学兼优、被老师和父母交口称赞的女孩,她的妈妈是吴又的中学老师。这件事在两边的家庭引起了不小的震动,女孩正在读研究生,他们才刚刚达到法定结婚的年纪。

吴又找父亲开未婚证明。父亲知道吴又待业在石家庄,并且看不到丝毫他对未来的计划。吴又是他的小儿子,一直以来,他以一种父辈惯有的严厉方式疼爱着吴又,因此也不乏责打。他对吴又感到失望,同时也充满担心,他拒绝吴又的请求:"你会害了她,她肯定是被你蛊惑了。"父亲问:"她是不是怀孕了?""不是。"吴又回答。"那你们为什么要结婚?""她想和我结婚。""你们这样小怎么可能结婚?""我们已经达到法定年龄了。""不行，不能开，你会害了她。"被父亲拒绝后，吴又把户口迁到他叔叔名下，导致后来很长一段时间他变成了他叔叔的儿子。或许是性格的原因，他和父亲在一块很少有互诉衷肠的交流，一般是聊点四大名著或者时事政治。吴又在石家庄的那几年，父子之间的积怨仿佛一条冻结的河流，横亘在他们之间。

有一次，吴又回家探望。母亲留他吃饭，饭桌上气氛沉闷，面对父亲表露出的失望，吴又一言不发，吃完饭，他在桌上放了一叠钱，作为餐费。这个决绝的举动对他的父亲造成了巨大的伤害。那次之后，他们很久没有见面，亲戚偷偷告诉吴又，他父亲每天都郁郁寡欢，他们甚至怀疑他得了抑郁症。

有一天，吴又收到一封信，是父亲寄来的。在信里面，父亲嘱咐他，要好好生活。父亲说自己并不反对他写诗，但更希望他能像正常人一样生活。父亲托人交给吴又几千块钱。吴又没有回应，他不想改变他确定的轨迹。

到2004年，他发现写了两年多，他依然处在一种差点就要掌握诗却没办法更进一步的状态，他想停一停。本来他计划以写作谋生，但对待写作，他有几近偏执的挑剔。他不愿意迎合大众写些浅薄的文字，他觉得电视剧剧本、专栏文章、流行小说是一种消耗，他没办法通过写作维持生活。

2004年，杨黎和张小波合作，任共和联动的总编辑，他跃跃欲试，想在出版业搅出一番动静。吴又在那里做编辑。第一天上班，杨黎扔给他两本书稿，一本是北岛的《失败之书》，另一本是杨黎自己的长篇小说，写了一个少年在1975—1976年的成长经历，后因涉及的年代、题材敏感，难以公开出版，改为地下印刷。他叫吴又给这本书写一份文案,吴又交上去一句话:"一个少年的情色幻想,一个民族的多事之秋。"杨黎看完,用力拍了一下桌子:"吴又,你太适合做出版了!"

吴又也发现自己在这方面有着得天独厚的天赋,就像把一条鱼放进水里那么自在,在出版业,他几乎没有被什么难题困住。之前,共和联动策划过《十作家批判书》,后来又立了一个项目叫《十导演批判书》,吴又接手的时候,发现这个项目居然立了两年没有人执行,底下的编辑大多中文系出身,面对约稿,执行选题就处在一个不知所措的状态,他想不就是打几个电话这么简单的事儿吗?约见作者他也不怯场,他觉得人和人都是平等的。那会儿他还是个25岁的小伙子,但内心强大,跟谁说话都一副白开水似的口吻,面部表情波澜不惊,像个有历练的老手。除了做编辑,他刻意留心一本书运作的整个流程,从签作者,到包装、营销,连印刷也管。很快,他就弄清楚什么样的书能卖什么样的书不能卖。"我发现我喜欢做出版,很快所有的东西我都知道,一切我都知道。"

2006年,吴又和华楠合作,创立读客图书有限公司,吴又是总经理。这家公司创造了中国出版的奇迹,其策划的《藏地密码》系列销量过千万,一度被认为是出版界的"读客现象"。读客造就了吴又,给他带来盛名和财富,而曾经的生活像不断退后的风景,越来越模糊,他停止写诗了。

九

回北京之后,张羞继续和竖住在一起,同住的还有三位诗人,在奥体东门。他对这种集体生活很熟悉,他把这段时光记下来,写成一本7万字的小说《散装麻雀》。在小说里,诗人的生活没有什么跌宕起伏,甚至是无聊而乏味的。他们有时散步,有时打麻将,进行不着边际的对话,但你又能感觉到那片平静底下不知什么时候就喷薄的暗流,仿佛这群人随时会消失。

2004年,"橡皮论坛"关闭。生长3年之后的"橡皮"看似热闹,实质上日渐式微。起初的小团体之间相互鞭策的写作氛围变成熟人间的相互吹捧,当人数积聚,写作上的分歧演变成话语权的争夺,"橡皮"渐渐丢失了它出生时的先锋气质,转向陈旧和保守,而这正是"橡皮"本身所反对的。后期,火星招待所等一批诗人出走,"橡皮"里最优秀的诗人慢慢放弃了"橡皮"。

那天晚上,大伙一块吃饭,竖、张羞和吴又都在。人还没到齐的时候,他们在商量。竖说,我反正不再去"橡皮"了。杨黎说,那"橡皮"就关了吧。当晚,他们遭遇了一场意外,参加聚会的其中一位诗人被捅了,险些丧命。

受伤的诗人叫苏非舒。吃过饭以后,他们准备打牌,苏非舒说,打牌要零钱,他去楼下小卖部换零钱。竖、吴又等四五个人陪他一块去。苏非舒掏出100元买烟,老板盯着钞票,问:"你的100元是不是假的?"苏非舒反驳:"我假的?那你拿一个真的给我看看,比较一下什么是真的什么是假的?"他摆出一副有阵势的样子:"我们今天不走了,你要找验钞机也好,要干什么也好,你给我证明这个是假的,否则我们不走。"竖在旁边想,苏非舒仗着人多在装流氓。

两人起了争执,他没想到,老板是道上混的,是真流氓。

苏非舒骂骂咧咧地往外走,店里冲出两个男人,奔着他冲上来。当时苏非舒旁边有个人,二对二,势均力敌。竖离得远一点,看见要动手,想备点武器,就在地上捡砖头。当他加入战斗,男人已经跑了,他就追过去。苏非舒在后面叫他,声音悲哀:"竖,别追了。"竖问:"怎么了?要不要紧?"苏非舒说:"要紧。"竖低头看,苏非舒的肚脐被划开,刀切得很深,肠子已经流出来,他回过神,他们碰上真正的流氓了,而且对方很有斗殴经验,这一刀就是拿人命的。

前往医院的路上,苏非舒几乎处在弥留之际,他回顾一生:"竖,我发现我这一辈子一直唯唯诺诺,太不甘心,不想死。"竖说:"你知道世界上有多少漂亮女人吗?"他开始拼命讲女人,讲他的性幻想,想给他充分活下去的理由。到了医院,要登记才能做手术,苏非舒是他的笔名,没人知道他的身份证上的名字,竖急得要命,几乎是呐喊着问他:"苏非,你叫什么名字?你叫什么名字?否则动不了手术!"苏非舒不理他,他继续喊:"必须要有名字,这是在中国!"过了一会,苏非舒吐出三个字:"杨兴国。""苏非,你没事了,你肯定活了。"

这件事发生以后,住在奥体东门的诗人们觉得很晦气,加上各自有了女朋友,也都开始正常上班,他们相继搬了出去。论坛关闭,群居生活结束,生活的钟摆划过圆盘的中间,仿佛宣告某一段年代的终结。有时候,我们说时过境迁,可能仅仅指的是那么几个人,相识,相知,然后再分别。

竖在北京待到2007年而后彻底离开。那些年,他酗酒,抽烟,过着浪子般的生活。很难想象十多年以后,我认识的竖是一位父亲,一个佛教徒,一个节制自律的沉稳男人。这是岁月在他

[长故事]

身上流过的痕迹。年轻时,他一喝酒就干出格的事,有两次被逮进局子里。第一次是为了一个女孩,女孩喝醉酒,在马路边呕吐,没有出租车司机肯载她。竖帮她拦车,拦了三辆都不停车,他走到马路中央,用一种对抗全世界的口吻喊:"出租车如果不停,什么车也别想走!"警车开过来,他冲警车侧面用力踹了一脚,把车身踢出一个大坑。

第二次,也是踢车。在杨黎住的光熙门北里,竖和女朋友从杨黎家出来,喝得很醉。他一肚子牢骚:"这个世界特别讨厌,你看,所有人都特别在乎他的车,车好像是他的命根子一样,我今天要踹一下这个世界的命根子。"他踢了一脚路边的车,以为是深夜不会被逮到。很奇怪,好像中了埋伏,小区里的保安、纠察、物业把他团团围住,他只好向杨黎求救:"杨黎,我踢车是为了演示一下人们多么爱车,我演示成功了,证明人们爱车不爱人。你来救我吧,只有你爱人不爱车。"杨黎揣着 2000 块钱把他捞了出来。

2007 年,竖的父亲得了喉癌。他已经对这种居无定所的生活产生厌倦,父亲的病正好提供他足够的理由离开。临走前,他和其他人吃了一顿饭,隐隐约约地觉得这是一次离别,他说:"我要走了,我这次走,可能不太回北京了。"回上海后,他在广告公司上班,照顾生病的父亲,像一首熟悉却久远的流行歌曲,北京的生活也变得陌生起来。

十

读客创立的第一年,公司陷入危机,濒临倒闭。华楠投资的一百多万到第二年，账户仅剩两万。一开始，他们瞄准18—30岁的女性读者，主打爱情小说，定价在19块8。但这类"沙滩小说"在中国却不怎么吃香，中国还没有形成一个规模化的家庭主妇阶层，市场对此的反应平淡。另一方面，国内类似张小娴一类的作家稀少，优秀的作者难以寻觅。

公司越做越差，员工忙着辞职，高薪挖来的行业翘楚基本走光了。有一个北大哲学系毕业的小伙子临走前，一边做交接，一边对吴又说："吴总，有一本书我推荐你。""哪一本？""天涯论坛历史版块有个帖子，这两天看的《流血的仕途》，很好看。"吴又点开看，觉得这个作者才华横溢。一口气把整本书看完了，他想，"就是他"。15分钟之后，他联系了作者。

作者曹昇当时在杭州，吴又给他打电话，叫他一个星期之后到北京来一趟，约见个面。说完就把电话挂了。两人见面，聊了几个小时的大秦帝国，后面一个小时开始聊摇滚乐和诗歌。曹昇是个摇滚青年，聊着聊着发现彼此在杭州还有几个共同的玩音乐的朋友。聊完也没有后续活动，就各自回家了。吴又后来觉得这事儿挺不地道的，约作者见面，酒店、机票一样没安排，但对方也没表现出这家出版公司有什么不妥善的。

《流血的仕途》推出三四个月，销量超过40万册，成为当年最受欢迎的历史小说。这本书把读客从岌岌可危的境地中挽救出来，上下两册给读客赚了几百万的利润。

2008年，读客策划做一本关于西藏的畅销书。当时市场上关于西藏的流行读物只有两本，一本是宗教类的《西藏生死书》，另一本是旅游类的《藏地牛皮书》，再靠近的是阿来的《尘埃落定》，属于纯文学。但西藏的历史和地理非常适合打造一套畅销小说，文案吴又都想好了，"一部关于西藏的百科全书式小说"。

读客经过一番洗礼，全公司只剩五个人。他们在网上进行地毯式搜索，寻找写过西藏的尚未被发掘的网络作家。在一个偏僻的论坛上，有人看到一本写了5万字的烂尾小说《最后的神庙》，点击量后来对外宣称是999。吴又觉得写得很棒，有成为畅销书的潜质，他搜了搜作者"飘逸的马"，发现他跟公司签过约，签约的是一本探案小说《神侦韩峰》。当时读客的资金有限，不可能同时出两本书，他给"飘逸的马"打了个电话，劝说他把《神侦韩峰》和公司解约，同时把《最后的神庙》签约给读客。作者听了觉得莫名其妙，但因为没什么名气，也就不太高兴地答应了。

跟写剧本差不多，读客把前期策划做得非常完备，他们希望《最后的神庙》紧紧围绕西藏的地理地貌、人文风情和宗教历史来写，把它变成一部大型的探险类小说。为了写这本书，"飘逸的马"看了六百本关于西藏的书，他是个百分百的宅男，在重庆一家医院做医生，专门给病人抓药，他一次也没去过西藏。

4月，《最后的神庙》改名《藏地密码》出版，作者的名字也从"飘逸的马"改为"何马"，好记，易于传播。读客极尽所有的能力进行营销，他们把书稿发到无数的论坛，甚至连丈母娘他也发动起来，"没事，去网上回个帖"。

《藏地密码》的封面设计是张羞。他本来是希望被打造成畅销书作家的。读客刚成立的时候，吴又给了他5000块钱预付金，叫他写点小说，公司看着行就帮他出。过几个月，吴又问他写得怎么样，张羞说，"写完给你看"。吴又说，"要是过程中我觉得写得不合适呢？"张羞说，"你别管"。等到读客快垮了，张羞把小说写完了,写的依然是一本"张羞式的小说",简单来说,就是拒绝一切流行元素的高冷范。吴又问,"我怎么卖?"

读客还剩两万块钱那会儿,张羞约吴又见面。他从兜里掏出一叠钱,不多不少,5000块。吴又很感动,但没有表现得太明显,"我知道他就是这样的,我也会这样的"。

等读客壮大起来,他找张羞做封面设计,他知道他有这方面的才华。"没人做封面,你就做设计吧。""行,但是我没有电脑。"吴又出一半,他自己出一半,买了一台苹果 Power Mac G4。张羞设计的第一本书就是《藏地密码》,后来读客出的好几本畅销书,例如《侯卫东官场笔记》、《黑道风云二十年》,都是他设计的封面。

《藏地密码》后来变成了一部超级畅销书,上市半年,总体销量已经超过 100 万册。吴又看销售数据,每天赚 5 万,每天赚 5 万,后来越滚越多。他们开始大规模地出系列书,吴又后来觉得非系列书就不用出了,因为单本书的利润有限。《藏地密码》之后,整个过程变得顺滑,到了 2009 年,读客已经是一家码洋上亿的公司,吴又和华楠被评为"2009 年度出版人"。这一年,吴又 30 岁。

2011 年,读客规模扩张,总部迁至上海。张羞不愿意离开北京,从读客离职。2009 年,他在通州买了一套房子,他没什么积蓄,哥哥给 10 万,父母给 8 万,吴又借了 3 万,凑起来交了首付。2012 年,张羞有了一个儿子,他给这个小男孩取名 Jimmy,Jimmy 的头发就像他的爸爸,乌黑茂密,耷拉至耳垂。

十一

2014年9月,电影《诗人出差了》被鹿特丹国际电影节的选片人选中,同时获得了那一届的亚洲最佳电影奖。竖没有想到,2002年他和睢安奇在新疆拍砸的那部电影,在尘封12年后,被睢安奇重新剪辑,再次出现在他的生活中。那个冬天,他第一次看到影片,当他见到年轻时的自己,他恍若隔世,仿佛荧幕里的是另一个人。

在上海,有几年,竖过得不太顺利。2009年他交了一个女朋友。或许是为了给病重的父亲一个交代,这一次,他决定结婚,第一年,他们就有了一个女儿。但在孩子的教育方式上,夫妻间有很大的分歧,也加剧了他们的针锋相对。竖是个对物质毫无兴趣的人,他喜欢清贫而自在的生活;他的妻子家境富裕,年轻时在法国留学,虽然和竖一样爱好艺术,但对物质也有较高的要求。尤其是女儿出生之后,她希望竖可以在职场上有所攀升,像很多在上海打拼的白领,以赚更多的钱为目标。竖和妻子的关系越来越坏,妻子的注意力和精力都集中在孩子身上,他觉得"好像孩子才是她最终想要的"。

婚后,竖非常低落。除了和妻子的矛盾,他在广告公司干得也不开心,他觉得做广告就是吹牛撒谎,广告词都是忽悠人买东西的。他想他有了女儿,不能再干这个了,太耻辱了。他不爱说假话,可是女儿要是有一天问起他的工作,他怎么跟女儿解释呢?女儿出生一年之后,他反而把工作辞了,待业在家。

家庭的压力得不到缓解,他再度酗酒。比起在北京,他喝起酒更不顾性命,仿佛想从中获得麻痹。2013年的一个晚上,他一个人在家，情绪特别不好，他开始猛喝，想喝死算了。他先喝了四瓶烈性啤酒，然后把家里剩下的乱七八糟的酒全部喝光，喝光之后，他看见柜子上有一瓶没开封过的金酒，这是用来调鸡尾酒的，一般没人会单喝。他把酒瓶撬开，又喝了大半瓶，喝完，整个人动弹不得，他彻底醉了。

第二天醒来，他的胃像火一般灼热，想吐却吐不出来，他喝了点冰可乐。喝完汽水之后，他开始吐血。一开始，他看着马桶，想吐出来的东西怎么那么红？后来事情变得有点恐怖，他开始大口大口地吐血，他瘫倒在马桶边上，像一个濒临死亡的人。那时，他和妻子的矛盾已经很深，妻子看了他一眼，问他："你怎么了？""我刚刚吐血了。"竖说。"你怎么办要去医院吗？""恐怕得去，中午吐了，现在又吐了，站也站不起来。""我要喂奶，你自己先去，我一会儿就过来。"

晚上，妻子在医院陪他，她突然问他："你要不去买个保险吧，要不然你哪天死了我们娘俩怎么办？"

两年后，他们离婚，结束了这段破碎的婚姻。竖理想的工作是做手工艺，画画，他曾有去陕西凤翔学版画的念头，但因为家庭没法实现。离婚后，有个朋友介绍他去嘉定的上海工艺美院，朋友说，你可以过来看看，如果跟你想的一样你就过来读。竖发现这所学校很适合他，因为属于上海的非物质文化遗产保护项目，不用交学费每个月还有1000元的补助。他是净身出户，没什么积蓄。

2015年，我看到《诗人出差了》获奖的消息，去上海采访他，那是我第一次见到竖。他说话缓慢温和，当时他正在戒酒，后来觉得困难，改为小酌。喝酒之后，他就变得抒情，说些伤感的话。父亲去世以后,他每天念《地藏经》为他超度,诵经时他态度虔诚,到后来就跟父亲没什么关系了,他觉得这是在解救自己,很多困惑,他从佛经里面得到答案。那次我和他在版画室里聊天,竖说:"你知道吗?我拿起雕版开始刻的时候,我泪流满面。我会有这种感动,我就想到我对一个人这么用心的时候并没有这么多回馈,而一块木头,它对你的回馈是百分之百的。"

十二

2016年的春天,第十届北京老书虫国际文学节,杨黎和来自秘鲁的外媒记者莫沫在三里屯办了一场讨论诗歌的活动。台下稀落地坐着听众,一半中国人一半外国人。杨黎54岁了,前两年他生病,有意节制饮食减轻体重,但仍旧改不掉抽烟喝酒的习惯,就是啤酒不能碰了,只能喝点白的。主持人向观众介绍他:"诗人杨黎来自于四川,他是一位非常知名的前卫诗人,也是中国许多诗歌运动的发起人。"接着,他们聊到了"废话",这个由他倡导和建设的诗学理论,也曾遭受过对诗歌的理解过于封闭和绝对的指责,他再次澄清:"我和他们的差别是在态度上,我认为用八个汉字可以清楚描述,那就是他们的写作是'有话要说',而我的写作是'无话可说'。"我回头,看见张羞背一只黑色的双肩包,靠在屋子的门框上。

晚上,我们在石佛营的一家徽州菜馆吃饭。在去饭店的路上,我向张羞提起火星招待所,他似乎有点意外,他挥一挥手,说这个没什么意思,不愿意再提。在出租车上,他向我解释:

"只是说有这群人,当时有点相濡以沫的意思,我们都是外地人,到北京无亲无故,说得土一点,大家在一起解决了孤单的问题。孤独解决不了,孤单是能解决的,能在一起喝酒。因为这些人都是在大学的时候已经是异类了,他的价值观不是普通大学生的价值观,到另外一个城市竟然找到了同类,因为写东西,因为写诗,会有志同道合的感觉。那时候年轻,什么都可以不管,我们那时候认为自己是比较酷的。"

"文艺青年吗?"我问。

"我们根本不承认自己是文艺青年,就是烂人。文艺青年是有点知识分子味道的,有调性的,我们完全是往下走的,形而下的生活状态,清高的层面是非常清高的,认为诗是非常……"他停顿两秒,"我们不会把诗当成文学。诗很高,至少不是在文学范畴的,诗就是超级牛逼的。现在想起来就是文艺青年。"

饭桌上坐了十五六人,我看见一些年轻的诗人面孔,似乎多年以来,杨黎一直试图把某类诗歌群体团结在一起,在他周围维持了一片尽情欢乐不受拘束的小天地。有时,你还能在这片小天地里见到曾经居住在火星招待所的诗人。十几年前,他们把这片天地视为自我流放之地,现在他们都已步入中年,成家立业,谈论诗歌变成了对往昔的怀念,而更多时候,他们选择闭口不谈。

大约11点,聚会就快结束,吴又进来了。他挨着张羞坐下,他们有半年没见了。

前阵子,吴又阑尾炎开刀,医生嘱咐他伤口愈合期内不能抽烟,他索性把抽了几十年的烟给戒了。现在,他不再被烟雾围绕,轮廓分明了起来。张羞喝了点酒就敏感多情,他对吴又说:

"我跟你为什么现在很少吃饭,我很少叫你出来,你也不可能想到我,这就是阶级的问题。你已经是现在的生活方式了,我还是像个烂人一样,一个平民老百姓,它就是个阶级问题。今天是吃饭的时候说起你来了,我说没问题,叫啊。杨黎说没你电话,我说我来叫,很操蛋。但是事实就是这样,就是这么一回事儿,而且问题在于它不重要,它就这样,它不能证明什么也不能反证什么。""我一直以来没有什么变化,从头到尾没有什么变化。"吴又回答。他们沉默了一会,吴又问:"孩子怎么样?""挺好的,上幼儿园半年多了吧,快4岁了。""现在是长发吗?"张羞笑着:"是的,跟我一样。"

2011年10月,吴又退出读客,把股权全部卖给了华楠。那时,经营读客已经相对轻松,吴又每天工作几个小时,处理一些日常的事务,公司发展得既好又稳。华楠在上海的西郊庄园购置了一套别墅,院子里挖了一块游泳池,那个夏天,他们两个人每天相对饮酒,热了就去池子里游一圈,过着像"了不起的盖茨比"那样的富足生活。但在读客的未来发展上,吴又希望迅速地切入影视行业,从一家出版公司转型成娱乐公司,把《藏地密码》变成IP,拍电影,衍生各种各样的产品。华楠不愿意冒险,他认为读客应该专注地做畅销书,变成超级畅销书专家。

2014年,吴又和张小波合作,创立北京凤凰联动文化传媒有限公司,他们的看法不谋而合,都认为出版公司的未来在影业。吴又对张小波有着复杂的感情,张小波是他进入出版行业的引路人,他尊敬他,把他看作老大哥。但另一方面,诗人一旦合作做生意,结局多是不欢而散,也许彼此的个性过于鲜明,看待问题感性超过理性,这是诗歌和商业对立的一面。十年前,吴又在张小波的共和联动做编辑,后几个月两人形同陌路,杨黎和其他三四位诗人也陆续离职。一年多以后,吴又从凤凰联动离开,创立北京云莱坞文化传媒有限公司,做影视行业的版权交易,他把它看作一次真正意义上的创业,但他再也不愿意和诗人一起做事了。

十三

在成都的芳华横街5号,曾经的橡皮酒吧已经改建成一家俗气的茶坊,里面有四五个隔间,用来打麻将,成都人似乎有半辈子是在麻将桌上度过的。在那里,22岁的张羞第一次见到真正的诗人:杨黎剃着光头,穿一套白西装,像个绅士一样端着酒杯踱来踱去;竖醉醺醺的,喝多了爱抬杠,走在路上大声唱歌,不顾旁人的眼光;乌青热情又自负,认定自己是卡夫卡式的天才,经常陷入突如其来的沉默。他带着观察的角度看着这些奇怪的人物。但第二年,他来到北京,住进火星招待所,他已无法旁观,他就是其中的一员。

今年7月,我在上海见到竖。距离上次采访他已经过去一年,现在,他住在马陆镇的单位宿舍,他已经从工艺美院毕业,在一家艺术中心做版画。他住的地方布置简单,也可说是家徒四壁,只有一个衣架、一张床和一张桌子。他觉得多出来的都是多余。"空调也可以不要,见过古人没有空调热死的?"在版画室,他正忙着为十天之后的一个展览印版画。他心情很好,晚上我们喝了点酒。我问起他的新诗集,他说已经整理差不多了,打算自己找个时间印出来。他的第一本诗集是2007年张羞帮他印的，印了200本，连卖带送了一百多本，余下的二三十本他自己留着，要是有朋友问起，就送一本给人家。竖喜欢像写日记一样写诗，或者说他的诗就是他的生活。诗集按年月分章节，一共三章，中间一章约100首诗，他把它们归类为"火星招待所"。

有一次，我在南锣鼓巷的一个院子里和张羞喝酒，聊起竖。自从竖离开北京，他们很少见面，张羞说："竖的诗有个特征，他是需要外部刺激的，这个刺激越特殊，他的反应就越强烈，我是生活越安逸写得越开心，他相反，他的生活越动荡写得越好。"他向我回忆："那会儿竖好年轻，人长得又高，说话很无赖，像喝了半斤酒，他过快地消耗了他的青春。以前我一直自认为是最了解竖的一个人，现在也模糊了。"

我们又谈到诗。张羞的诗很特别，他的诗里总是出现一只鸟，一棵树，一个看鸟飞过的人或者一个站在树下的人，重复又简单。当我问起，他说："这个很难说清楚，我打个比方，这里有棵树很平常，我就会想这可能是一个最最诡异的东西。它在这个地方，为什么在，为什么是这个地方，你就会不停地想，对我来说很神秘很诡异，很多人不会想这个问题。我写'一个人走过一棵树，他停了下来，看了这棵树'，你以为这很无聊，对我来说很有意义。我选择这样的语句，不会选择另外的语句，一个人选择一个东西写下来，因为对他有意义，不是公共的意义。你要去理解一个诗人的时候，你要理解诗是什么。"

他继续说："我们这群朋友，都很奇葩，虽然没有赚到钱，日子过得磕磕碰碰的，写东西我觉得都挺好，有自己的一套，这是唯一值得骄傲的地方。"七八年前，他的哥哥去费城一所大学教书，成为美国公民，他的妻子觉得这是个机会，尤其Jimmy出生之后，她希望儿子受到更好的教育，他们就申请了移民。平时，他们把存下来的钱兑换成美元，等手续办完就过去。

我和吴又最后一次聊起火星招待所是在顺义的一家咖啡馆。为了方便孩子就读国际学校，他在那儿买了一套别墅。后来，我们谈到钱的问题。"只不过我们一起玩的过去的十几年里面，有一个诗人变得越来越有钱，有越来越多的公司。但我自己没有那样的感觉，我个人生活习惯也没有太大的改变。当然我住在这里，其他诗人租房子住，我想干吗就干吗，其他诗人可能没有钱，我和他们吃饭永远我来买单，就是这样。我不会和诗人比这些东西，你和诗人比这些，有什么意思？"他说："挣钱这回事，就是一部分人才会挣钱，一部分人挣不了太多钱。"

"你为什么不继续写诗？"我问。

"没有任何人向我提出这样的想法，我自己也没有这样的想法。我的朋友们，他们不会问吴又你为什么不写诗？他们更多地关心你要干什么。"他想了一会儿，说："我从来没有感到自己成功过，从来没有过，一丝一毫的感觉都没有过。"

火星招待所已经远去了。吴又说："火星招待所这批人，就写作的纯粹程度而言可能超过以前。八十年代诗歌是个主流的文化运动，到我们这儿，诗已经处于非常边缘的状态，极度小众，极度个人。从2001年我们开始在一起一直到2004年，我们就是谈诗，翻来覆去。什么是诗？如何写诗？会产生争论。2006年之后，我没有再和他们交流过写诗了，也没有再去任何地方发表过我的诗了。"

诗人们在通州杨庄。左起：竖、裴飞、蝈蝈。图片由蝈蝈提供。

诗人们在通州杨庄。左起：竖、张稀稀、池塘（蝈蝈女友）、裴飞、张艺。图片由蝈蝈提供。

诗人们在通州杨庄。左起：竖、蝈蝈、裴飞、张稀稀。

诗人们在通州杨庄。左起：张稀稀、池塘、裴飞、张艺、张艺女友、竖。

诗人蜩蜩、竖、张艺、裴飞、张稀稀在北京通州。

火星招待所时期的诗人们。左起：果酱、池塘、竖、裴飞、张稀稀。

诗人竖、裴飞、蛔蛔和女友池塘在北京通州。

火星招待所在通州杨庄的屋子。

2002年,北京地铁。左起:张羞、竖、小虚。

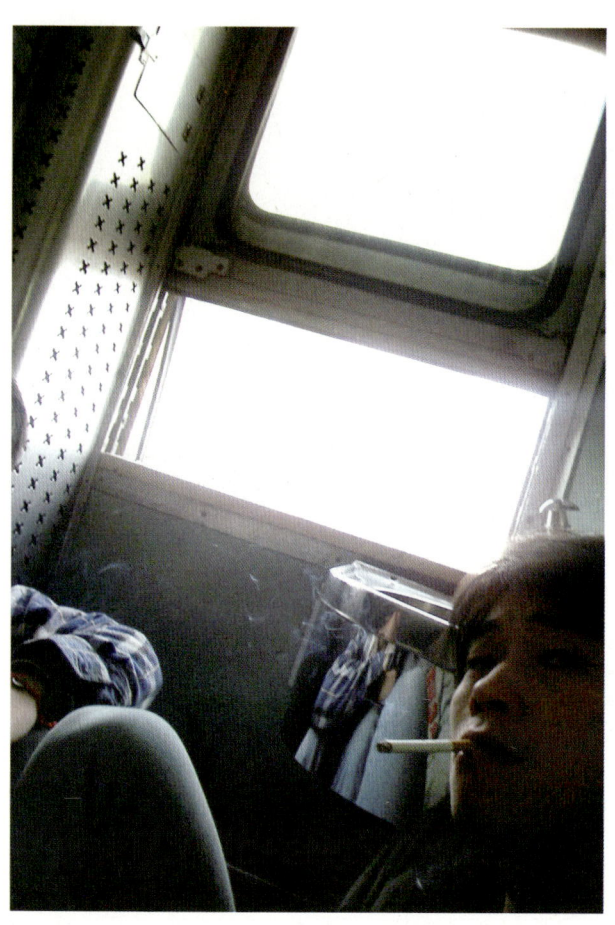

2003年,竖,廊坊—北京火车车厢。

2005年,竖,北京北太平庄。

2003年,通州杨庄。左起:裴飞、蛔蛔、竖、张稀稀。

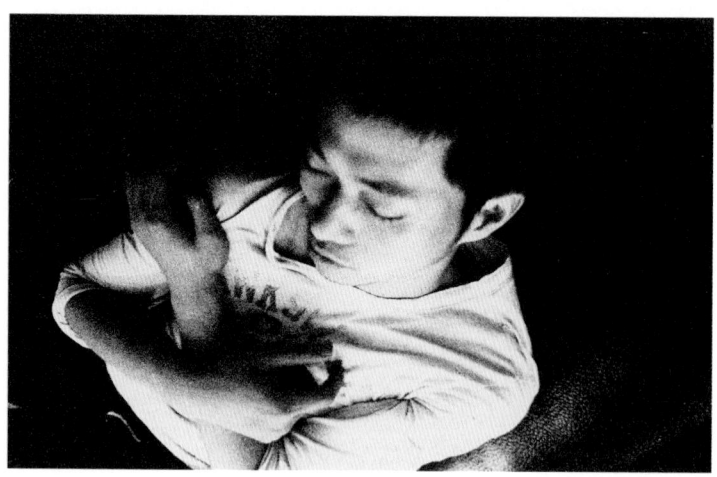

2006年,竖,北京西直门。摄影_刘一青

老邬想建一座油坊

文_张莹莹

一

老邬想建一座油坊,不用太大,一百多平方米就够了。老邬要压榨出质量好的菜籽油,再把油放到网上卖,让它们走出包围栖霞镇的大山,走向全中国。这是一条敞亮大道,现在,唯一的阻碍只有油坊。

老邬是重庆市云阳县栖霞镇的一个小老板,守着一个副食店过日子,卖家用品,也卖厨房调料,包括菜籽油。栖霞镇有种油菜的传统,号称"万亩油菜花田",在云阳县,人们都说栖霞的菜籽油最正宗。可是因为地处深山,交通不便,多年来,种油菜的人们只能收了菜籽自家压榨自家吃,换不成钱。2016年4月,有人告诉老邬,可以把菜籽油拿到网上"众筹"。

这是个新词儿,老邬好半天才听明白。能把菜籽换成钱,总归是好事。老邬开着自己年初刚买的一汽SUV,跑遍了栖霞镇和附近几个乡镇,收购了好几吨菜籽。菜籽晾干后,老邬送到镇南头的一家油坊，它200来平方米，整个打通，没有隔断。老邬觉得不妥。一个好的油坊，车间应当隔开，这样压榨菜籽时扬起的细小烟尘才不会飘进灌装车间，损坏菜籽油的质量。但他已来不及更改了。他得赶紧把灌装好的油贴上自家logo，给"支持者"们发货。

有人从云阳县城来，想把老邬的油拿到县里一家超市销售。老邬有点嘀咕。他的油有质量检验报告，但没有县质监局批下来的QS，也就是"企业食品生产许可"。按照国家质检总局的规定，没有QS认证的产品不能进入大型商超。

老邬想在网上卖，毕竟，这些油最初就是通过网络走出大山的。他把菜籽油提交上淘宝，第二天发现被系统下架了。食用油在淘宝上架，也需要提供QS证号。老邬只好把油放上本地电商，一个月才几单生意。

老邬急需建一座油坊，这样才能拿到QS证书，才能畅通无阻地把油卖出去。

建油坊先得有一块地。镇上地少，老邬看上了一块，去问，人家答，想买地，得给住房、门市再掏一笔钱。老邬付不起这么多钱。

他想过卖别的，譬如土鸡蛋，但鸡蛋不好运输，快递又那么暴力，鸡蛋碎了怎么办？又想卖腊肠，一个亲戚以亲身经历提醒他：不行，气候一变，收到的腊肠可能都生了蛆！中秋节前后，他想卖猕猴桃，栖霞的猕猴桃长着红心，比黄心猕猴桃甜。即将成熟那几天，赶上40摄氏度的高温，蔫了的猕猴桃掉在地上，都烂了。

老邬的想法又回到了油坊。这是2016年11月初，我看到老邬的第一眼，他正站在自家店门前，沉默着抽烟。他瘦，不高，穿深灰色的夹克外套，黑色裤子，黑色软皮鞋。一道肉粉色的伤疤斜着越过了他的鼻梁。

见有人来，他立刻笑了，坚持带我们到附近的栖霞酒楼吃饭，点了三大盆鱼和肉。他坐在最靠近门的位置，张罗着让每个人多吃一点。最初的寒暄过后，他的眉目又低垂下来。

"还是没说让我建油坊。"老邬用重庆话说。他把地皮的希望寄托在政府身上，但现在，他还没得到明确的回答。

二

一年前，老邬还不知道自己要做电商，更从未想过要建个油坊。

老邬是本地人，45岁，生在栖霞镇下面的金鸡村，父母都是最老实的农民。年轻时，老邬想通过读书改变命运。但读到初中，父亲突然生了一场大病，他没想太多，退学回家，照顾父亲和弟弟。一年后，父亲痊愈，让他再去读书，他拒绝了。他一直记得刚退学回家时除了干活就努力昏睡的两个月，那痛苦的两个月他想明白了，人得服从自己的命运。

学习木工，帮家里种地，或者南下打工，老邬在那些年过着零散的日子。1993 年，老邬和比他小 3 岁的当地姑娘阿清结了婚，后来有了三个孩子。

为了孩子，老邬想，他得有个长久的营生。他和阿清在镇上老市场租了间门市，做调味品生意，贩卖花椒、辣椒、桂皮，还有菜籽油。他去批发商那里进货，也到油坊里收购，他只要质量好的菜籽油。老邬摸索了一套分辨菜籽油好坏的方法：闻闻气味，是不是纯正的菜籽味道；在炒菜锅里加热，看冒出来的烟；晃动油瓶，看气泡的大小。他知道，好的菜籽油有菜籽的气味，气泡很少，在阳光下，一晃就会折射出金色的光。

2010年，老邬买下了一个门市，就在栖霞镇政府对面、广场旁边。当时，广场还只是一方土坝，从那儿经过总要踩上一脚泥。他相信这会成为热闹的地方。老邬总是坐在门店角落里一张自己做的小木椅子上，面前一张玻璃柜台，柜台里垒着烟，上头摆着棒棒糖、优酸乳之类孩子喜欢的零食。嫌一个人待着闷，老邬花4000块钱买了台电脑，每天看看电视剧，听听他喜欢的歌，"音调不是那么高又有点悲情"。在这间属于自己的门市，老邬进入他的平稳生活。

3年后，老邬听从当地烟草系统区域经理的安排，在自己电脑上装了"零售终端管理信息系统"。它按钮有点多，而且复杂，把一只脚还踩在泥巴里的乡村小店老板们弄得晕头转向。只有老邬把它摸索了出来。某个无聊的晚上，他突然想到，这个系统能够统计烟，是不是也能添加其他商品？他来来回回地点击按钮，从晚上七八点到十二点，他把王老吉和牛肉干的条码添了上去。

那个过程很像后来电商需要的上架环节。之后，烟草系统推出移动店铺"娇子公社"，当地的农商银行推出网络店铺"惠商户"，它们都是基于实体店铺推出的电商模式，都邀请老邬加入。

这是2014年到2015年之间的事情。那时，全中国地方性的小型电商正蓬勃发展，试图占领巨头们还没占据的农村市场。但对基层工作人员和乡镇副食店小老板来说，那更像是一种为应付检查、为不被扣工资而不得不完成的任务。老邬在那两个电商平台各上架了 20 款商品。几个月过去,一件也没有卖掉。

2015 年底,巨头终于来了。京东在云阳县的乡村主管找到老邬,让他做推广员。所有电商在进入农村时,都看中像老邬这样的人,本地的副食店老板拥有巨头们想要的落地功能。思索一番,老邬同意了。他是个对新事物怀有兴趣的人。但直到菜籽油众筹成功,老邬才对电商产生了真正的兴趣——网络可以让他的菜籽油走出大山,卖到全国。一个副食店小老板突然拥有了全国的市场,这是个巨大的诱惑。

老邬要做电商,做电商要建油坊。整个 11 月,他的心情都随着油坊翻腾。

三

"爱优特"办公室位于云阳县汽车客运中心的楼上,这是一家专门贩卖土特产的云阳本地电商。穿过候车的人群,越过年久失修的水磨石地面塌陷下来的坑,沿着没了棱角的楼梯上到六层,向右有一个门洞,两边挂满了牌子,比如"云阳县电子商务孵化园"。穿过走廊,五六个房间围着圆形天井排开,每个门上都挂着牌子,"创业格子间"。

除了爱优特的办公室,其他格子间的门都关着。老板葛风坐在他的 AOC 显示器后面。两扇窗大开着,楼下大巴的鸣笛声嘈杂喧闹,葛风充耳不闻。葛风长着一张圆脸,脸上几粒圆痣,他的普通话很娴熟,一说起来,就像在适度的官腔和适度的诚恳里转圈。

葛风在2014年开始做爱优特，最初他想的名字是"优特"，优质的特产，觉得生硬，又加了"爱"。他运用网络上已经成熟的开发工具，搭建了这个小程序。那时，他的主业是给别人建网站。那年下半年，云阳县几家互联网企业在两江广场做活动，他们中有在淘宝上卖重庆特产的，也有开发生活类APP的，葛风算是做网站开发的。他在广场上认识了县商务局的人。

2015年春节刚过，商务局带着包括葛风在内的云阳县互联网从业者去了重庆，考察如何做电商。"加快发展农村电商"写进了当年的政府一号文件里，葛风感到，"政策形势一片大好"。回到云阳，他赶着完善爱优特，政府则将包括爱优特在内的几家互联网企业打包，以此把云阳申请成为"国家电子商务示范县"。一位领导想到创立"电商节"，928谐音"就爱发"，日子就定在了那一天。

那几天很热闹，葛风参加了县里关于电商节的大论坛，上了电视，衣冠楚楚。县里拿出补贴，给参加电商节的几家企业下了任务。葛风分到的是别人不要的小蛋糕、瓶装辣椒酱和粉条，每款售价1分。只有这三样产品，爱优特正式上线了，当天卖出去几千单。

电商在云阳县蓬勃起来。葛风牵头成立了云阳县"电子商务协会"，县领导说，名字小了，改成"互联网产业协会"。2016年，电商业绩被纳入乡镇干部考核体系，"电商做得好不好，直接影响你今后的仕途"。葛风听说有人专门跑到一个个乡镇去谈，20万包做一个电子商铺，包数据好看，至于后续卖得怎么样，不保证。

云阳县有将近40个乡镇，每过一段时间，商务局要几个乡镇推荐一批人,到县城学电商,一连上四到七天的课。几个电商企业的负责人就是老师。葛风也在其中。他发现,乡镇选派上来的人,有的连智能手机都不会用,而一些老师PPT的标题是《成为百万电商》、《电商论剑》或者《如何打造一个有逼格的电商》。葛风问:"他们听得懂吗?"

或许讲的人和听的人都并不关心。葛风关掉PPT,在屏幕上示范,让那些摸鼠标都觉得别扭的人跟着他,一步步申请淘宝账号。

葛风1988年生,云阳县渠马镇人,他自认经历"传奇"。2003年,因为调皮,他在离中考还有一个月时被学校开除,此后,他辗转重庆、贵州、广东、浙江,打工搬砖,频繁和上司争执并被开除。工作赚来的很少一点钱都被他消耗在网吧里,他不打游戏,用只会念26个字母的英文水平背代码,学习编程。葛风想,他要去互联网公司上班,轻盈,每一天都新鲜。

在浙江,葛风进入了嘉兴一家网络公司。他绕过前台,闯进了总经理办公室。因为这种被浙江人欣赏的莽撞无惧,他被当场录用。他的主要工作内容是打电话给企业,声称有一个高端的、互联网思维的论坛,邀请对方参加。"论坛"上,公司领导告诉那些企业主,如果你不在互联网上推广自己,如果你没有一个网站,你就要被时代抛弃。很多企业主现场就签了单。

大半年后,葛风开始和一对夫妻合伙做集成吊顶生意,全公司只有他们三个人。对外,这是个拥有大型工厂的企业,光在江苏就有20家旗舰店。

2006年,家里决定送他去当兵。在部队,葛风读《营销管理》,读《货币战争》,读卡耐基,通过网校获得了大学文凭。

两年后退伍,他回到嘉兴的那家公司工作。几个月后,他又厌倦了。他受够了漂泊,也受够了为别人打工,他决定自己当老板。2009年底,他回到云阳。

在渠马镇,葛风开了一家电脑店,后屋是个没有执照的小网吧。赶上严打,这网吧第一个被查封。电视台记者和警察一块赶来,葛风灰头土脸,第一次上了电视。

他在县城租了个小房子,每天冥思苦想该如何扎入互联网这波热潮。团购正热,他想了个类似的"同城易购",但没有钱,胎死腹中。又干回老本行:给人建网站。他把一个百货卖场中几乎所有卖电脑的都忽悠了。但是,大山之中的云阳县的企业,多数还没有用互联网推广的意识。葛风找到云阳可能是最著名的品牌,"王大汉",卖桃片糕的,对方问,网站是啥子?

2013年底,葛风给人建网站的生意走到尽头。他的同行越来越多,客户越来越少。像这些年一直被人提起的词儿,"转型",他又想到了做电商。这一次,他真的赶上了好时候。

在爱优特,葛风几乎是一个人包揽了所有技术活,他在云阳县找不到其他能做的人。懂得一点网络的年轻人都离开了家乡,到了更依赖网络的地方。他在专业QQ群里招聘,别人不问薪水,先问办公地点,他一说云阳,回的只有两个字:不去。

也有人主动找到葛风,要跟着他干。他们是开过餐馆、卖过电脑或者手机又失败了的县城青年。电商,一个新鲜的、听说特别有前途的行业,成了他们在缺乏变化的县城生活中能遇见的不多机会。

葛风目前的团队不到10人。对外,爱优特号称自己是"最大的网上农土特产直销网站"。这个平台上一共有13家店,一家店对应一个乡镇，它们必须接受比淘宝更严苛的条件：买家打款后，货款会在爱优特账户中保存一个月，再支付给卖家。葛风说，这是为了避免假货。买家一投诉，他就能罚款。

住在栖霞镇的一天夜里，我打开爱优特的APP，进入画面："家的味道——有你如此简单"。首页的设计类似京东、淘宝等APP，轮播图片、分类和重点推荐依次从上而下。标明"抢购"的显眼位置，是黄花菜、土鸡蛋和农家自种脐橙。点击任意图标，表示缓冲的圆点都要转过半圈。"商品分类"中包括生鲜、牲畜、家禽、水果、饮品佳酿、苗木花草等等选项，大部分品类下空无一物。最下方的"世界特产"一栏里，列出了南极洲之外世界六大洲的重要国家——每个都是空的。

我试图把一袋35元的花椒和一袋30元的红薯淀粉加入购物车，一起购买，结算页面显示，再加上8元运费之后，这一单共181元。我退回购物车，打算删除红薯淀粉，系统提示，"确认删除吗？"

我面对两个选项，一个是"不要"，另一个是"嗯"。

四

菜籽油众筹成功后，老邬成了全镇的红人。那是他第一次尝到电商带来的甜头。趁着那股振奋，他成立了一家电子商务公司，申请注册了"老邬家"商标。当时分管电子商务的栖霞镇镇长，姓于。于镇长找到他，让老邬担任栖霞镇电子商务站站长，带起头来。老邬说，于镇长是个和蔼可亲的人，没有官架子，觉得俩人谈得来，他就同意了。于镇长又把老邬推荐给了葛凤,于是老邬入驻爱优特,在上面开了"栖霞镇旗舰店",卖红薯淀粉、香菇,当然还有他的菜籽油。

镇政府给老邬送来一台电脑、一台打印机,又在墙上装了一个50多寸的大显示器。原本作为仓库的一间门市被改装一新,绿色的大牌子挂上去,"栖霞镇农村电子商务综合服务站",旁边还有五个图标,分别是"帮你买""帮你卖""帮你办""帮你提"和"帮你赚"。里头的墙上也贴着大绿字,"上行下行上下都行,关键在上行",是县长的话。

一拨接一拨的人来。镇上的,县里的,商务局的,统战部的,一来就是十来个,转着圈看老邬的新电脑,以及贴了"老邬家"商标的花椒和菜籽油。还有的人,老邬也不知道是谁,从重庆之外的地方专程慕名而来,向老邬讨教做电商的经验。老邬殷勤,谁来了他都赶紧起身,把瓶装水和烟塞到人家手里。

7月,镇上的商务所通知,县长要来。老邬和阿清赶忙把货架又擦了一遍。中午时分,县长来了。阿清拍下了照片,县长高高大大地站着,后面是十几个县领导。县长是来栖霞镇检查电子商务的,对老邬的工作很认可。老邬送走了县长,刚要喘一口气,又有人跑来,叫他到镇政府的小会议室里去。

一屋子领导挤挤挨挨。县长问老邬:"你有什么难处?"

老邬说:"我的油质量是合格的,就是没有QS。是不是县长伸出援手,生产许可上,想想办法?"

他能感觉到,镇上领导都没想到他会这么说。县长说:"想想办法吧。"

老邬让阿清关掉了市场里做了十几年的调味品店,回家帮忙,自己一心一意做电商。他在好几个电商平台上都申请了账号,开通了店铺。他还是想以菜籽油做主打,但没有 QS 证号,他的油在这些大电商平台都无法上架。

老邬的油只能在爱优特上卖。他苦心留住客户。有人从广东买了 4 桶 5 升的油,运费 68 元,老邬只收人家 53 元,打包的时候,又额外塞了一斤红萝卜。

9 月是云阳县电商风气的最高峰。9 月 28 日,云阳县"电商争霸赛"正式举行。十几天前,老邬就在"栖霞镇旗舰店"上设置了抢购,原价 9 元的 500 毫升菜籽油,抢购价只要 5 元。那天一早,40 来个乡镇的电商负责人,聚集在县孵化园的大厅里。墙上贴着金色大字:"互联网+时代,一定要抓住,你错过的不只是一个机会,而是一个时代。"

老邬特地带去了热敏机,他想象着,订单汹涌而来,热敏机飞快打印出快递单。他的东西有口碑,他一定能拿个好名次。

早晨 9 点 28 分,争霸赛正式开始。爱优特主页变成空白。老邬重复刷新,终于刷出来登录框,但怎么也登不上去。低低的私语声响起来。在淘宝上的店铺都运转正常,但是爱优特的网店都出了问题。

葛风并非毫无准备。他花了 10 万做推广,花了 5 万升级带宽,至于服务器,他想,现在是云时代,流量一增加自然会升级。但是"升级"没有发生,蜂拥而来的流量让爱优特服务器陷入崩溃。葛风两天没有合眼,他转移服务器,转移数据。后来他才知道,爱优特光 9 月 28 日那天,就有两百多万的流量。他失去了机会,还把自己的平台变成了一个全县皆知的丑闻。有几个乡镇第二天就表示不再用爱优特了。

老邬还在用。他的店在那天收到了上百个订单,卖得最火的，还是他的菜籽油。卖到全国的老邬家菜籽油，在云阳县也收获了名声。他足足花了三天才打包好所有的包裹，休息一下，他拍下一堆堆包裹箱的照片，发了条朋友圈："累成狗……但无怨无悔！"

五

何委员玲珑精致，眉心有颗小痣，看起来是个有福气的女人。她普通话字正腔圆，几乎没有口音。她穿着短外衣，里头套了件黑色长针织衫，衫下肚子圆圆地隆起。她抚摸着肚子，说："七个多月了！再过两个月就要生了。"

11月5日上午8点多，何委员和另一位刘姓工作人员来到老邬的门市。前不久，栖霞镇领导班子换届，于镇长升为党委副书记，电子商务改由何委员负责。

老邬赶紧给他们搬来凳子，在"电子商务服务站"的大牌子下，何委员款款入座，谈论起最近的好消息：在云阳县13个乡镇组成的电商小组中，栖霞镇排名第二。今年，云阳县把经济指标作为考核乡镇公务员最重要的分值，电商又是其中重要的点。何委员正在想办法，把微商纳入电商考核数据库里去。

我提到了QS。姓刘的工作人员接了话："这里有一个矛盾。把QS那些弄好之后，给消费者的感觉，又是一个工业化产品。"

何委员接着说："机械加工的，就不是农家自己的了。农家的，又没有办法认证。你既要照顾商家情绪，又要照顾买家情绪，你不知道到底应该照顾哪一个。"

"能提供的硬件我们也提供了，"她看了看政府给老邬配的电脑和打印机说,"电商是市场行为,政府不能过多干预,软件我们也培训了。"除此之外,"能做的更多是宣传"。

老邬送来一盘瓜子和糖。何委员讲话时,他就站在不远处。他脸上的肌肉像是抗拒着拉扯,极力维持在正确的地方。

何委员说,她知道老邬的血橙正在众筹,她在朋友圈转发了这个消息,还联系了云阳县一些平台转发,她一口气列举了好几个名字,云阳手机台、云阳网、掌上云阳、智慧云阳……

"我可以给你看一下,我们要求政府的工作人员必须都要安装这些东西。"何委员掏出手机,划拉着,屏幕一角有个"云阳手机台",但没有更多了。"我不知道哪里去了,"她有点不好意思地笑着,转向身后那位工作人员,用重庆话说,"难道自己卸了吗?"

十几天前,老邬接受京东的邀请,穿着阿清特意为这次出门买的1280元的新外套,第一次去了重庆,第一次坐上飞机,到了北京。京东把他作为农村金融的典型人物推上台,老邬面对几十名记者,讲述自己做菜籽油的来龙去脉。记者们笑了好几回,鼓掌了好几回。老邬觉得,他的菜籽油真是走向全国了。

回到栖霞三天,老邬和于镇长一起到附近的高阳镇考察。高阳镇新开了工业园区,入驻的厂家三年内不要房租,水电费全免。一家油坊也在其中。它有QS,好几年前办下来的。于镇长的用意,是想让老邬看看能不能和这家油坊合作。老邬转了一圈,发现地上干干净净的。如果这是一家忙碌的油坊,地上总要有点菜籽、菜饼或者油的痕迹。他打开一瓶装好的菜籽油,闻了闻,没有他熟悉的气味。他又拿勺子舀起油,看到油里有几丝黑色沉淀。

镇长看着他，问："怎么样？"

老邬尽量柔和着语气："这个，不做了吧？"

回到栖霞镇后，他花了四五个晚上，给 1000 瓶 500 毫升的菜籽油打好了包装。于镇长说了，老邬要好好准备，"双 11"把电商大搞一场。老邬一边打包一边想，他一定要有一个属于自己的油坊。

已经有几个朋友找到他，愿意合伙建油坊，打"老邬家"的牌子。老邬寻思，栖霞镇能不能像高阳镇那样，提供免费的厂房？即使不能，镇上能不能给他一块地让他建油坊？

于镇长没有明确回答，然后换届了。何委员来过后，老邬明白了。

11 月 5 日的午饭，老邬给自己倒了一杯酒，38 度的稻花香，6 块钱一瓶，每天中午他都要喝二两。这几天，他中午和晚上都得喝上三四两。烟也比往常抽得多。在这个门市里，他多年来的生活闲适又平静，但电商把这些都打破了。

"这个电商啊，是伤人的'伤'。"老邬放下酒杯，冲我笑了一下。

他在等待我的反应。我也笑了一下。于是老邬继续说下去。

"我支持电商，现在对我的回报是什么？我那边的门市生意再差，一年还是有几万块钱的。为了做这个电商，丢掉了。不是我老邬小气，"他冲着门口堆着的十来箱饮料比划着，"不是我老邬小气，来了那么多人，喝的水也有这么多。"

门外的广场上正喧闹着。老人围坐打牌，小孩子奔跑，穿大红粗跟短靴的女人一边绣十字绣，一边唤小孩子慢一点。青壮年男人只有寥寥几个，他们聚集在附近的台球案和麻将桌旁，为一记好球大声叫嚷。

"就是一个QS，卡住了。我开店那么久，进货一看QS，二看生产日期，都是常识。县里超市让我把油送上去，我说不好吧，葛风说，政府支持你的油，不会来查。但我心里一直放不下，不踏实。"

他又端起酒杯，仰着脖子把半杯酒喝完。"不是那么开心，真的不是。QS不下来，众筹再大，5千、5万也就是这样，一次的生意，后面没有了。"

那天晚上，老邬给于镇长发了条微信，说："我做好自己的事就行了。"

六

11月9号清晨，老邬吃过早饭，和一个朋友一起开车到县城，找到葛风。40公里的山路，他们几乎没有说话。直到柏油路拐了一个弯，一道庞大的水流出现在眼前，反射着镜面一样平静的银光。老邬的朋友改用普通话对我说，那就是长江。

"现在长江漂亮嘛。云阳环境好。整个长江，我们云阳是最具幸福感城市！"怕我不信，他又加了一句："是认证的！"

在县汽车客运站上方的办公室，老邬、老邬的朋友和葛风三个人围坐在一起，像个三角形，紧密，各有方向。老邬告诉葛风，自己要建一个油坊，他让葛风打听打听，办QS需要什么手续。葛风说，他要去问问商务局，估计一个星期这事儿能有个眉目。他们的谈话非常简短。分别前，他们各自说了一些乐观的话，鼓励对方。

那天下午，我离开老邬家的门市，沿门前那条路向北走。我发现一些店铺门旁边竖着个牌子。牌子上有个绿色的logo，是个变形了的"e"，像一股绿色的风吹过大地。旁边是个二维码。扫码，我进入了一家名为"玉鑫百货超市"的淘宝店，它没有商品，没有交易，粉丝数1。另一家，"小酒窝百货"淘宝店，同样没有商品，没有交易，粉丝数1。

继续向北，行至一家店铺里堆满了门和板材的店，墙上也竖着牌子，"立邦漆网店"，没有二维码。玻璃柜台后的女人正盯着手机。我指指那牌子，问："是有网店吗？"

她抬头看了我一眼，没说话。

里头的男人喊道："没有网店！"他一边说一边往里走，"没有网店！"

后来我得知，这是栖霞镇设置的电子商务服务点。按照云阳大力发展电子商务的规划，每个乡镇要有一个服务站，村里设置服务点。看起来，整个栖霞镇，能把当地出产的东西通过电商卖出去的，只有老邬一个人。何委员也说过，老邬"算是一个特例了"。

第二天一大早，老邬又起身了，他穿过马路，走上斜坡，进了镇政府。他找到那位刘姓工作人员。他说，他不做电子商务服务站了，"找更年轻、头脑更活的人来做这件事吧"。

这是老邬的反击，但没有成功。对方最初答应了，但20分钟后又来找老邬，告诉他，还是得做起来，镇上找不到人。

晚上，老邬又喝起了酒。明天就是"双11"，电商的大日子。交待老邬还要继续做服务站之后，那位工作人员才告诉老邬，"双11"的促销活动是上架500毫升装的菜籽油。没有更多的活动了。

他喝了一口酒,说:"老邬不想有什么作为,只想为这片热土撒下自己一滴血。"

讲普通话时,老邬不再使用"我",而是用"老邬",像描述另一个人。

"毕竟是这里生长的,四十多了,人生能有多少年?人生留下了什么?活得有意义吗?老邬就想尽自己还能够动的时间,今生无悔化尘埃。"一个月前,他在微信朋友圈写过类似的话。"好像是豪言壮语,其实是我的内心写照。赚那么多钱没有用。我就想做点有意义的事,他们都不理解,真的。"

"双11"那天早上8点,老邬登录爱优特,发现菜籽油抢购本应免邮,系统却又带上了8元运费,他给葛风打电话让他修改时,葛风还在睡觉。这一天,老邬在爱优特上卖了34单,基本都是做活动的菜籽油。他用花花绿绿的饮料箱子给其中的17单打好了包,这些买家都是云阳县城的,明天一早他送到邮局去;另外17单是附近村镇的,从邮局回来,他就开车给这些客户送过去。10月底他为了"双11"包装好的那1000瓶油,大部分仍在那里。老邬说,油能放,没事儿。

11月25日,老邬给我发来两张微信截图。京东邀请他参加12月1号在北京总部举办的会议,央视也会报道。老邬拒绝了。他说,"没意思",配了一个咧嘴大笑的表情符号。过了一会儿,又说,"上央视了又咋样,虚名"。现在,除了地皮,老邬又听葛风说,QS办下来得4万块钱,油坊的事情"卡起了"。

他又说了一次"电伤",他说要养伤,"平凡的生活更加真实"。

十天后,老邬的口风又变了。

他看上了自己老家金鸡村的一块地,足有 5 亩大小,因为在村里,花费也不贵。老邬正在奔跑,他有一些谋划,但不肯细说。

"事情怎么出现的转机?"

"听实话吗?"微信消息停顿了一会儿,他接着说:"搞不好油坊我一直放不下。我会一直把这件事放心里啊。捕捉每一次机会。"

《正午》团队

谢丁：
正午员工。嗜狗，嗜酒。总想出门。

郭玉洁：
正午员工，关注社会变革，喜欢人的故事，现实主义的信徒。

叶三：
正午员工，喜欢猫、食物和好艺术的虚无主义者。

陈晓舒：
正午员工。记者八年，曾就职于《中国新闻周刊》、《财经》杂志。爱好是"宅"和"出门玩"，分裂的天秤座。

朱墨：
正午视觉编辑。

黄昕宇：
正午员工。AKA 小黄。

李纯：
正午员工。喜欢写作，摩羯座。

张莹莹：
正午员工。以后打算虚构。

淡豹：
什么都很喜欢写。关心道德与心态史、文化政治、城市、大中小型动物、贫困与社会保障。

罗洁琪：
正午员工。八年法治记者，哈佛大学尼曼学员。曾就职于《财经》杂志、财新传媒集团。喜欢关注社会正义的题材。

王琛：
正午员工，"1024"专栏作者，准作家。

刘子珩：
正午员工。生于1989，曾是名调查记者，好像只会码字，想要一直写下去。

本期其他作者：

袁凌：
作家，已出版《我的九十九次死亡》、《从出生地开始》、《我们的命是这么土》、《青苔不会消失》，现任真实故事计划总主笔。

小转铃：
专栏作者，匹兹堡大学博士候选人。

袁玮：
诗人，占星师，涉足版画与绘画。正午编外，职业人类，热爱生活，不热爱生命。

图书在版编目（CIP）数据

正午.4,我的黎明骊歌/正午故事著.—北京：台海出版社,2017.5
ISBN 978-7-5168-1386-7

Ⅰ.①正… Ⅱ.①正… Ⅲ.①中国文学—当代文学—作品综合集
Ⅳ.① I217.1

中国版本图书馆 CIP 数据核字 (2017) 第 071885 号

正午.4,我的黎明骊歌

著　　者：正午故事	
责任编辑：刘　峰	策划编辑：罗丹妮　张旖旎
装帧设计：苗　倩	内文制作：陈基胜
责任印制：蔡　旭	

出版发行：台海出版社
地　　址：北京市东城区景山东街 20 号，邮政编码：100009
电　　话：010-64041652（发行，邮购）
传　　真：010-84045799（总编室）
网　　址：www.taimeng.org.cn/thcbs/default.htm
　E-mail：thcbs@126.com

经　　销：全国各地新华书店
印　　刷：山东临沂新华印刷物流集团有限责任公司
本书如有破损、缺页、装订错误，请与本社联系调换

开　　本：1168mm×850mm　1/32	
字　　数：200 千字	印　　张：8.25
版　　次：2017 年 5 月第 1 版	印　　次：2017 年 5 月第 1 次印刷
书　　号：ISBN 978-7-5168-1386-7	
定　　价：39.00 元	

版权所有　翻印必究